mtb

Der Preis dieses Bandes versteht sich einschließlich der gesetzlichen Mehrwertsteuer.

Umwelthinweis:
Dieses Buch wurde auf chlor- und säurefreiem Papier gedruckt.

Cordula Hamann

Glasgesichter

Thriller

mtb

MIRA® TASCHENBUCH
Band 25787
1. Auflage: November 2014

MIRA® TASCHENBÜCHER
erscheinen in der Harlequin Enterprises GmbH,
Valentinskamp 24, 20354 Hamburg
Geschäftsführer: Thomas Beckmann

Originalausgabe

Konzeption / Reihengestaltung: fredebold&partner GmbH, Köln
Umschlaggestaltung: pecher und soiron, Köln
Redaktion: Thorben Buttke
Titelabbildung: Thinkstock / Getty Images, München
Illustration: Matthias Kinner, Köln
Autorenfoto: © Britta Hentschel
Satz: GGP Media GmbH, Pößneck
Druck und Bindearbeiten: CPI – Ebner & Spiegel, Ulm
Printed in Germany
Dieses Buch wurde auf FSC®-zertifiziertem Papier gedruckt.
ISBN 978-3-95649-072-9

www.mira-taschenbuch.de

1. KAPITEL

Marlies von Graefen war in Eile, denn wieder einmal war es im Büro viel zu spät geworden; ausgerechnet heute, wo der seit Langem vereinbarte Arzttermin anstand. Mit dem Fahrrad hastete sie durch den Feierabendverkehr der kleinen Stadt. Eine Stunde später löste sie das Rezept in der Apotheke ein, das der Arzt ihr soeben ausgestellt hatte, und erledigte im Supermarkt gegenüber eilig ein paar Einkäufe. Dann machte sie sich auf den drei Kilometer langen Heimweg, um möglichst bald ihr Versprechen einzulösen: Ihre kleine Tochter Anna liebte Schokoladenpudding, und die kranke Oma, die auf sie aufpasste, konnte ihn im Moment nicht kochen. Marlies von Graefen hängte die Plastiktüte mit ihren Einkäufen über den Lenker und stieg auf ihr Fahrrad.

Er fuhr dicht hinter ihr. Seine Augen verfolgten die Bewegungen der Einkaufstüte, die im Rhythmus ihrer Fußtritte an den Vorderreifen schlug. Die Frau war höchstens dreißig, und sie passte hierher. Anschmiegsam, wie die gepflegten Vorgärten der Einfamilienhäuser. Ihre langen braunen Locken wehten im Fahrtwind; sie hatte es offenbar eilig. Seit Tagen schon war er die Gegend abgefahren und wusste: Dort hinten begann der Wald, an dem sie vorbeimusste.

Er ließ das Lenkrad los, hielt sich die Ohren zu und hörte sein Blut rauschen. Sein Herz hämmerte übereifrig. Rasch griff er wieder zum Lenkrad. Auch seine Gedanken beschleunigten sich, und er sah die Frau vor sich in seinem Keller an der Wand hängen. Dieses Bild jagte noch mehr Adrenalin durch seine Blutbahnen. Dabei gab es durchaus Tage, an denen sein Kopf bilderlos war. Aber das waren wenige, und dieser gehörte gewiss nicht dazu, denn das Monster hatte längst seine Arbeit begonnen. Es fraß ihn auf, bis nichts mehr von ihm übrig blieb als beherrschtes Planen, um ans Ziel zu kommen: intelligent – der Frau und allen anderen weit überlegen.

Wenn sie nicht auf ihn aufmerksam werden sollte, musste er jetzt vorbeifahren. Nicht zu langsam, aber auch nicht zu schnell. Hinter der Kurve hielt er am Straßenrand und blickte in den Rückspiegel. Er schaltete die Scheinwerfer aus, rutschte tiefer in den Sitz und verstellte den elektrischen Seitenspiegel so, dass er sie sehen konnte, sobald sie um die Kurve bog. Sie würde denken, einer, der vielleicht dringend pinkeln musste.

Alles in ihm verlangte nach Bewegung, aber er beherrschte sich. Eine mühsam antrainierte Fähigkeit. Endlich tauchte ihr Gesicht auf, ein heller Fleck in der Dämmerung, und er spannte die Muskeln an. Seine linke Hand lag auf dem

Türgriff, in seiner rechten hielt er ein kleines Stück Leinen. Längst hatte er die dünnen OP-Handschuhe angezogen.

Nur noch wenige Meter. Eine Hitze stieg in ihm auf, die sich so angenehm anfühlte wie das letzte Ausfiebern nach einer Grippe, wenn man schon wusste, dass man das Schlimmste überstanden hat.

Ganz nah war sie jetzt. Ihr Kopf drehte sich zu ihm. Machte sie sich Gedanken, ob jemand im Wagen saß? Als sie direkt neben dem Auto fuhr, drückte er die Tür mit voller Kraft auf. Das Fahrrad kippte zur Seite. Mit ihm die Frau. Sie stürzte auf den Asphalt, lag halb unter dem Fahrrad. Die Tüte mit den Einkäufen platzte auf, und ein Milchkarton, Äpfel und Joghurtbecher verteilten sich auf dem Boden. Die Frau schrie auf und hielt sich ihren Ellenbogen. Sie jammerte. Was er sich einfallen ließe und wie er so rücksichtslos sein könne. Aus vor Zorn funkelnden Augen sah sie ihn an. Sie glaubte wohl, er käme, um ihr aufzuhelfen und sich zu entschuldigen. Sie musste doch sehen, wie er das Leinentuch mit dem Chloroform tränkte, und würde nun auch wissen, dass er nicht der nette, leicht verträumte Nachbar von nebenan war. Es würde der Tag kommen, an dem das nicht nur sie, sondern alle wussten.

Ehe sie sich von ihrem Fahrrad befreien und aufrappeln konnte, war er mit einem Satz bei ihr. Drückte ihren Oberkörper auf den Asphalt und presste ihr das Tuch auf Mund und Nase. Das Chloroform wirkte schnell, und ihr Kopf sank zur Seite.

Er sah sich vorsorglich um. Alles still. Inzwischen war es vollständig dunkel. Er zerrte den Körper der Frau hinter die rechte Fahrzeugseite, wo sie vor den Blicken Vorbeifahrender geschützt war. Ihr Fahrrad trug er in den Wald hinein. Drei, vier Baumreihen. Das reichte, damit es am nächsten Morgen von der Straße her nicht in der Sonne aufblitzen würde. Er rannte zurück; außer Atem stand er wieder auf der Straße.

Die Plastiktüte hatte ein großes Loch. Sie war unbrauchbar. Er fluchte und war kurz davor, auf den Milchkarton daneben zu springen und darauf herumzutrampeln. Warum hatte sie diesen blöden Kram gekauft? Doch dann gab er sich einen Ruck und sammelte die Einkäufe vom Asphalt. Ein wenig Puddingpulver blieb zurück, aber bis zum nächsten Tag würde der Wind es fortgeweht haben.

2. KAPITEL

Er überlegte nicht mehr, denn in seinem Kopf war Hass, nichts weiter als blanker Hass auf die wehrlose Frau auf dem Boden vor ihm, deren Blicke um Gnade flehten und deren Mund unverständliche Worte gegen den grauen Klebestreifen presste. Sein Arm holte weit nach hinten aus. Es war nicht schwer, punktgenau ihr Herz zu treffen.

Andrea seufzte und klappte das Taschenbuch zu. Hier und jetzt rief ihr eigenes Leben. Eines schien trotzdem klar: Sie würde eine wesentlich bessere Ermittlerin abgeben als der dümmliche Kriminalkommissar ihres aktuellen Buches.

An der Haustür stoppte sie wie von unsichtbarer Hand. Es waren an die dreißig Grad, und die Luft war so staubig, dass das Atmen schwerfiel. Jeden Winter musste sie sich zusammenreißen, um nicht schwermütig zu werden. Mit jeder Faser ihres Körpers sehnte sie sich dann nach Sonne und Licht, aber heute war es selbst ihr zu heiß in Berlin.

Eine Viertelstunde später schloss sie die Tür ihrer kleinen Galerie in der Gubener Straße auf. Sie ließ wegen der Hitze die Jalousien vor dem großen Schaufenster unten und schaltete stattdessen die Decken- und Bilderbeleuchtung an.

Dank ihrem „Ex“, Martin, war das Lichtkonzept der Galerie so genial, dass die Sonne am Himmel zu stehen schien, selbst wenn es draußen regnerisch und grau war. Leider hatte das Geld von Oma Pötti nicht mehr für eine vernünftige Klimaanlage gereicht.

Wie ein Iglu befand sich ihr Büroraum in der Mitte des großen Ausstellungsraumes, sodass man ihn komplett umrunden konnte. Sie selbst hatte diese Idee gehabt und nicht etwa der angehende Architekt Martin, und jeden Tag aufs Neue war sie stolz darauf. Am Schreibtisch angelangt, zog sie ihre Pumps aus. Sie hasste hochhackige Schuhe und weiße Blusen, die gebügelt werden mussten. Aber Jeans und Pulli würde sie sich in der Galerie erst leisten, wenn sie sich in der Branche einen Namen gemacht hatte. Dass dies unmittelbar bevorstand, daran hatte sie keine Zweifel.

Sie öffnete ihr MacBook und überflog prüfend den Pressetext, den sie gestern Abend begonnen hatte. Er betraf die Ausstellung eines Malers, der sehr verärgert war, um nicht zu sagen – stinksauer. Denn sie hatte seine Ausstellung zugunsten eines anderen Künstlers nach hinten verschoben. Dieser andere Künstler war Maximilian Ross, und den würde sie sich unter keinen Umständen entgehen lassen.

Das Glockenspiel ihrer Ladentür ertönte. Vorsichtig schob sie mit einem Finger die Lamellen vor ihrem Bürofenster auseinander und erschrak. Der Herr, der gerade ihre Galerie betrat, war weder ein potenzieller Kunde noch ein Künstler. Über einem kurzärmeligen Oberhemd hing eine grau gepunktete Krawatte. Viel zu schmal, um neu zu sein. Unter dem Arm klemmte eine verschlissene Collegetasche, die ihr leider nur zu bekannt vorkam. Sie seufzte, schlüpfte in ihre Schuhe, strich den Rock glatt und verließ ihr Büro. Vor einem Gerichtsvollzieher davonzulaufen wäre jetzt eher kontraproduktiv, dachte sie frustriert.

Andrea räusperte sich. „Schade, dass Sie sich nicht angekündigt haben."

„Der Monat hat gestern begonnen, und ich muss mich keineswegs anmelden. Haben Sie die vereinbarte Summe für mich? Ansonsten muss ich nämlich darauf bestehen, dass wir heute gemeinsam das Formular der eidesstattlichen Versicherung ausfüllen." Um seine Miene würde ihn jeder Schauspieler beneiden, der einen Blockwart der Dreißigerjahre spielen sollte.

„Zweihundert?"

Er schüttelte den Kopf. „Dreihundert. Wie immer."

Sie ging zurück ins Büro. Allmählich tat es richtig weh, und noch immer waren mehr als achthundert Euro offen. Wer hatte auch mit einer so immensen Betriebs- und Heizkostennachzahlung rechnen können? Sie war nicht in der

Lage gewesen, sie zu zahlen, und der Vermieter hatte nicht lange gefackelt. Mahnbescheid. Vollstreckungsbescheid – und dann kam der Gerichtsvollzieher. Im Gegensatz zu ihrem Vermieter hatte wenigstens der einer Ratenzahlung zugestimmt. Noch vor drei Jahren, als sie diese Räume gefunden hatte, hatte sie sich unbesiegbar gefühlt. Nach jahrelangem Unibesuch, unzähligen Jobs und der monatlichen Unterstützung der Eltern, die sie nur widerwillig angenommen hatte, war sie endlich am Ziel angekommen: eine eigene Galerie.

„Mach eine GmbH aus deiner Firma. Dann haftest du wenigstens nicht persönlich, wenn es schiefgeht", hatte ihr Vater gesagt. Dass es schiefgehen würde, davon war er in dem Moment überzeugt gewesen, als er diesen Rat ausgesprochen hatte. Andreas italienische Mutter hatte wie immer ihren Widerspruch hinter einem sanften Kopfschütteln versteckt, anstatt gefälligst das Klischee der stolzen und temperamentvollen Südländerin zu erfüllen. Deshalb würde sich Andrea lieber die Zunge abbeißen, als ihre Eltern um Hilfe zu bitten. Sie zählte aus ihrem Portemonnaie das Geld ab und kehrte zu ihrem unliebsamen Gast zurück.

„Wie ich die nächsten Monate überstehen soll, ist mir ein Rätsel", stöhnte sie, als sie die Ladentür hinter ihm schloss.

Kaum hatte sie sich wieder an den Schreibtisch gesetzt, schlug erneut die Türglocke. Der Briefträger übergab ihr drei Umschläge. Der erste bestand aus Werbung, die sie dankbar in den Papierkorb warf. Der zweite enthielt eine Mahnung, deren Forderung sie Gott sei Dank bereits bezahlt hatte. Sie holte tief Luft. Würde ihr Vater recht behalten? Hatte sie als junge Galeristin unter den vielen anderen dieser großen Stadt keine Chance? Ihr Vater war ein erfahrener Geschäftsmann, und sie vertraute ihm in allen anderen Dingen, nur eben von Kunst hatte er absolut keine Ahnung. Er hätte mit Sicherheit auch Einspruch erhoben gegen die Ausgaben für den teuren Kaffeevollautomaten auf ihrem Wandregal. Ein Wunderwerk der Technik, von der Andrea zwar nichts verstand, das sie aber heiß und innig liebte. Wahlweise spuckte die Maschine Espresso, Latte macchiato, Cappuccino oder Standardkaffee aus. Sie drückte den Knopf für Cappuccino.

Ja, Papa, die Zeiten, in denen du das Sagen hattest, sind vorbei. Mit geschlossenen Augen schlürfte sie den ersten Schluck und öffnete dann gut gelaunt den dritten Umschlag.

Erst traute sie ihren Augen kaum. Der nächste Gedanke war, dass es sich ebenfalls um Werbung handelte, um eine ausgefallene und witzige Werbung. Nein. Nicht witzig. Die aus einer Zeitung ausgeschnittenen und zu Sätzen zusammengeklebten Worte taten erfolgreich, was sie offensichtlich sollten: Sie machten ihr Angst.

Sagen Sie die Ausstellung von Maximilian Ross ab, oder jemand, den Sie sehr lieben, wird sterben.
Einer, der es gut mit Ihnen meint.
PS: Ihre Mutter ist eine schöne und vornehme Frau.

Andreas Herz raste. „Mama", flüsterte sie und starrte noch immer ungläubig auf das Blatt Papier in ihren zitternden Händen. Was bedeutete das? *Maximilian Ross?* Was war mit ihm? Was hatte ihre Mama damit zu tun? Sie ließ sich auf den Schreibtischstuhl fallen, und je länger sie überlegte, umso stärker wurde die Überzeugung, dass sich hier jemand einen schlechten Scherz mit ihr erlaubte. Ihr Herzschlag beruhigte sich etwas. Der Umschlag war frankiert und trug einen gewöhnlichen Poststempel aus Berlin. *Die Polizei. Ich muss damit zur Polizei gehen. Vielleicht können die …* Sie schüttelte den Kopf. Wahrscheinlich würden die Beamten sie auslachen. Sie war Galeristin, eine neunundzwanzigjährige Unternehmerin, die, wie die meisten der Künstler, die sie bisher ausgestellt hatte, noch ganz am Anfang ihrer Karriere stand. Wer sollte das verhindern wollen? Nein. Es konnte nur ein übler Scherz sein.

Auch für Maximilian Ross würde es die erste Ausstellung sein. Als sie vor einigen Wochen den kleinen Artikel im Berliner Stadtmagazin „tip“ gelesen hatte, war für sie klar gewesen, dass sie sich sofort um ihn bemühen musste, um ihrer Konkurrenz zuvorzukommen. Das im Artikel abgebildete Werk zeigte ein auf Glas gemaltes Gesicht. Ein geöffneter Mund und aufgerissene Augen voller Angst. Besonders die Augen verfolgten Andrea noch immer. Unterhalb des Gesichts gab es nur noch Mosaike in leuchtend vollen Farben. „Werke, die den Blick des Betrachters fesseln und ihn bis in seine Träume verfolgen. Viele seiner mannsgroßen Bilder sehen aus wie Kirchenfenster“, hatte die Autorin des Artikels geschrieben. Ja, das war ein passender Vergleich, sowohl von der Farbkomposition als auch von der Form her, denn der obere Rand der Glasplatte war bogenförmig gerundet. Was Maximilian Ross bewog, einen so zerbrechlichen Untergrund zu wählen, hatte Andrea immer noch nicht erfahren, obwohl sie ihn bereits vor zwei Wochen – endlich – zum Vertragsschluss hatte überreden können. Der Durchbruch ihrer kleinen Galerie. Und jetzt wollte irgendein Idiot ihr diesen madig machen?

Andrea griff zum Telefon und wählte die Nummer ihrer Eltern. Als sie die warme Stimme ihrer Mutter vernahm, atmete sie erleichtert auf. Es war alles in Ordnung. Ein böser

Unsinn, mehr nicht. Lächelnd hörte sie ihrer Mutter zu, die vom neuen und gerade erblühten Rosenstock im Garten berichtete und von ihren Plänen, noch vor dem Wochenende den Vorgarten neu zu bepflanzen. Andrea sah auf die Uhr und erschrak. *Himmel.* In einer Viertelstunde war sie mit Ross zu einem abschließenden Gespräch verabredet. „Mama, ich muss Schluss machen. Morgen schaffe ich es nicht zu kommen. Aber wir sehen uns auf jeden Fall am nächsten Wochenende", beendete sie das Gespräch. Schnell nahm sie die Skizze, die sie für die Verteilung der großen Glasplatten im Raum vorbereitet hatte. Je länger sie sich damit beschäftigte, umso mehr verschwand auch der Rest ihrer Sorge. Die Vorstellung, wie die Werke ihre Galerie ausfüllen würden, wirkte wie ein Blasebalg, der aus einer Glut kleine Flammen werden ließ und gleichzeitig die Beunruhigung wegen des merkwürdigen Briefes davonpustete. Bereits am Vortage hatte sie mit einer Firma das Konzept für Lichtwände aus Spannstoffen erörtert, mit denen sie die Galeriewände auskleiden wollte. Das großflächige indirekte Licht würde das i-Tüpfelchen für die Wirkung der Glasbilder sein.

Als Maximilian Ross die Galerie betrat, holte Andrea die Erinnerung an den Brief schlagartig wieder ein. Sah so ein Mann aus, der irgendjemandem so viel Angst oder Ärger machen konnte, dass dieser Jemand Drohbriefe schrieb? Sicher, seine Werke waren ungewöhnlich, und sie hatte bisher nur einige Originale, die anderen lediglich als Hochglanzfotos, gesehen. Aber der junge Mann vor ihr gab eher das Bild eines in sich gekehrten, leicht vergeistigten Künstlers ab. Und das war gerade in ihrer Branche absolut nichts Ungewöhnliches. Sie zwang sich, die Gedanken an den Brief beiseitezuschieben und sich voll und ganz auf den Maler zu konzentrieren. Sie wusste noch viel zu wenig von ihm.

Maximilian schritt langsam die Wände ab und besah sich die verbliebenen Aquarelle der Künstlerin Barbara Krug. Sein Gesicht verfinsterte sich zusehends.

„Diese Art Bilder haben Sie bisher ausgestellt?"

„Nein, keineswegs. Es war ... Diese Ausstellung ist eher die Ausnahme."

Zu einem Vertrag mit der Aquarellmalerin hatte Martin sie ermuntert. Gegen ihren inneren Widerstand hatte sie sich überzeugen lassen, weil es vernünftig klang, wie er argumentiert hatte. Als ob Kunst etwas mit Vernunft zu tun hatte. „Du klingst wie mein Vater", hatte sie ihm vorgeworfen, und er hatte sich daraufhin gekränkt zurückgezogen. Ein weiterer kleiner Riss in ihrer Beziehung. Dabei hatten die Zahlen ihm recht gegeben, und sie machte durch die Menge bei diesen relativ niedrigen Preisen mehr Umsatz als mit den Werken ihrer bisherigen anspruchsvolleren Künstler.

„Und wie sehen die Bilder aus, wenn sie keine Ausnahmen sind?“, fragte Maximilian Ross mit einem feindseligen Unterton in der Stimme. Es war verständlich, dass ein Künstler bei der Wahl der ausgestellten Werke sicher nicht Martins Rentabilitätsargumenten folgen würde. Hätte sie schließlich auch nicht getan, wäre sie eine ... Sie verbot sich diesen Gedanken sofort wieder. Es war das bisher schmerzhafteste Eingeständnis ihres Lebens gewesen, nicht gut genug für eine Karriere als Malerin zu sein. Sie beeilte sich, Maximilian den Entwurf des Ausstellungsprospekts für Rüdiger Hauswald zu zeigen.

„Ja“, sagte er nur, während er die Fotos betrachtete. Er ließ sich Zeit, bevor er die Musterung der Werke seines Konkurrenten beendete und die Fotos betont langsam zusammenschob. Er korrigierte ihre Lage so oft, bis die Kanten ordentlich übereinander lagen, und reichte sie Andrea zurück. „Ja“, sagte er wieder und setzte sich auf den ihm angebotenen Stuhl.

„Ich brauche noch etwas mehr Information, Herr Ross. Über Ihre Arbeit, Ihre Intentionen, Ihre Person. Und ich muss für die Befestigungen wissen, wie viele Glasbilder es nun sein sollen. Sind sie alle gleich groß?“

„Ja, der Preis beim Glaser für das Schneiden der Platten war günstiger. Obwohl ich bei den Kindern die Platten gerne kleiner gehabt hätte. Aber zu dem Zeitpunkt war ich wieder einmal etwas knapp bei Kasse."

„Sie haben die Glasplatten alle auf einmal gekauft?"

„Ja."

„Sie wussten also schon zu Beginn" – wann entstand überhaupt das erste dieser Bilder? –, „dass Sie mehrere dieser Werke malen wollen?"

„Denken Sie daran, dass ich bei der Ausstellung auch auf der Präsentation meiner übrigen Bilder, meiner eigentlichen Werke, bestehe?"

„Selbstverständlich. Wie wir es besprochen haben. Wir können nachher durch die Räume gehen und die Präsentation im Einzelnen festlegen. Aber jetzt noch einmal zu den …"

„Glasbildern. Ich weiß", setzte er seufzend fort. „Es sind derzeit elf fertige und ein angefangenes, das sicher noch vor der Ausstellung fertig sein wird. Das erste entstand bereits vor sieben Jahren."

„Was passierte vor sieben Jahren? Was passierte in Ihrem Leben vor sieben Jahren? Ich meine, was war der Anlass für …?"

„Ich habe Sie schon verstanden. Aber warum und wann genau ich begonnen habe, muss der Betrachter meiner Bilder nicht wissen."

Oje. Wie sollte sie ohne Mithilfe des Künstlers diesen vermarkten? Was, wenn er auch bei Interviews so abweisend sein würde? Andererseits war divenhaftes Verhalten in der Künstlerszene weiß Gott kein Einzelfall.

„Sie wollen unsere Kunden nicht durch solche Informationen beeinflussen, nicht wahr?“, schwenkte sie schnell ein.

„Das haben Sie gut formuliert, aber, wie ich Ihnen schon bei unserem ersten Treffen sagte, muss ein Bild von sich aus zu dem jeweiligen Betrachter sprechen. Tut es das nicht, ist es schlecht, wobei man über die Qualität dieser Sprache natürlich streiten kann.“ Dabei sah er provozierend durch die geöffnete Bürotür auf eines der Aquarelle.

Andrea unternahm einen erneuten Versuch: „Offensichtlich haben Sie sich vom Sterben eines Menschen, also vom Tod allgemein inspirieren lassen. Das sieht der Betrachter. Trotzdem ist es für die Kunden durchaus von Interesse, weshalb ein Künstler sich einem Thema besonders annimmt. Zumal, wie in Ihrem Fall, dieser Tod oftmals gewaltsam erlebt wird. Außer bei den Kindern.“

„Das stimmt nicht. Ich habe insgesamt drei Kinder gemalt. Nur eines von ihnen scheint schlafend.“

„Auch ein Mädchen?“

„Ja, zwei Jungen und ein Mädchen.“

„Haben Sie die Fotos von allen Platten dabei, damit ich den Verteilungsplan erstellen kann?“

Maximilian griff in seine Umhängetasche und hielt ihr einen Briefumschlag entgegen. „Sprechen wir jetzt über meine übrigen Bilder.“

Andrea unterdrückte nur mit Mühe den Impuls, den Umschlag zu öffnen, und wandte sich der bereits vorbereiteten Aufstellung seiner Leinwandbilder zu. Die meisten seiner Werke wiesen eine Impasto-Technik auf, entweder mit Pinsel oder Spachtel aufgetragen. Die Farbkompositionen standen im Widerspruch zu den Glasbildern, die dagegen regelrecht bunt wirkten. Kalte und dunkle Farben herrschten vor. Die Motive waren stets ein oder zwei menschliche Körperteile, die sich gegen abstrakte Formen und Linien abhoben.

Den würde ich nicht küssen wollen, dachte sie beim Anblick eines der Bilder. Es zeigte weich geschwungene Linien eines formvollendeten, überdimensional großen Kussmundes. Seine grauschwarzen Lippen waren durch Risse entstellt und erinnerten Andrea an eine ausgetrocknete Wildschwein-Suhle in den Wäldern Berlins. Nur Minuten später hatten sie gemeinsam die Verteilung der Bilder in der Galerie festgelegt.

„Das Glasbild, das Sie im Wohnzimmer bei mir gesehen haben, ist inzwischen fertiggestellt“, unterbrach Maximilian ihre Gedanken. Dass er von sich aus noch einmal auf die Glasbilder zu sprechen kam, überraschte und freute sie.

„Ich suche noch nach dem perfekten Model für ein letztes, und dann wird dieser Malabschnitt der Vergangenheit angehören. Ich hoffe, Sie helfen mir durch eine Präsentation, die Aufmerksamkeit auf diejenigen Bilder zu richten, die mir wichtig sind. Am liebsten wäre es mir, wir würden die Glasbilder ganz sein lassen."

„Wir waren uns darüber bereits einig. Eine Ausstellung bei mir wird es nur mit diesen Exponaten geben."

Weshalb erkennt er denn nicht, welch immenser Wert in seinen Todesgesichtern liegt? Seine anderen Bilder waren ja nicht schlecht, aber in ihrer Wirkung auf die Kunden würden sie kein Vergleich sein. Andrea suchte fieberhaft nach den richtigen Worten, um ihn am Reden zu halten. „Gibt es überhaupt ein perfektes Model für diese Art von Bildern?"

Er antwortete nicht, aber das erste Mal während ihrer Besprechung deutete sein Mund ein Lächeln an. Mit Sicherheit galt es allerdings nicht ihr, sondern jemandem oder etwas jenseits dieses Raumes. Er stand auf. „Würden Sie mir bitte den Plan per Mail senden. Ich möchte gerne vorher ..."

„Selbstverständlich. Ich warte nur noch auf die Vorschläge einer Firma hinsichtlich der Befestigungsmöglichkeiten für die schweren Glasplatten."

Während Andrea ihn an der Tür verabschiedete, überlegte sie, vor welchen Herausforderungen ein perfektes Model bei diesem Maler wohl stehen würde. Eines war sicher: Der Mann oder die Frau, je nachdem, wen sich Maximilian als letztes Motiv vorstellte, war nicht zu beneiden.

Die Erinnerung an den merkwürdigen Brief mischte sich mit einer diffusen Angst, die sich in ihr ausbreitete. Und obwohl ihr durch die geöffnete Tür Hitze entgegenschlug, fröstelte sie.

3. KAPITEL

Er zog die Frau, die nicht viel wog, auf die Rückbank und schloss die Tür. Wieder sah er sich um. Nur wenige hundert Meter weiter begann ein Waldweg. Sicherlich benutzten ihn Förster, Jäger oder Waldarbeiter, denn er hatte dort Reifenspuren gesehen. Auf diesem fuhr er in den Wald, bis er die Straße im Rückspiegel nicht mehr sehen konnte. Ein Liebespaar im Auto, falls doch jemand kommen sollte. Er stoppte den Motor und schaltete die Innenbeleuchtung ein. Aus der Flasche zwischen den Sitzen goss er Wasser in einen durchsichtigen Becher. Er drehte sich um und schätzte ihr Gewicht. Höchstens fünfundfünfzig Kilo. Das machte sechseinhalb Tabletten aus der Schachtel im Handschuhfach. Er konnte die Dosierung inzwischen wie im Schlaf umrechnen, wie er überhaupt alles mit der Präzision tat, die er sich in den Jahren angeeignet hatte. Er schwenkte das Plastikglas hin und her, damit die Tabletten sich besser auflösten, und setzte sich neben die Frau auf die Rückbank. Ihren Kopf bettete er auf seine Oberschenkel. Einen kurzen Moment musste er an die perversen Typen denken, die die Situation ausgenutzt hätten. Es wäre ganz leicht, denn sie schlief und trug nur einen mittellangen bunten Rock. Aber so einer war er nicht. Niemals gewesen. Er hatte ganz andere Ziele. Nicht die schnelle Befriedigung. Er schaffte etwas für die Ewigkeit. Geduldig wartete er, bis die Wirkung der Betäubung nachließ. Das dauerte nie lange. Dabei ließ er weder die Frau noch das Messer in der Türablage aus den Augen.

Allmählich beruhigten sich auch seine Sinne. Das war immer so, wenn sie nicht mehr fliehen konnten. Doch er wusste auch: Das Monster ruhte sich nur aus. Sammelte Kraft für später, auf seinem Hof, im Gewölbe, wo ihm alles gelang und er alles bestimmte. Er wünschte wirklich, sein Vater würde einmal dabei sein. Natürlich würde der nicht freiwillig kommen. Aber auf einen Stuhl gefesselt könnte er endlich sehen, zu was sein Sohn fähig war. Etwas, das ein Weichei, wie sein Vater ihn immer genannt hatte, niemals fertigbrächte. Und er könnte ihm endlich beweisen, dass es damals nicht seine Schuld gewesen war.

Die braunen Locken bedeckten den Kopf der Frau wie eine Decke. Sie bewegte sich und schlug einen Augenblick später die Augen auf. Sie richtete sich auf und griff nach dem Hebel, der die Autotür öffnete, die er längst durch die Kindersicherung verriegelt hatte. Die Frau sah an sich herunter, dann starrte sie ihn an, und er konnte in ihren Augen die Verwunderung darüber lesen, dass sie noch heil war und er ruhig neben ihr saß. Sie öffnete den Mund. Da zog er das

Messer aus der Sitztasche, und ehe sie reagieren konnte, saß er auf ihr und hielt ihr das Messer an die Kehle.

„Bitte lassen Sie mich doch ... meine kleine Tochter ..." Mehr sagte sie nicht. Nur ihre Augen sprachen weiter mit ihm.

Er griff in den Fußraum nach dem Wasserbecher. „Trink das." Sie presste die Lippen aufeinander, als er ihr das Glas an den Mund hielt.

„Trink, sonst steche ich zu."

In ihren Augen sammelten sich Tränen. „Anna", flüsterte sie.

Er wollte ihren Namen nicht kennen. Namen gehörten zu Individuen, einem Verwandten, der Hauskatze oder von ihm aus auch zu einem Hofköter. Hier ging es um etwas Grundsätzliches, das viel zu erhaben war, als ihm einen beliebigen Namen zu geben.

„Trink, dann tu ich dir nichts", beruhigte er sie. Der Weg nach Hause dauerte lang, und er hatte keine Lust, ihr jetzt schon mehr als nötig Angst zu machen.

Sie wollte noch immer nicht trinken, und er drückte das Messer in ihre zarte Haut. Nicht zu stark, denn er konnte kein Blut sehen. Davon hatte er als Kind genug beim Schlachten gehabt. Einmal hatte sich eine beim Fallen eine Schramme geholt. Langsam war das Blut ihre Stirn hinuntergelaufen und auf seine Hand getropft. Er war so verstört gewesen, dass er die Frau beinahe hatte laufen lassen.

Er drückte etwas fester zu. Endlich trank sie. Mit langsamen Schlucken, bis der Becher leer war. Er ließ ihren Mund nicht aus den Augen. Manchmal taten sie nur so, als hätten sie getrunken, und spuckten ihm dann das Wasser ins Gesicht, und er musste noch einmal von vorn anfangen. Seither schob er den Kopf nach hinten und drückte mit Daumen und Fingern ihre Münder auf, um nachzusehen, ob sie wirklich geschluckt hatten. Diese war brav und versuchte gar nicht, ihn zu täuschen. Ab jetzt war es einfach. Er musste nur sitzen bleiben und warten, bis sie müde wurde. Das dauerte höchstens eine Viertelstunde. Die meisten wollten nun mit ihm sprechen. Er ließ sie reden, hörte nicht zu, beantwortete keine ihrer Fragen. Dieses Ausblenden einer menschlichen Stimme hatte er bei Beate gelernt, lernen müssen, um ab und zu seine Ruhe zu haben. Außerdem würde die Frau sowieso nicht verstehen, was er vorhatte. Nicht, weil sie zu dumm war, sondern weil sich niemand darauf vorbereiten konnte. Beate hatte es nicht gekonnt und Mutter auch nicht. Deshalb waren ihre Gesichter so fassungslos gewesen. In nur einer Sekunde hatten sie begriffen, dass das Leben zu Ende war, hatten ihn angesehen und gehofft, dass er ihnen helfen konnte. Eine Hoffnung, gestorben in dem

Moment, in dem sie entstanden war. Dabei hatte er erst alles versucht, um sie zu retten. Doch dann war er ruhig geworden. Er hatte nur noch zugesehen, und irgendwie hatte es sich richtig angefühlt.

Jetzt schlief sie. Er schlug ihr mit der flachen Hand noch ein paarmal leicht auf die Wangen. Keine Reaktion mehr, kein Augenzucken. Dann löste er sich aus der unbequemen Sitzposition, legte die junge Frau längs auf die Rückbank und deckte sie mit einer Wolldecke zu. Ihren Kopf drehte er zur Seite, falls sie sich würde übergeben müssen. Dann kletterte er nach vorn und stieg durch die Fahrertür aus. Tief atmete er die klare Luft ein. Seine Blase drückte. Noch hundert Kilometer bis nach Berlin. Dort einkaufen und dann weiter auf den Hof. Er pinkelte an einen Baum, presste jeden Tropfen heraus, bis nichts mehr kam. Und mit einem Mal fühlte er wieder das Leben. Frei und leicht.

Die Unterbrechung in Berlin kostete Zeit. Hatte er die? Aber er brauchte dringend Material, besonders neue Farben. Zu dumm, dass er das nicht vorher erledigt hatte. Doch die Gelegenheit war heute viel zu günstig gewesen.

Er parkte in einer Seitenstraße. Vorsichtig zog er die Wolldecke auch über das Gesicht der Schlafenden. Dann hastete er zu dem Fachgeschäft, in dem er immer einkaufte. Trug eilig in dem kleinen Einkaufskorb alles zusammen, was auf dem zerknitterten Zettel stand, den er heute früh in seine Hosentasche gestopft hatte. Die Verkäuferin wollte mit ihm reden. Über seine neuen Bilder, ob endlich eine Ausstellung in Sicht sei und dass sie kürzlich von einer erfolgreichen Vernissage eines völlig unbekannten Malers gehört hätte. Also, es ginge doch. Selbst in der Großstadt Berlin. Er müsse nur am Ball bleiben und die Hoffnung nicht aufgeben. Er nickte mehrmals und bemühte sich um eine freundliche Ausstrahlung, sprach selbst kein Wort.

Mit den Einkäufen rannte er förmlich zurück zum Auto. Die Rückbank zeigte sich unverändert. Vorsorglich legte er für eine bessere Atmung ihren Kopf wieder frei. Dann fuhr er durch die Straßen Charlottenburgs Richtung Stadtautobahn. Nur endlich heraus aus der Stadt, nach Norden, bis die Reifen des Wagens über die Einfahrt seines Hofes holperten und ihn daran erinnerten, wie sehr der letzte Winter dem Pflaster vor dem Haus zugesetzt hatte. Auch die betonierte Fläche des Innenhofes zeigte breite Risse, durch die bereits das Unkraut wucherte. Aber körperliche Arbeit war noch nie seine Sache gewesen. Wie in so vielen anderen Dingen war er auch der Statur nach nicht nach seinem Vater geraten. Der war über einen Meter neunzig groß und an die hundert Kilo schwer. Das passte. Wer würde schon Schweinebauch und Rippchen in einer Fleischerei kaufen, wenn der Metzger ein Hämeken war? Vater und er zusammen im selben Betrieb? Das hätte nur böses Blut gegeben.

Er parkte das Auto und drehte sich zu der Frau auf der Rückbank um. Sie lag noch genauso, wie er sie gebettet hatte. Er schloss das große Tor zur Straße und öffnete die Scheune, stieg die Treppe hinunter und drückte mehrere Lichtschalter. Die helle Deckenbeleuchtung brauchte er wenigstens so lange, bis die Gurte festsaßen.

Er hätte etwas essen sollen. Sein Magen knurrte, und mit einem Mal waren ihre fünfundfünfzig Kilo ziemlich schwer. Er hob ihren Körper und presste ihn zwischen die Wand und seinen Bauch. Mit einer Hand hielt er sie fest und schob ihre Arme mit der anderen Hand in die Schlaufen, bis die passend unter ihren Achseln saßen. Jetzt trug die Mauer das Hauptgewicht, und der Bauchgurt ließ sich blitzschnell anziehen. Zum Schluss noch Beine, Fußgelenke, Kopf und die Ellenbogen, die zu justieren am schwierigsten waren. Sie sollten sich mit den Unterarmen und den Händen bewegen können, aber nur vierzig Zentimeter nach vorn. Mehr nicht. Er ächzte vor Anstrengung, und der Schweiß lief ihm vom Haaransatz auf die Stirn.

Noch immer schlief die Frau tief und fest. Sanft zeichnete er mit den Fingerkuppen ihre Gesichtsform nach, von der

Stirn bis nach unten zu ihrem Mund. Er sammelte Spucke in seinem Mund und gab sie mit der Zunge auf seine Finger. Mit vorsichtigen Bewegungen fuhr er ihre gut durchbluteten Lippen entlang, bis sie im weißen Licht der Deckenlampen glänzten. Er griff zur Zerstäuberflasche, die neben ihm auf dem Steinfußboden stand, und sprühte feinen Wassernebel auf Stirn und Haaransatz der Frau. Ihre dunklen Locken wurden noch dunkler, und er zog ihr ein paar nasse Strähnen über die Stirn weiter hinein ins Gesicht. Dann trat er ein paar Schritte zurück und betrachtete seine Arbeit. Sie würde ein gutes Bild werden. Er war zufrieden und kontrollierte die Uhr. Zeit genug, um von oben das Essen und den Wein zu holen, und sogar, um im Internet nachzusehen, ob sein Brief bereits Wirkung gezeigt hatte. Wahrscheinlich eher nicht. Er hätte ihn drängender machen müssen. Doch dann wäre die Galeristin sofort zur Polizei gegangen. Und obwohl die ihm nichts anhaben konnte, beunruhigte der Gedanke daran.

Er beeilte sich, denn er musste auch noch den Raum vorbereiten. Kerzen erneuern, und auf der schmalen Pinselablage der Staffelei fehlte eine frische Rose, von denen es genug auf seinem Grundstück gab, Buschrosen von saftig roten Blüten. Sie dufteten nicht. Aber wen interessierte das? Die Frau würde sie nicht lange riechen können, und ihm waren

Gerüche noch nie wichtig gewesen. Die Augen waren seine Werkzeuge und natürlich die Hände.

Mit einem Wurstbrot, einem Ast blühender Rosen und einem Glas Weißwein in den Händen stieg er nach einer Viertelstunde erneut in den Keller. Voller Erwartung galt sein erster Blick der Frau. Sie hatte die Kopfhaltung etwas verändert, aber ihre Augen waren noch immer geschlossen. Ihre Lippen hatten sich leicht geöffnet und entließen einen dünnen Speichelfaden aus dem Mundwinkel. Er stellte Weinglas und Brotteller auf einen runden Gartentisch, den er vorsichtig näher an die Wand schob. Die Eisenfüße hinterließen hässliche braune Flecken auf dem Steinfußboden, den er jede Woche säuberte und blank polierte. Ob noch Zeit war, sie zu entfernen? Nein. Viel wichtiger waren die Kerzen. Aus einem Weidenkorb unter der Treppe zählte er dreißig dunkelrote Kerzen ab und tauschte sie gegen die fast vollständig abgebrannten Stummel in den Kerzenhaltern an den Wänden. Auch wenn er inzwischen Übung darin hatte, dauerte es fast zehn Minuten.

Er rückte seinen Regiestuhl zurecht, bis er die richtige Position frontal vor der Frau fand, und setzte sich. Er hatte diesen Stuhl zufällig in einem Auktionshaus gesehen und sich sofort in ihn verliebt. Angeblich sollte Roland Emmerich darauf gesessen haben, aber der Auktionator hatte mit

Sicherheit gelogen, was ihm ganz egal gewesen war. Er hatte nun jedenfalls einen Regiestuhl. Ein Regisseur war der Gott unter den Filmleuten. Ihm gehorchte man, und er war der Einzige, der das große Ganze verstand. Sein Geist verband sich mit allem, was die Nachwelt auf der Leinwand für immer bewundern konnte. Wieder bewegte sich die Frau. Ein leichtes Flackern unter ihren Augenlidern kündigte an, dass sie bald erwachen würde. Sie hing so gerade in den Gurten, als sei sie mit hunderten von Nägeln mit der Wand verbunden, anstatt mit nur elf einfachen Ledergurten. Ja, auch er war ein guter Regisseur.

Es kribbelte überall in seinen Armen und Beinen, und er zwang sich zu extrem langsamen Kau- und Schluckbewegungen. Die Ruhe vor dem Sturm. Eine tiefe Freude erfasste ihn, wie immer, wenn es ihm gelang, die innere Unruhe unter der äußeren Hülle einzuschließen. Wie ein Kater, der eine Ratte entdeckte. Und nur das kaum wahrnehmbare Vibrieren einiger Haarspitzen verriet die Kraft, die in dem bewegungslosen Tier steckte. Völlige Selbstbeherrschung und Konzentration auf das Wesentliche. So saß er da, nahm gelegentlich einen Schluck Wein, aß ein Stück Brot und wartete.

4. KAPITEL

Maximilian legte den Pinsel beiseite und ging ins Bad. Er presste das Handtuch an sein Gesicht und sog den Duft des Frotteestoffes tief ein: die Frische einer angeschnittenen Limone und ein Hauch würziges Rosenholz. Wenigstens dieser Geruch seiner Mutter sollte von allen verlorenen Dingen der Kindheit erhalten bleiben. Der Duft tröstete, schob dunkle Gedanken beiseite und ließ die hässliche Parterrewohnung in Berlin-Kreuzberg um ein Vielfaches heller erscheinen. Er sehnte sich nach einer luftigen Atelierwohnung, die das Wort verdiente und von denen es gerade in Berlin sehr viele gab; leider nicht für ihn und seine mäßigen Einkünfte aus dem Verkauf seiner Bilder auf den Straßenfesten. Wenn es ihm eines Tages vergönnt wäre, aus dem Fenster über die Dächer der Stadt zu sehen, würde er vielleicht darauf verzichten, jeden Morgen das Parfum zu versprühen.

Mit dem Handtuch vor seinem Gesicht träumte er vom elterlichen Hof. So wie er es auch tat, wenn die Ein-Euro-Jobber im Volkspark Friedrichshain den Rasen mähten. Dann sah er vor sich die Felder rund um sein Dorf, so weit das Auge reichte, und sah sich selbst seine ersten Bilder in den Sand malen. Bilder von kleinen Brüdern oder Schwestern. Später hatte er einen imaginären besten Freund gemalt.

Er ging zurück ins Wohnzimmer, in dem er notgedrungen auch schlief, denn Malutensilien und seine Werke füllten den zweiten Raum der Wohnung komplett aus, setzte sich an den Tisch und starrte die Farbspritzer auf der Tischplatte an. Andrea Wahrig machte einen ehrlichen Eindruck. Er wollte ja Maler sein. Wollte damit wenigstens so viel verdienen, dass er eines Tages aus diesem Loch hier herauskam. Aber er spürte, dass die Entscheidung falsch gewesen war, ihr, überhaupt irgendjemandem, seine Glasbilder anzuvertrauen. Es war viel zu gefährlich, um damit an die Öffentlichkeit zu gehen. *Ich muss besser aufpassen, wenn ich die Farben mische.* Die Kleckse bekam er aus dem Holz nicht mehr heraus. Acrylfarbe, wasserfest, wenn sie erst einmal getrocknet war. Es gab auch wasserlösliche Acrylfarben. Aber er wollte dauerhafte Bilder, keine, die man einfach wieder so vom Glas wischen konnte.

Ein Hungergefühl ließ ihn in die Küche gehen und den Kühlschrank öffnen, um festzustellen, dass der bis auf Margarine und zwei Apfelsinen leer war. Er griff nach den Schlüsseln und lief auf die Straße in Richtung des nahe gelegenen Supermarktes.

„Entschuldigung“, sagte die junge Frau und ließ den Beutel Pommes nicht los.

„Entschuldigung“, sagte er im selben Moment und zog seine Hand zurück. Sein Blick blieb an ihren Augen hängen. Graublau, trotzdem leuchteten sie. Er fand ihr Gesicht hübsch, wenn es auch im Moment trotzig, beinahe kindlich wirkte. Eine braune Locke fiel über ihre Augen, und sie pustete sie zur Seite weg.

„Nehmen Sie ruhig die letzte Tüte.“ Er würde eben Nudeln essen.

„Danke.“ Der Trotz verschwand aus ihrem Blick.

Er lächelte, und augenblicklich spürte er das Verlangen, sie zu malen. Dieses Gesicht mit den ausgeprägten Augenbrauen, der Stupsnase und dem vollen Kussmund. Wie würde der wohl aussehen, wenn er schrie? Von den Lippen wäre noch genug zu sehen, auch wenn sie sich kräftig dehnen mussten. Die Fältchen um ihre Augen würde er in seinem Bild zu tiefen Gräben werden lassen. Denn noch in Todesangst wäre ihr Gesicht sonst zu niedlich. Er würde auch die runde Form etwas korrigieren müssen.

„Wenn ich mir's recht überlege, könnte ich auch Puffer machen. Wollen Sie?“ Sie hielt ihm die Tiefkühlpackung entgegen.

„Wir könnten sie zusammen essen“, sagte er und wunderte sich über seine ungewohnte Spontaneität.

Sie lachte laut auf. Ein bisschen zu kokett, wie er fand, aber es fühlte sich gut an, mit ihr zu sprechen.

„Also heute nicht. Ich muss noch zur Arbeit. Aber ein andermal … warum nicht?“ Ihre Stimme klang fröhlich, beinahe übermütig.

„Wohnen Sie hier in der Nähe?“

„Ja. Und du?“

Das Du verwirrte ihn. Er ging nirgendwohin, wo man so mir nichts, dir nichts junge Frauen kennenlernte, noch dazu so hübsch und so unbeschwert, das fremde Gegenüber gleich zu duzen. Er hatte es versucht, aber nach einigen Malen feststellen müssen, dass er sich selbst auch nicht angesprochen hätte. Mit seinen zu kurzen Beinen und einem Haarschopf, für den die Bezeichnung aschblond erfunden worden war, ging er in den suchenden Blicken junger Frauen unter.

„Dann kaufen Sie … kaufst du öfter hier ein?“

„Nee, eigentlich nicht. Zu teuer. Hatte heut nur zu wenig Zeit.“

„Wo dann?“

„Meistens Lidl. Der in der Kottbusser.“

„Dann sehen wir uns da. Was isst du zu den Pommes?“

„Hähnchenschnitzel. Oder Pute. Warum?“

Wieder lächelte er sie an und freute sich, dass er so locker mit einer wildfremden Frau sprach. „Ich kann doch nicht nur Pommes machen, wenn wir zusammen essen wollen."

„Ich muss los. Lassen wir den Zufall sprechen. Wenn wir uns noch mal treffen, nehm ich deine Einladung an, okay?" Sie griff sich ein Paket Kartoffelpuffer und ging. Er blieb an der Tiefkühltruhe stehen und starrte ihr nach. Als sie sich noch einmal umdrehte, winkte sie lächelnd. Was für ein zauberhaftes Model! dachte er.

Als er in seine Straße einbog, beobachtete er, wie die Bedienung des Cafés an der Ecke Tische und Stühle vom Staub säuberte. Er blieb stehen, überlegte und setzte sich kurzerhand an einen der Tische. Während er auf ein XXL-Frühstück wartete, lehnte er sich entspannt zurück und beobachtete die bunte Mischung aus Rentnern, Müttern mit kleinen Kindern und Studenten, die im unterschiedlichen Tempo am Café vorbeiliefen. Die Pommes würden auftauen, fiel ihm ein. Er stellte den Einkaufsbeutel in den Schatten unter den Tisch. Gleich morgen würde er neue kaufen. Bei Lidl in der Kottbusser Straße. Das waren zu Fuß vielleicht fünfzehn oder zwanzig Minuten. Er könnte das Rad nehmen und am Ufer entlangfahren. Wieder verzog sich sein Mund zu einem breiten Lächeln.

5. KAPITEL

Sie hatte den Drohbrief beinahe wieder vergessen und das vergangene Wochenende in der Galerie gearbeitet. Doch in der letzten Nacht hatten sich die Post des Unbekannten, die Gesichter, Maximilians Werke und der Inhalt ihres aktuellen Krimis zu einer Mischung zusammengefunden, die Andrea jeglichen erholsamen Schlaf geraubt hatte. Nicht einmal der Kaffeevollautomat konnte heute etwas an ihrer miesen Stimmung ändern. Seufzend startete sie ihr MacBook und kontrollierte als Erstes, ob Martin bei Skype online war. Doch er war natürlich nicht angemeldet. Bei ihm war es jetzt mitten in der Nacht, und er würde tief und fest in seinem Bett schlafen. Aber vielleicht studierte er auch das Nachtleben von Singapur, womöglich in attraktiver weiblicher Begleitung. Es wäre sein gutes Recht. Trotzdem versetzte ihr diese Vorstellung einen Stich. Seit ein paar Wochen war er am anderen Ende der Welt und arbeitete an seiner vielversprechenden Karriere. Wirklich beendet hatten sie die Beziehung nicht, und doch war beim Abschied am Flughafen klar gewesen, dass sie fortan ein „Ex" vor ihrer Freundschaftsbezeichnung tragen würden. Sie hatten nur wenige Zentimeter voneinander entfernt am Check-in gewartet, und als sie sich dann mit einer Umarmung verabschiedeten, hatte es sich angefühlt, als sei Martin bereits in der endgültigen Flughöhe von zehntausend Metern angekommen.

Trotzdem hätte sie gerade jetzt seinen Rat bitter nötig. Schon den ganzen Morgen über versuchte sie, sich selbst davon zu überzeugen, dass der ominöse Brief nichts weiter als ein übler Scherz gewesen war. Wahrscheinlich sogar von dem verärgerten Maler, dessen Ausstellung sie zugunsten Maximilian Ross' verschoben hatte.

Ihr E-Mail-Postfach gab piepend eine neue Nachricht bekannt.

Liebe Frau Wahrig,
ich habe nachgedacht, und ich bin mit der geplanten Ausstellung nicht glücklich. Bitte lassen Sie uns eine Alternative ausarbeiten. Wir könnten z. B. nur eines der Glasbilder ausstellen, z. B. das des schlafenden Jungen. Wenn tatsächlich Kunden daran interessiert sein sollten – was ich nicht glaube –, könnten wir uns ja mit denen verabreden, um weitere zu zeigen. Bitte verstehen Sie, dass ich meinen künstlerischen Weg nicht in den Glasbildern sehe. Es widerstrebt mir, darum so ein Aufhebens zu machen.
Hoffnungsvolle Grüße
Ihr Maximilian Ross

Andrea rief seine Festnetznummer an, erreichte aber nur den Anrufbeantworter, bei seiner Handynummer nur die Mailbox. Mit betont fröhlicher Stimme sprach sie ihre Bitte um Rückruf, egal zu welcher Tages- oder Nachtzeit.

Was sollte das alles? Irgendjemand drohte ihr mit dem Tod der Mutter, wenn sie die Ausstellung nicht absagte. Jetzt wollte auch der Künstler selbst am liebsten die Glasbilder nicht mehr? Ausgerechnet sie sollten doch das Zugpferd sein. Die anderen seiner Bilder konnte er sich sonst wohin ... War der Drohbrief etwa von ihm? Um sie weichzuklopfen? *Blödsinn!* Er wäre nicht gestern noch, nach der Zustellung der zweifelhaften Post, in die Galerie gekommen, um mit ihr die Einzelheiten zu besprechen. Aber vielleicht hatte er einen ähnlichen Brief erhalten? Sie musste auf der Stelle persönlich mit ihm sprechen, um sich Gewissheit zu verschaffen.

Eilig verließ sie die Galerie und machte sich auf den Weg. Maximilian Ross wohnte in der Reichenberger Straße 42 in Berlin-Kreuzberg. Während sie Ausschau nach einem Parkplatz hielt – am Wochenende ein schier aussichtsloses Unterfangen –, dachte sie an das erste Treffen mit ihm. In gewisser Weise war es unheimlich gewesen, und der Drohbrief und die heutige Mail des jungen Mannes milderten den Eindruck auch im Nachhinein kein bisschen ab.

Pünktlich hatte sie vor drei Wochen vor dem Haus gestanden, dessen Erdgeschossfassade komplett mit weißen Linien besprüht war. Die Haustür hatte einen Spalt offen gestanden und den Geruch von frischen Bratkartoffeln mit Speck und Zwiebeln und muffigem alten Holz auf die Straße entlassen. Klarglasscheiben dienten als billiger Ersatz für die ehemals sicher bunten Kassettenfenster. Im Halbdunkel war Andrea die Stufen bis in den ersten Stock hinaufgestiegen.

Erst auf das zweite Klingeln hin öffnete ihr Maximilian Ross, und sie stellte fest, dass diesem Mann absolut nichts Künstlerisches anhaftete. Das Verhältnis zwischen kurzem Unter- und langem Oberkörper ließen ihn kleiner erscheinen, als er tatsächlich war. Er bat sie herein, und seine Stimme wirkte kaum lebhafter als der erste Blickkontakt.

Das Wohnzimmer hatte zwar ein großes Fenster und sogar Zugang zu einem Balkon, doch die Straßenbäume ließen so gut wie kein Licht herein. Für einen Maler denkbar ungünstige Bedingungen, dachte sie und entdeckte an der Zimmerdecke sechs mindestens zwei Meter lange Leuchtstoffröhren. Besondere, die, wie ihr der junge Künstler erklärte, Tageslicht simulieren sollten und deshalb ein Vermögen gekostet hätten.

Er führte sie in den anliegenden zweiten Raum. Dieser maß mindestens zwanzig Quadratmeter, aber bewegen konnte man sich nur enge Gassen entlang. In mehreren parallelen Reihen standen Holzgestelle, wie man sie auf den Lieferwagen von Glasereien sah. Einige der Gestelle waren leer, andere bargen offenbar die Schätze des Malers, denn sie waren mit vergilbten Bettlaken verhängt. Auf dem Fußboden überlappten sich mehrere in Farbe und Material unterschiedliche Teppichbodenreste, die wahrscheinlich noch niemals Kontakt mit einem Staubsauger gehabt hatten. Maximilian steuerte auf ein Billy-Regal an der Wand zu, das mit Pinseln, Farbtöpfen, Gläsern und anderen Malutensilien gefüllt war. Davor lehnten Leinwandbilder in unterschiedlicher Größe. Maximilian begann, diese Bilder so auseinander zu stellen, dass Andrea sie betrachten konnte.

„Interessant, aber in erster Linie würden mich die Glasbilder interessieren, von denen die ‚tip' berichtet hat", wiederholte sie freundlich das Anliegen aus ihrem Telefongespräch. Er wirkte im ersten Moment enttäuscht, um sie gleich danach wieder so teilnahmslos anzusehen wie zuvor. Als er das erste Tuch in seiner Reichweite herunterzog, freute sie sich. Es war jedes Mal ein besonderer Augenblick, vor einem Original zu stehen, egal wie hochauflösend die Bilder in der Präsentationsmappe eines Künstlers waren. Doch ihr Mund blieb offen stehen, und ihr Pulsschlag erhöhte sich rasant, denn auf diesen Anblick war sie nicht vorbereitet. Beeindruckt und gleichzeitig zutiefst erschrocken betrachtete sie die ungefähr ein Meter achtzig hohe Glasplatte, die im unteren Bereich zu zwei Dritteln mit unregelmäßigen geometrischen Feldern bedeckt war. Grün, gelb, blau und violett, aber deutlich viel mehr Rot, zeigten ihre volle Sättigung nebeneinander. Die Farben wirkten dunkel, leuchteten aber gleichzeitig. Wie bei Bleiverglasungen von Kirchenfenstern oder Tiffanylampen grenzten sich die unregelmäßigen geometrischen Formen anthrazitfarben von einander ab. Unwillkürlich tastete Andrea mit dem Finger, ob sich die Linien tatsächlich vom Untergrund erhoben. Doch sie waren nur gemalt. Sein Handwerk beherrschte der Künstler also. Das obere Drittel zeigte den Oberkörper einer jungen Frau. Es schien, als sei das Gesicht unmittelbar hinter dem Glas, und Nase und gespreizte Hände pressten sich mit aller Kraft dagegen. Obwohl auch hier die Farben unnatürlich intensiv waren, wirkte das Gesicht der Frau erschreckend echt, als sehe man durch das Objektiv einer Kamera, vor dem ein Sättigungsfilter geschoben worden war. Diese Frau hatte definitiv Todesangst. Ihre unnatürlich geweiteten Augen standen vor. Der Mund war so weit aufgerissen, dass man die Kronen auf ihren Zähnen erkannte. In ihren Pupillen lag ungläubiges Staunen.

„Können Sie das Bild von hinten beleuchten?“, murmelte sie.

„Nein, in diesem Raum nicht. Im Wohnzimmer habe ich eine Lichtkonstruktion dafür gebaut. Aber wenn sie fertig sind, brauche ich kein Licht mehr.“

„Wollen Sie mir etwas zu Ihrer Intention für dieses Bild erzählen?“ Noch immer starrte sie auf das menschengroße Kunstwerk.

„Nein. Es spricht für sich.“

Überrascht sah Andrea ihn an. Sein Blick flackerte etwas, blieb aber bei ihr, bis sie ihren abwandte.

„Darf ich noch weitere sehen?“, fragte sie und stellte fest, dass ihre Stimme ungewohnt schüchtern klang.

Maximilian zeigte ihr noch drei Glasplatten, die jeweils als vorderste in den Gestellen standen. Mit der Begründung, die anderen zu enthüllen würde zu viel Aufwand bedeuten, lehnte er eine weitere Besichtigung ab. Zwei der Bilder zeigten ebenfalls Frauen. Beide mit jeweils ähnlich erschreckenden Gesichtsausdrücken. Auf dem letzten dagegen war ein Kind zu sehen. Ein Junge, etwa zehn Jahre alt. Er schlief friedlich. Nur die Finger seiner Hände, die auch wieder von der Innenseite gezeigt waren, schienen sich zu verkrampfen, so als wollten sie sich wie seine Bildnachbarinnen gegen die unsichtbare Oberfläche stemmen und nur die Kraft hierzu fehlte. Der Gesichtsausdruck wirkte kindlich und naiv. Andrea fragte sich, warum es sie beruhigte, dass Maximilian Ross auch fähig war, friedliche Bilder zu malen. Sie holte tief Luft und schlug vor, ins Wohnzimmer zurückzukehren, um sich das aktuelle Werk anzusehen.

Dort stand eines der Holzgestelle, das Andrea bisher nicht wahrgenommen hatte. Maximilian zog das Schutztuch ab und drückte einen Lichtschalter. Das obere Drittel des aktuell entstehenden Glasbildes war bereits vollständig mit Farbe bedeckt, in denen sich die Konturen eines Frauengesichtes abzeichneten. Obwohl das Abbild deutlich noch unvollendet war, konnte Andrea die Todesangst der jungen Frau bereits ahnen. Sie hatte ohnehin ständig das Empfinden, es wäre noch eine weitere Person im Raum. Hinter dieser Platte und doch gefangen in ihr, lange braune Locken schienen in nassen Strähnen an dem Glas zu kleben. Wie meine Haare, fuhr es Andrea durch den Kopf, und sie zwang ihren Blick wieder nach unten. Unordentlich lagen Acryltuben hinter der schräg angelehnten Glasplatte, eine der größeren Farbdosen war umgefallen, und rote Farbe hatte sich auf dem Packpapier ausgebreitet, das den Dielenfußboden schützen sollte. Sie brauchte dringend eine Pause von diesen Eindrücken. „Darf ich Ihr Bad benutzen?"

Der Maler schien sich in sein Bild zu vertiefen, als sehe er es das erste Mal, und zeigte nur mit dem Arm in Richtung Flur. Sie öffnete die erste Tür. Sofort strömte ihr ein markanter Geruch entgegen. Ein Frauenduft. Frisch und doch gleichzeitig ein wenig herb. Eine interessante Mischung. Prüfend sah sie sich in dem kleinen Bad um, entdeckte aber weder eine zweite Zahnbürste noch irgendein anderes weibliches Accessoire. Dabei war der Künstler zwar äußerlich alles andere als eine Lichtgestalt, aber keineswegs unattraktiv. Er trug Jeans und T-Shirt, und der Dreitagebart in seinem hübschen Gesicht schien nicht geplant zu sein. Schon fasste Andrea mit der Hand an den Türgriff des altmodischen Spiegelschrankes, als sie zögerte. Welches Recht hatte sie, sich für die Privatangelegenheiten eines Künstlers zu interessieren, der noch nicht einmal zugesagt hatte, auf ihr Ausstellungsangebot einzugehen? Doch Neugierde war schließlich eine der Grundeigenschaften eines Künstlers. Vorsichtig, um keine verdächtigen Geräusche aus dem Bad dringen zu lassen, zog sie eine nach der anderen der Spiegeltürchen auf. Außer langweiliger Männerkosmetika sah sie nur einen Flakon, der keine Aufschrift trug. Sie zog den Glasdeckel ab. Es überraschte sie nicht, dass es sich um das

Parfum handelte, das überall in dem winzigen Raum wahrnehmbar war. Ließ er es etwa nur für sich herstellen? Das passte nicht zu seinem offenbar schmalen Geldbeutel. Sie stellte den Flakon zurück und wollte die Tür schließen, als ihr Blick auf ein kleines bunt bemaltes Holzkästchen fiel. Sie nahm es heraus. Das Kästchen wirkte wie das Geschenk eines Kindes zum Muttertag. Rote Herzchen und gelbe großblättrige Blüten waren unregelmäßig auf dem Deckel verteilt. Ein wenig harter Klebstoff auf der Innenseite des Deckels zeigte, dass auch diese Seite zuvor beklebt gewesen war. Innen lagen mehrere Tablettenblister. *Stilnox* entzifferte Andrea auf der Rückseite. Dunkel erinnerte sie sich daran, dass es sich bei diesem Präparat um ziemlich starke, auf jeden Fall verschreibungspflichtige Schlaftabletten handelte. Sie wunderte sich. Zwar wäre Maximilian Ross nicht der einzige Künstler, der Alkohol, Tabletten oder andere Drogen nahm. Allerdings gehörten Schlaftabletten sicher nicht zu denjenigen Mitteln, die kreative Arbeitsschübe auslösten. Sorgfältig stellte sie das Schächtelchen wieder an seinen Platz und ging zurück ins Wohnzimmer.

„Ich habe keine Zeit mehr. Ich muss noch etwas erledigen“, sagte er und starrte dabei unverändert auf sein Werk.

„Etwas fehlt Ihnen, stimmt's?“, sagte sie und stellte sich dicht neben ihn.

„Sie sind zu hart.“

„Die Linien oder die Farben?“

Er hatte nicht mehr geantwortet, und so hatte sie seine Wohnung verlassen. Es war definitiv nicht der richtige Moment gewesen, um mit ihm über eine Ausstellung zu sprechen. Erst fünf Tage später war er in ihre Galerie gekommen, sie hatten einen Vertrag aufgesetzt, und Andrea hatte ihn überglücklich verabschiedet. Heute dagegen hatte sie weniger Glück. Weder stand die Haustür offen, noch reagierte jemand auf ihr mehrfaches Klingeln. Sie trat ein paar Schritte zurück und sah zum Balkon im ersten Stock hoch, hinter dem sich die Wohnung des Malers befinden musste. Die Rollläden waren heruntergelassen.

Ratlos drehte sie sich um. Wo hatte sie geparkt? Sie lief in Richtung Manteuffelstraße. Dabei sah sie in fröhliche, teilnahmslose, mürrische, lachende oder traurige Gesichter, aber allesamt waren nach der Erinnerung an dieses erste Treffen mit dem introvertierten Maler wunderbar lebendig, selbst das von tiefen Falten zerfurchte Antlitz einer alten Frau, die nach vorn gekrümmt ihre Einkäufe in einem Handwagen hinter sich herzog. Wenn man wollte, konnte man in diesen Menschenstrom eintauchen – eine homogene Masse. Und wenn einem danach war, hob man seinen Kopf aus der Anonymität und streckte ihn in die gewünschte Richtung.

Sie würde ihren Kopf schon bald erheben. Und sie würde diesen jungen Künstler, der gar nicht wusste, welche Schätze er da erschuf, mit sich emporziehen, ob er wollte oder nicht. Mit Syltrosen hatte noch niemand in der Berliner Kunstszene Aufmerksamkeit errungen. Und davon würde sie auch kein Irrer, der Erpresserbriefe bastelte, abhalten können.

6. KAPITEL

Die Augen der Frau rollten unter den Lidern, die sich Sekunden später erst wenig, dann vollständig hoben. Sie ließen das Leben heraus und den Schrecken hinein in dieses Wandbild vor ihm. Er stellte Glas und Teller auf dem Tisch ab und schob sich aus dem Stuhl hoch. Jegliche Fluchtversuche der Frau wurden unterdessen von den Gurten gefangen. Wie sein letztes Opfer hatte sie im Auto nur gejammert. Jetzt brüllte sie ihre Angst heraus, sie schleuderte ihm Worte entgegen. Er sah ihre Mundbewegungen, hörte ihre Stimme. „Schrei ruhig. Hier hört dich sowieso keiner", hatte er ihnen früher entgegnet, sogar manchmal die Hand auf ihren Mund gedrückt. Aber mittlerweile erreichte ihn weder der Inhalt ihrer Beschimpfungen noch der ihres Flehens. Erstaunt hatte er eines Tages festgestellt, dass er dank Beates dauernder Schimpftiraden diese Fähigkeit besaß. Wie ein Fakir, dessen Fußsohlen weder heiße Kohlen noch Nagelspitzen spürten, konnte er seinem Gehirn befehlen, nicht zuzuhören. Dieses Mal gelang es nicht. Zweifel nagten seit Tagen an ihm. Was hatte er sich dabei gedacht, von der vorgeschriebenen Reihenfolge abzuweichen? Nach der letzten jungen Frau, deren Bild gerade erst ausgekühlt war, hätte er eine ältere suchen müssen. Er betrachtete sein

Opfer. Warum hatte er ihr nicht widerstehen können? Eine schlanke und trotzdem sehr weibliche Figur. Ihre birnenförmigen Brüste hoben und senkten sich im Rhythmus ihres hastigen Atmens. Wie schön war sie gewesen! Sie verhöhnte ihn. Schwach und widerstandslos hatte ihn ihre Ähnlichkeit mit Beate gemacht und so seine Kontrolle gebrochen, die er mühsam fast dreißig Jahre lang aufrechterhalten hatte. Aber das passte zu Beate. Sie wollte ihn immer kontrollieren. Damit war jetzt Schluss.

Er ging so dicht an sie heran, dass er sein Bild in ihren glänzenden Pupillen erkennen konnte. Verzerrt wie in dem konvexen Spiegel auf dem Dorfjahrmarkt. Er lächelte sie an, hielt ihr Gesicht mit beiden Händen fest und drückte sanft seinen Mund auf ihre Lippen, spürte, wie sie sie zusammenpresste und ihren Kopf drehen wollte.

„Du bist jetzt still", sagte er leise, und sie spuckte ihm ins Gesicht. Er trat ein paar Schritte zurück und zog ein sauberes Tuch aus der Hosentasche. Als er sein Gesicht säuberte, schien es, als befreie er seinen Kopf von mehr als ihrer Spucke. Tief in seinem Gehirn löste sich etwas und setzte schlagartig Erinnerungen frei.

Ein Schuss. Die Mitschüler stehen am Rand der Aschenbahn und feuern ihn an. Jetzt nur nicht nach links oder rechts sehen, das kostet wertvolle Sekunden. Rennen, als gehe es um das eigene Leben. Um das geht es auch, denn wenn er jetzt nicht siegte, hätte auch seine Gruppe verloren. Und das ganze Elend würde von vorn beginnen. Sie würden ihn beschimpfen und bespucken, wie sie es gemacht haben, bevor sie bemerkt hatten, wie wertvoll er im Sport für sie war, trotz seiner kurzen Beine. Dann würden sie ihn in den Dreck stoßen und seine Schultasche klauen. Er rennt auf das Ziel zu und hinter ihm jubeln sie schon.

Mit Nachdruck, als könnte er damit die unsichtbaren Gegner von der Bahn drängen, stopfte er das gebrauchte Taschentuch zurück in seine Hose, wendete und ging mit schnellen Schritten zur gegenüberliegenden Wand, an der die Glasplatte schon bereitstand. Er holte tief Luft, griff in die Halterungen der beiden Saugnäpfe und hob die Platte an, die kaum weniger wog als die Frau. Wieder stand er dicht vor ihr, dieses Mal das Glas zwischen seinem und ihrem Atem. Er hatte alles gut vorbereitet und musste kaum hinsehen, als er die Glasplatte einpasste. Die Augen der Frau erzählten ihm alles, was gerade in ihr vorging. Ihre Blicke rasten die Konturen der Glasscheibe ab. Wahrscheinlich verglich sie sie mit dem Auslass in der Wand, in dem sie selbst in den Gurten hing, und in diesem Moment schien sie das Ausmaß der Situation zu erfassen. Ihr Mund öffnete sich zu einem erneuten Schrei, aber es kam nur ein heiseres Krächzen heraus. Er drückte das Glas fest auf die Gummidichtung und ihre Laute erstarben zu einem hohlen Seufzen, als hätte er seinen Kopf tief unter Wasser getaucht. Er lehnte sich mit seinem ganzen Körper gegen das Glas, war ihr so nah wie ein Liebender auf der Geliebten. Schnell schob er die in der Wand verankerten Riegel auf allen Seiten vor die Scheibe. Er löste die Saugnäpfe, prüfte ein letztes Mal den Sitz der Platte und konzentrierte sich wieder auf das Gesicht der Frau.

Sie war still. Tränen liefen über ihre Wangen und ihre Augen kämpften um seine Blicke, wie ein Ertrinkender unter vielen um die einzige schwimmende Holzplanke. Er wich ihren Blicken nicht aus. Ebenso wenig, wie er damals denen Beates ausgewichen war, als sie ihn angestarrt hatte. Das erste Mal in ihrer Ehe hatte sie sich ihm bedingungslos ergeben, weil er der Einzige gewesen war, der über Leben und Tod hätte bestimmen können. Damals hatte er es nicht vermocht. Aber schon lange war der Weichling von damals einem starken Mann gewichen. Die Frau müsste das erkennen, aber sie ballte die Hände zu Fäusten, versuchte immer und immer wieder, von innen gegen den gläsernen Sargdeckel zu schlagen. Doch der Bewegungsradius, den er mit den Gurten bestimmt hatte, war perfekt. Schließlich spreizte sie die Finger weit auseinander. Wie gefächerte Blätter hielt sie sie ihm entgegen. Weniger als fünf Zentimeter trennten sie von einer Berührung, die sie doch nicht retten würde. Deutlich konnte er die Handinnenlinien erkennen. Da war es: das erste Detail seines Werkes. Schnell griff er zum dünneren der beiden Eddings, die auf dem Tisch bereitlagen, und fuhr die Linien damit nach. Die Lebenslinie ihrer rechten Hand war lang und durchgehend. Er lächelte bei dem Gedanken, dass er die Macht hatte, sie zu unterbrechen.

Zuerst hatte es ihn gestört, dass sie nicht wirklich ertranken, dass der Körper auf langsam zu Ende gehenden Sauerstoff anders reagierte als beim plötzlichen Abbruch der Atemmöglichkeit im Wasser. Aber dann hatte er die Parallelen erkannt. Wichtig war allein der Moment der Erkenntnis, jetzt gleich zu sterben. Wieso sollte er ihnen den Tod selbst grausamer gestalten als notwendig? Jeder körperliche Todeskampf würde nur diese Erkenntnis in ihrem Gesichtsausdruck verfälschen, und damit das Einzige, das es wert war, festgehalten zu werden.

Seine Hand flog mit dem Edding über die Glasplatte. Er musste sich beeilen, denn der Gesichtsausdruck verfiel schnell. Die Skizze war fertig, und er griff zu Pinsel und Palette. *Lockerer halten, nicht so fest.* Der Pinselstrich musste gleiten. Leicht und fließend sollte sich die Farbe auf das Glas setzen. Junge, halte den Stift nicht so verkrampft, hatte Mutter immer gesagt. *Dir wird die Hand wehtun.* Dabei hatte die Hand beim Schlachten viel mehr geschmerzt, wenn er stundenlang das Blut im Topf rühren musste, damit es ja nicht klumpte. Am Anfang war das gar nicht schwierig. Der große Holzlöffel glitt ohne Widerstand durch die körperwarme Flüssigkeit. Wenn dann nach und nach die Fleischbrocken hinzukamen, wurde es immer schwieriger. Dazu der Gestank, der sich in die Haare und in die Kleidung fraß und den man tagelang nicht loswurde.

Er tippte die Pinselspitze in die grüne Acrylfarbe. Die Augen stimmten noch nicht. Nicht so grau, mehr grün waren die Pupillen. Und um sie herum kleine Äderchen. Aber Rot kam erst nachher an die Reihe. Immer eins nach dem anderen. Er hatte eine Ordnung, die jedes Mal etwas besser war als beim Mal zuvor. Früher hatte er zum Skizzieren einen dünnen Filzstift genommen, jetzt reichte ein breiter Edding. Sicher, damit wurde es nie so exakt. Die Ränder der Linien erschienen ausgefranst wie herausgerissene Fleischfetzen in den Krallen eines Raubvogels. Er dagegen sah die Konturen klar und deutlich, nahm das Gesicht mit allen Einzelheiten in sich auf. Er erkannte, wenn die Augenbrauen gezupft waren oder ob sie, wenn der natürliche Schwung fehlte, eine Wimpernzange benutzte. Jede Falte um die Augen, die Nase und den Mund sah er, egal, welches Make-up sie trug. Denn er sah sie von ganz nah. Er sah in sie hinein.

Er bewegte den Hebel, und das Gummi des Wischerblattes schob die Wassertropfen nach unten weg. Einmal hatte er das Wischblatt falsch herum eingebaut. Ausgerechnet beim zehnten Jahrestag. Das Bild war nicht gut geworden, und vor Jahresablauf hatte er sich eine neue Frau suchen müssen, um das Bild zu wiederholen. Das Beschlagen der Scheibe war überhaupt das größte Problem. Er musste sich endlich um eine Lösung kümmern. Hier unten war es oft ziemlich kalt. Viel kälter als der Atem von der anderen Seite der Platte.

Rachmaninows Klavierkonzert Nr. 3 in d-Moll war zu Ende. Sorgsam legte er den Pinsel auf dem Tisch ab, den inzwischen eine abwaschbare Decke schützte. Er hasste Farbflecken. Sie waren in der Regel zufallsabhängig. Und Zufälle hasste er ebenfalls. Er überlegte, ob er ein weiteres Mal Rachmaninow einlegen sollte. Er ließ seine Blicke durch den Raum schweifen. Das anheimelnde Licht der dreißig Wandkerzen täuschte über die klamme Feuchtigkeit dieser Nacht hinweg, die sich langsam dem Ende zuneigte. Durch die Öffnung der Treppe konnte er von oben bereits das Grau der Morgendämmerung ahnen. Er streckte seine Arme über den Kopf, bog den Oberkörper nach vorn und nach hinten und ging ein paarmal in die Knie. Eine Heizung wäre wirklich nicht schlecht. Todmüde und ausgelaugt fühlte er sich.

Die Knochen taten ihm weh. Seine gesamte Kraft steckte nun in dem sechsundzwanzigsten Bild in diesem Gewölbe, und es stand kurz vor der Vollendung. Sollte er sich gegen die Ermüdung jetzt schon gestatten, was er sonst erst tat, nachdem er den letzten Pinselstrich gesetzt und die letzte Farbtube geschlossen hatte? Er fand, es wäre ein gerechter Lohn, verstaute das Klavierkonzert sorgfältig in der Hülle und legte eine neue CD ein. Zu den ersten Klängen von Händels Wassermusik schritt er bedächtig die Wände entlang und drückte neben jedem seiner Bilder einen Schalter. Er hatte eine Menge Geld für die Glühbirnen ausgegeben, nur die besten Markenfabrikate genommen, um jeden der Wandauslässe mit Licht auszustatten. Denn er wusste, dass er die Birnen niemals würde auswechseln können. Schließlich waren alle dreiundzwanzig Wandgemälde von innen beleuchtet. Die Wände hatten noch Platz für vier weitere Auslässe. Dann würde sein Werk vollendet sein. Notfalls stünden noch große Teile des Fußbodens zur Verfügung. Dort schmückten seine drei ersten Bilder hintereinander die Mitte in diesem gut dreißig Meter langen Raum. Aber es würde ihm widerstreben, zu seinen ersten drei Werken weitere hinzuzufügen. Außerdem war es Zeit, zu einem Ende zu kommen. Und manchmal ertappte er sich dabei, von einem letzten Mal zu träumen.

Sein Rundgang war beendet, und er setzte sich auf eine der Stufen der Kellertreppe. Hingerissen betrachtete er sein Gewölbe, das nun beinahe so hell erleuchtet war wie eine Kathedrale auf einem hohen Berg. Wie von Sonnenlicht wurde das Innere der Glasbilder durchflutet. Satte Rot-, Blau- und Grüntöne mischten sich in das gelbe Kerzenlicht. Ein Meer an Farben spiegelte sich an der gewölbten Kellerdecke und auf dem blank geputzten Steinfußboden. Einzelne Farbstrahlen gegenüberliegender Bilder trafen sich irgendwo im Raum und mischten neue Töne, die er nie gemalt hatte. Er holte tief Luft und sah zufrieden in jedes einzelne Gesicht auf seinen Bildern, betrachtete Hände, die sich ihm entgegenstreckten, sah in schlafende Gesichter und in Antlitze, deren Augen und Münder weit offen standen. Jedes so, wie er es bestimmt hatte. Ein fremder Besucher hätte viel Fantasie gebraucht, um die Konturen der Besitzer dieser abgebildeten Gesichter weiter verfolgen zu können, denn die unteren zwei Drittel waren durch dichte bunte Mosaiklandschaften bedeckt. Aber er sah genau, wo das Licht hinter dem bemalten Glas durch Körper gebrochen wurde, die auch nach Jahren kaum verwest sein dürften. Hinter den Bildern war es feucht und kalt und kein Sauerstoff half ihnen, sich seinem heiligen Gewölbe zu entziehen.

Als er alle Malutensilien aus der Hand gelegt hatte, holte er unter der Treppe sein Feldbett hervor. Er trug es in den hinteren Bereich des Gewölbes und klappte es zu Füßen der Staffelei auf. Ein letztes Mal küsste er das Foto, das auf dem Holzgestell lehnte und vor dem die Rosenzweige noch immer wie frisch geschnitten wirkten. Eigentlich wollte er auch im Liegen noch weiter den Raum betrachten, aber ihm fielen vor Erschöpfung die Augen zu.

7. KAPITEL

Tagelang hatte sie versucht ihn zu erreichen, hatte jeden Tag eine E-Mail an ihn gesandt. Jetzt las Andrea die erste Antwortmail Maximilians, und was sie davon verstand oder besser dachte misszuverstehen, schrieb sie ihren angespannten Nerven zu. Glauben konnte sie es jedenfalls nicht. Sie murmelte den Text laut vor sich hin, und als sie begriff, dass sie sich keinesfalls verlesen hatte, pochte ihr Herz so stark, dass ihr schwindelig wurde. Noch einmal las sie, was auf dem Monitor stand:

Guten Tag Frau Wahrig,
es tut mir außerordentlich leid, und ich kann Ihnen die Gründe auch nicht erklären. Aber definitiv sage ich hiermit die in Ihrer Galerie geplante Ausstellung ab. Nicht endgültig. Vielleicht werde ich später noch einmal auf Sie zukommen. Aber zum jetzigen Zeitpunkt ist es mir unmöglich, meine Glasbilder auszustellen. Sollten Sie damit einverstanden sein, nur meine anderen Bilder anzubieten, würde ich selbstverständlich an unserem Vertrag festhalten. Wenn nicht, teilen Sie mir bitte die Ihnen bisher entstandenen Kosten mit.
Mit freundlichen Grüßen und sorry
Maximilian Ross

Er hatte diese Nachricht erst vor einer halben Stunde gesandt. Schnell antwortete sie:

Lieber Maximilian,
so kurz vor der Ausstellungseröffnung bringt uns Ihre Entscheidung in große Schwierigkeiten. Die finanziellen Konsequenzen sind hierbei die geringsten. Bitte lassen Sie uns ein persönliches Treffen vereinbaren. Ich denke, wir werden für alles eine Lösung finden. Ich habe gestern bereits versucht, Sie zu Hause zu besuchen. Leider waren Sie nicht da. Schreiben Sie mir doch, wann ich Sie am besten dort antreffen kann, oder kommen Sie in meine Galerie.
Herzliche Grüße
Andrea Wahrig

Eine halbe Stunde hielt sie es ergebnislos wartend vor dem Monitor aus. Dann fuhr sie wieder in die Reichenberger Straße. Kurzerhand hielt sie in zweiter Reihe vor der Hausnummer 42, sprang aus dem Auto und klingelte bei Maximilian Ross Sturm. Wie Anfang der Woche öffnete niemand.

Wieder im Büro angelangt, prüfte sie im Minutentakt ihren E-Mail-Account und arbeitete nebenbei an dem Konzept einer Ausstellung, die sie für die Vorweihnachtszeit plante. Eine themenbezogene Gemeinschaftsausstellung junger Bildhauer. Einer der Künstler wollte gerne das Thema unter der Überschrift „Das Göttliche“ gefasst wissen. Die vier anderen tendierten eher zu dem, was auch Andrea wollte – „Berührung“. Ihr fiel auf, dass beide Prämissen auch zu den Werken Maximilians passen würden, von dem in diesem Moment gerade und endlich eine Antwort kam.

Liebe Frau Wahrig,
vielen Dank für Ihre Nachricht. Aber ich bin bereits auf Reisen. Daher ist ein persönliches Treffen nicht möglich. Es würde auch nichts bringen. Haben Sie schon eine Entscheidung treffen können, ob Sie bei der Ausstellung auf die Glasbilder verzichten? Dann wäre ich rechtzeitig zur Vernissage wieder in Berlin.
Mit freundlichen Grüßen
Maximilian Ross

Das konnte doch wohl nicht wahr sein! Was, um Himmels willen, war mit diesem Mann los? Auf Reisen? Fieberhaft überlegte Andrea. Konnte sie es wagen, ihm die geforderte Zusage zu geben, um ihn zurückzulocken? Was, wenn sie es nicht vermochte, ihn nach seinem Kommen zu überzeugen, doch noch die Glasbilder hinzuzunehmen? Wie würde die

Presse auf so eine Schmalspurvernissage reagieren? Besser doch ein Ersatz? Aber die Zeit dafür wurde langsam knapp. Alle Pressemitteilungen waren längst verschickt, alle Unterlagen gedruckt. Ihre eigene E-Mail- und Postkampagne in vollem Gange. Ihre Homepage pries die kommende Ausstellung in den höchsten Tönen. Andrea schrieb einfach drauflos.

Lieber Maximilian,
ich würde ungern die Chance vergeben, die ich in der geplanten Ausstellung für uns beide sehe. Dann ist es besser, die gesamte Ausstellung zu einem späteren Zeitpunkt zu starten. Ihre Glasbilder unterscheiden sich von Ihren übrigen Werken so sehr, dass ich befürchte, eine unvollständige Ausstellung wird Ihr Image in nur eine Richtung prägen, und eine zweite spätere Ausstellung liefe ins Leere. Außerdem habe ich in allen Ankündigungen die Glasbilder besonders hervorgehoben. Ich kann und will meine Kunden und vor allem die Presse nicht dahingehend enttäuschen, dass genau diese Werke dann fehlen. Ich hoffe immer noch sehr, dass Sie Ihre Entscheidung überdenken. Wir können uns auch persönlich treffen, wenn Sie sich außerhalb Berlins befinden. Mailen Sie mir Ihre Adresse, und ich werde sofort

kommen. Bitte geben Sie uns die Möglichkeit, nochmals face-to-face alles zu durchdenken.
Herzlichst
Ihre Andrea Wahrig

Sie zögerte, die Nachricht zu senden. Hatte sie den richtigen Ton getroffen? Sie nahm das Telefon in die Hand und war im Begriff, ihren Vater anzurufen, besann sich und legte den Hörer wieder hin. Ihr Vater war ein Faktenmensch. Der Drohbrief, die Absage des Künstlers. Alles wäre ein Grund mehr für ihn, den Selbstständigkeitstrip durch den gesättigten Kunstmarkt der Hauptstadt als Flausen seiner Tochter abzutun. Und ihre Mutter? Die würde sich zu Tode ängstigen. Ihr hatte sie noch nicht einmal von Oleg erzählt. Oleg, ihrem … Ja, was war er eigentlich? Kunde, Bekannter, potenzieller Lover oder gar Freund? Für sich selbst würde er wohl eher Verehrer und Bewunderer als Bezeichnung wählen, so antiquiert, wie er daherredete. Und Lover wäre ihm wohl am liebsten. Andrea wusste nicht, ob Oleg jemals in seinem Leben einen gebastelten Brief erhalten hatte, in dem jemand indirekt mit Mord drohte. Aber er war der einzige Mensch, bei dem sie sich vorstellen konnte, dass er zumindest Leute kannte, die in einer solchen Situation nicht gleich vor Schreck umfallen würden. Oleg war Ende vierzig, verheiratet, hatte zwei Kinder und stammte aus Moskau. Vor fünf Wochen war er das erste Mal in ihre Galerie gekommen, und seitdem verging kaum ein Tag, an dem er sie nicht besuchte und umschwirrte wie eine Motte das Licht. An einem Freitagabend, kurz nach Eröffnung der Barbara-Krug-Ausstellung, war sie dem hochgewachsenen späten Besucher entgegengegangen.

„Guten Tag. Möchten Sie sich in Ruhe umschauen, oder darf ich Ihnen helfen? Ich erzähle Ihnen gerne Details zu den Bildern."

Mit leichtem osteuropäischen Akzent antwortete er: „Ich würde nichts lieber hören als die Stimme einer so schönen Frau." Trotz Sommerwetter trug er einen dunklen Anzug, und die Sonnenstrahlen, die durch die geöffnete Tür fielen, ließen die Seide im Anzugstoff schimmern. Doch Andrea musste sich zusammennehmen, um nicht laut loszuprusten. Wie schmalzig war das denn? Sie lächelte ihren Besucher verbindlich an, und er schmunzelte ebenfalls, was sein markantes, streng wirkendes Gesicht erstaunlich veränderte. Kleine Lachfältchen wurden um die braunen Augen sichtbar und reichlich weitere um Mund und Nase. Sie rundeten die eckige Gesichtsform und gaben seiner Miene eine sympathische Wärme. Trotz seines Alters sah er gut aus. Allerdings auch ein wenig eingebildet und arrogant. Er hätte perfekt in die italienische Heimatstadt ihrer Mutter gepasst.

„Sind Sie selbst Künstler?", fragte sie und wusste bereits, dass dieser Mann nie und nimmer Maler oder Bildhauer war. Geschäftsmann oder Banker vielleicht, ganz sicher aber wohlhabend, was für jeden durch Anzug, Schuhe und Armbanduhr unschwer zu erkennen war, wahrscheinlich auch erkennbar sein sollte. Im Geiste sah sie ihn in ihrem Kriminalroman als perfekte Besetzung eines Mafiabosses in der Berliner Unterwelt. Irgendwann würde sie dieses Buch schreiben. So ein Typ nahm sich, was er wollte, und meistens gaben sie es – zumindest die Frauen – ihm sogar freiwillig.

„Die Künstlerin heißt Barbara Krug. Sie malt ausschließlich in Aquarell. Wie Sie sehen, vorwiegend Naturmotive, aber nicht ausschließlich. Ihre Bilder zeichnen sich durch eine berührende Intensität aus. Alles andere als kitschig. Sehen Sie hier …" Sie zeigte auf einen Bildausschnitt, in dem Grashalme am Rande einer großen Wiese die ersten Ausläufer von Sanddünen durchbrachen. „So, als seien sie zugeweht worden, und nun im Sonnenlicht des neuen Tages erheben sie sich …" Weiter sprach sie nicht. Der Besucher, der dicht neben ihr stand, hatte kurz mit der Hand ihren Unterarm berührt, gewiss nicht unabsichtlich.

„Wesselov, Oleg Wesselov."

„Angenehm, Andrea Wahrig“, erwiderte sie und starrte auf ihren Arm. „Ich kann nur aus eigener Erfahrung sagen: Der Anblick dieser Aquarelle beruhigt die Nerven, unter anderem weil die Farben sich zu einer harmonischen Komposition quasi zusammenschmiegen. Die Preise liegen zwischen zweihundert und sechshundert Euro. Sehr günstig, und ich versichere Ihnen: Das wird nicht lange so bleiben. Die Preise der Künstlerin sind bereits jetzt tendenziell steigend. Die ‚Berliner Morgenpost‘ hat mit Frau Krug ein ausführliches Interview geführt, und nach dem in Kürze erscheinenden Artikel gehen erfahrungsgemäß die Preise …“

Er lachte, und dieses Lachen klang überraschend warmherzig und sympathisch. Wenn er wenigstens tatsächlich etwas kaufen würde, könnte sie dieses Gespräch als „Kundenpflege“ abhaken und seine antiquierte Anmache ganz schnell wieder vergessen.

„Zu welchem würden Sie mir raten?“

Sie lächelte ihn provozierend freundlich an. „Das hier. Es passt wunderbar sowohl in einen Büroraum wie in einen Wohn- oder Schlafbereich. Sozusagen universell einsetzbar. Rosa rugosa, auch Kartoffelrose oder Dünenrose genannt. Die Künstlerin nennt sie Syltrosen. Zarte Rosenblätter in sehr dunklem und saftigem Grün sollten eigentlich in einem Widerspruch mit dem trockenen Sand und der rauen

Nordsee stehen. Und doch bildet hier alles zusammen ein harmonisches Ganzes." So ratterte Andrea die Bildbeschreibung herunter.

Sie hatte ihm natürlich das teuerste der Bilder empfohlen und freute sich, dass sich Oleg Wesselov ohne Zögern für den Kauf entschied. Er legte sechs Hunderteuroscheine auf den kleinen Glastresen an der Wand und seine Visitenkarte obenauf.

„Ich habe jetzt leider keine Zeit mehr, das Bild mitzunehmen. Könnten Sie es mir bitte schicken? Oder nein. Besser, ich komme morgen Abend noch einmal. Würden Sie so freundlich sein und es mir bis dahin ein wenig einpacken? Ich befürchte nur, es passt nicht in den Kofferraum." Oleg griff ihre Hand und deutete mit einer Verbeugung einen Handkuss an. Andrea schüttelte missbilligend den Kopf, doch er stand bereits auf dem Bürgersteig. „So kann ich die schönste Frau der Stadt gleich morgen noch einmal sehen", rief er.

Durch die Ritzen der nicht ganz geschlossenen Jalousie des Schaufensters sah sie ihm nach. Er verschwand aus ihrem Sichtfeld, ohne sich noch einmal umzudrehen.

Ein Meter zehn mal neunzig Zentimeter maß das Bild, und es sollte nicht in den Kofferraum passen? Was fuhr der denn für ein Auto? Sie verstaute die Geldscheine in ihrer

Handtasche und wollte eine entsprechende Barquittung vorbereiten, zerriss sie aber gleich wieder. Er würde eine Rechnung bevorzugen. Warum sonst hatte er zu den Geldscheinen seine Visitenkarte gelegt, wenn nicht, um die Ausgabe von der Steuer abzusetzen? Oleg Wesselov, W. A. T. O. Handels-GmbH & Co. KG, Mitglied des deutsch-russischen Wirtschaftsförderverbandes e. V., Kurfürstendamm 188, 10707 Berlin.

Was hatte dieser Mann in ihrer kleinen Galerie in Friedrichshain gewollt? Männer seines Alters mit dieser Adresse und Branche kauften am Ku'damm ein, in der Friedrichstraße und Unter den Linden. Sie gingen ins KaDeWe oder in die Galeries Lafayette, suchten sich Bilder bei Lehr Berlin in der Sybelstraße oder ersteigerten welche bei den großen Auktionshäusern in Wilmersdorf.

Eine Stimme riss Andrea aus ihren Erinnerungen, und sie musste sich nicht umdrehen, um Olegs Stimme zu erkennen. *Wenn man an den Teufel denkt.*

„Guten Tag, schönste Frau des heutigen Abends. Ich sah noch Licht, und ich dachte, Sie könnten vielleicht Hunger haben?"

Sie erwiderte nichts und spürte seine forschenden Blicke.

„Ihr Schweigen wirkt, als hätte ich gerade eine Unverschämtheit von mir gegeben."

„Ja, nein, natürlich nicht. Aber Sie sind verheiratet und ich nicht interessiert", antwortete sie.

„Ja. Und das macht Sie hässlich?"

„Wie bitte?"

„Warum seid ihr deutschen Frauen immer so kompliziert? Wenn ich das gleiche Kompliment wie eben einer Frau von siebzig Jahren gemacht hätte, weil sie noch immer sehr gut aussieht, hätten Sie dann ebenfalls angenommen, dass ich diese Frau gleich verführen wollte?"

„Aber auch nicht mit ihr essen gehen, oder?", konterte Andrea, entspannte sich aber etwas.

„Wenn die alte Dame so ansprechende Bilder verkaufen würde, warum nicht? An den Wänden meines neuen Büros herrscht noch immer gähnende Leere."

Wieder sah er sie prüfend an. „Was ist los? Kann ich Ihnen helfen?"

Sein plötzlicher ernsthafter Ton irritierte sie. War sie so durchsichtig, dass einer, der sie gerade mal seit vier Wochen kannte, sofort sah, dass sie ein Riesenproblem hatte?

„Es tut mir leid, aber ich habe noch zu arbeiten. Oder möchten Sie noch etwas kaufen? Die restlichen Bilder werden morgen abgebaut."

„Ich weiß. Am kommenden Montag ist die Vernissage Rüdiger Hauswald."

Sie schwieg.

„Ich weiß sehr wohl, dass Sie Ihren Job hier außerordentlich gut machen. Ich würde nur gerne trotzdem helfen. Das macht man unter Freunden so. Umgekehrt würden Sie doch auch …“

„Wir sind Freunde?“ Sie zog das Wort in die Länge, fand ihre Reaktion aber selbst gerade ziemlich kindisch. Es hatte außer seinen blöden Sprüchen bisher nichts gegeben, was ihn disqualifiziert hätte. Bisher war wohl sie es, die ihn in eine Schublade steckte, in die ein großer Teil von ihm sicherlich auch gehörte. Aber immer wieder einmal hatte er überraschend anders gehandelt.

„Wollen Sie einen Kaffee?“

Er nickte und folgte ihr ins Büro. „Um was geht es? Die Ausstellung Maximilian Ross?“

„Woher wissen Sie?“

„Ich verfolge alle Presseberichte von und über Sie.“ Er lächelte breit, wurde aber gleich wieder ernst, als sie sein Lächeln nicht erwiderte.

„Ja. Er hat abgesagt.“

„Er hat abgesagt?“

„Sagte ich ja gerade.“ Sie reichte ihm die gefüllte Kaffeetasse. „Ein Künstler, der seine eigene Ausstellung absagt, muss entweder verrückt oder bereits ausreichend bekannt sein und Promotion, gleich welcher Art, nicht mehr nötig haben. Bei Maximilian bleibt also eigentlich nur – verrückt", antwortete sie. Oder aber er hatte wie sie einen ernst zu nehmenden Drohbrief erhalten. Ernst zu nehmend? Oleg war ein erfahrener Geschäftsmann, er wollte helfen, und er war nicht ihr Vater. Es schadete nichts, seine Meinung zu hören. Sie berichtete ihm von Maximilians E-Mails und ihren Überlegungen und las ihm ihre letzte Antwort vor, die sie noch nicht gesendet hatte.

„Was meinen Sie? Sollte ich das wegschicken oder anders formulieren?"

„Das Wichtigste ist, dass Sie persönlich mit ihm reden. Hinter E-Mails kann man sich wunderbar verstecken. Wenn Sie Pech haben, antwortet er nicht einmal mehr. Aber schicken Sie die E-Mail erst einmal weg."

„Da ist noch etwas."

Oleg sah sie an. Das ehrliche Interesse, das sie in seinen Augen lesen konnte, schob ihre Zweifel beiseite. Sie holte die Botschaft des Unbekannten aus der Schreibtischschublade hervor und schob sie Oleg entgegen.

Er las und sah sie daraufhin lange und ernst an. Noch mal wandte er den Blick auf den Text.

„Scheint eine interessante Geschichte zu haben, dieser Maximilian Ross. Schade, dass ich ihn nicht selbst kennengelernt habe."

„Meinen Sie, er hat ihn geschrieben?“

„Wohl eher nicht. Aber Zufall ist das sicher nicht, dass er nur eine Woche, nachdem Sie den Brief erhalten haben, seine Ausstellung absagt.“

„Würden Sie an meiner Stelle …?“

„… die Ausstellung absagen?“, setzte Oleg ihre Frage fort. „Ich muss darüber nachdenken. Aber diese E-Mail würde ich in jedem Fall erst einmal abschicken.“

Andrea holte tief Luft und drückte auf Senden. „Hoffentlich reagiert er darauf. Ich habe nicht die geringste Idee, wie ich herausfinden soll, wo er ist. Meines Wissens nach hat er keine Familie. Seine Freunde und Bekannten kenne ich nicht. Vielleicht die Nachbarn fragen?“

„Das wäre eine Möglichkeit. Aber warten wir erst einmal ab. Notfalls fällt mir das ein oder andere noch ein.“ Oleg grinste sie verschmitzt an. „Ihr Kaffee schmeckt übrigens hervorragend. War nicht billig, die Maschine, nicht wahr?“

„Wie meinen Sie das?“

„Na ja, solche Maschinen …“

„Das ein oder andere?“, unterbrach ihn Andrea verärgert.

„Ich kenne eine Menge Leute in der Stadt. Und nicht alle sind … sagen wir mal, so geradeaus wie ich.“

„Sie sind geradeaus?“ Sie lachte laut auf.

„Sagen Sie mir, wie ich bin.“

„Was ist mit der Polizei?“, fragte Andrea.

„Das bringt nichts. Noch nicht. Aber vielleicht …“ Er unterbrach und trank einen großen Schluck.

„Was vielleicht?“, drängte sie.

„Ich lasse gerne andere für mich arbeiten. Das erleichtert den Blick auf das Wesentliche.“

Andrea verstand nicht. Warum kam er nicht auf den Punkt?

„Vielleicht wäre eine Vermisstenanzeige eine Hilfe. Sie müssten nichts von dem Drohbrief oder sonstigen Merkwürdigkeiten erzählen und könnten auch die Absage unseres Malers verschweigen. Sagen Sie der Polizei, dass Sie sich große Sorgen machen und Angst hätten, dass Maximilian Ross etwas zugestoßen sei. So wichtig, wie ihm seine erste große Ausstellung in der Galerie sei, könnten Sie sich keine harmlose Erklärung für sein Verschwinden vorstellen.“

„Das wäre gelogen“, widersprach sie. „Im Erfolgsfall wäre Maximilian stinksauer auf mich, wenn ich ihm die Polizei auf die Fersen hetze.“

Doch die Idee hatte schon begonnen, sich in ihrem Kopf einzunisten. Vielleicht würde sie damit die Ausstellung nicht retten können, aber der Maler könnte Licht ins Dunkel bringen, wer um Himmels willen seinetwegen ihrer Mutter mit dem Tod drohte. Und vor allen Dingen: warum?

„Jetzt doch essen gehen?“, fragte Oleg mit zur Seite geneigtem Kopf.

„Also gut, warum nicht!“ Sie hoffte eh nicht mehr, heute noch eine weitere Reaktion Maximilians zu erhalten. Und wenn doch, könnte sie diese auch auf ihrem Handy lesen. Oleg begegnete ihrem Blick mit einer unschuldigen Jungenmiene, und sie musste lachen.

„Aber irgendetwas in der Nähe. Ich hab nicht so viel Zeit. Dafür aber einen Riesenhunger.“

„Ich liebe hungrige Frauen“, antwortete er und schlug sich sofort mit gespielter Empörung selbst auf den Mund.

Sie liefen zu Fuß in die Simon-Dach-Straße, die Andrea sonst eher mied, weil der Großteil der Passanten in dieser Straße Touristen waren. Aber für eine schnelle Restaurant-Entscheidung war die Straße fast unschlagbar. Eine Gaststätte reihte sich an die nächste. Der kurze Spaziergang tat ihr gut. Oleg schlug ein kleines italienisches Restaurant vor, und sie bedauerten, dass der Hochsommer, der bisher der Stadt regelrecht den Atem genommen hatte, gerade eine Pause machte. Jedenfalls war die Luft zu kühl, um an einem der Tische auf dem Gehweg Platz zu nehmen. Als Oleg bestellte, musterte Andrea ihn. Wieder fragte sie sich, warum Oleg nicht bei seiner Familie war. Sie schätzte ihn auf Mitte vierzig. Er war nicht ganz so schlank, aber genauso groß wie Martin. Aber die verbliebenen dunklen Haare und sein markantes eckiges Gesicht unterschieden ihn ganz deutlich von ihrem schmalen hellblonden Ex. Er verdiente mit Sicherheit so viel Geld wie ihr Vater, war mit noch größerer Sicherheit ebenso wie dieser der Ansicht, Mann und Frau trennten nicht nur körperlich ganze Universen. Mit zwei großen Unterschieden. Womit ihr Vater sein Geld verdiente, wusste sie. Er war Unternehmensberater, und seine Klienten zahlten gut. Was allerdings Oleg mit seiner Firma im- und exportierte, war ihr immer noch nicht ganz klar. Als er vorhin in der Galerie davon sprach, dass er eine Menge Leute in der Stadt kenne, hatte sie sofort an die Russenmafia denken müssen, hatte den Gedanken aber gleich als völlig überzogen wieder verworfen. Nicht jeder reiche Russe in der Stadt hatte etwas mit der Mafia zu tun. Es war kindisch, so etwas zu denken. Und Oleg schien ihr das ganze Gegenteil eines Unterweltlers zu sein. Außerdem machte es überraschenderweise Spaß, sich mit ihm zu unterhalten, und er hatte ein erstaunliches Verständnis für die Bilder in ihrer Galerie bewiesen.

„Sie beobachten mich?"

Andrea nickte und strich sich die Haare aus dem Gesicht. „Ich höre jetzt aber damit auf. Warum haben Sie als

Erstes das Bild mit den Syltrosen gekauft? Es passt nicht zu Ihnen."

„Es ist schön und lädt zum Träumen ein. So wie Ihr Anblick."

Nach dem dritten Glas Weißwein einer Güteklasse, die Andrea sich verkniff, wenn sie selbst zahlen musste, machten ihr Olegs antiquierten Komplimente nichts mehr aus, und sie vergaß den Drohbrief und Maximilians Verschwinden.

8. KAPITEL

Da stand sie tatsächlich. Endlich. Gestern schon hatte Maximilian sich mindestens eine halbe Stunde im Laden aufgehalten, dann nur eine Kleinigkeit gekauft und dafür misstrauische Blicke der Angestellten kassiert.

„Hallo“, sagte er zaghaft und rechnete mit einem verständnislosen Gesicht. Aber sie lachte sofort.

„Hi. Das nenne ich Zufall. Ich war schon lange nicht mehr hier.“

Er räusperte sich. „Ich kaufe das erste Mal hier ein.“

„Ach so.“ Sie wandte sich angestrengt dem drei Meter umfassenden Angebot an Müslipackungen zu. Ihre braunen Locken hingen strähnig herunter. Das Gesicht wirkte übernächtigt und ihre Haltung kraftlos.

„Wir müssen noch Hähnchenschnitzel kaufen. Oder möchtest du lieber Pute?“, fragte er.

„Du erinnerst dich?“ Ihr ungepflegtes Äußeres verschwand hinter einem zauberhaften Lächeln.

„Ich wäre morgen wiedergekommen. Und übermorgen. Und überübermorgen“, gab er zu und staunte über seinen Mut.

„Pute. Ich glaub, ich möchte Pute zu den Pommes. Und einen frischen Salat. Den mach ich.“

Er trat ein paar verlegene Schritte zur Seite und wieder zurück und war sich sicher, dass dieses Gespräch gleich ein Ende haben würde. Denn vor der Tür des Supermarktes stand sein vollgetanktes Auto – und zu Hause die gepackte Reisetasche.

„Könnten wir unser Essen auf nächste Woche verschieben, vielleicht sogar auf die übernächste? Ich verreise heute."

„Würde ich auch gern." Endlich nahm sie eine Packung aus dem Regal und warf sie mit Schwung in ihren Einkaufswagen. „Na denn. Man sieht sich."

Der Herzschlag dröhnte in seinem Kopf. Er holte tief Luft. „Dann komm doch mit." Raus war er, dieser ungeheuerliche Satz.

Sie erschrak auch wirklich, starrte ihn prüfend an, dann nickte sie ein paarmal und lächelte dabei, anerkennend, wie ihm schien.

„Vorsicht. Ich könnte Ja sagen. Hab gestern überraschend meine Arbeit verloren und noch nichts Neues in Sicht. Also jede Menge Zeit." Sie ließ ihn nicht aus ihren schönen graublauen Augen, als wartete sie auf eine Bestätigung, dass er die Einladung nur leichtfertig dahingesagt hatte.

Er wollte wegsehen und sich auch der Auswahl eines Müslis widmen können. Aber er aß niemals Müsli, und eine tief verborgene innere Stimme riet ihm, das jetzt auszuhalten. Nicht wieder alles falsch zu machen. Hastig antwortete er. „Ich meinte das ernst. Ich fahre ein paar Tage ins Umland. Ich habe zwar noch kein Hotel, aber das könnten wir ja gemeinsam suchen. Es ist verrückt, ich weiß, aber ich habe schon ewig nichts Verrücktes mehr gemacht."

Sie lachte leise. „Ich auch nicht", und drehte ihren Einkaufswagen in die gleiche Richtung wie seinen. „Bei der Wärme sollten wir dann wohl auf Tiefkühlkost verzichten, oder?"

Er nickte und versuchte ruhiger zu atmen, aus Sorge, die Seifenblase um sie herum könnte platzen.

„Wie heißt du eigentlich?", fragte sie.

„Maxi ..." Er stockte. „Clemens. Clemens Borchert."

„Maxi Clemens? Komischer Name. Meiner ist allerdings auch nicht besser: Alisha. Meine Mutter war in den Siebzigern auf einem Indientrip."

„Er klingt schön. Ich glaube, meine Mutter wäre eher gestorben, als nach Indien zu fahren."

Sie hatten die Fenster weit heruntergekurbelt. Sein Auto hatte weder Klimaanlage noch anderen Komfort. Trotzdem hätte Maximilian in diesem Moment in keinem anderen Wagen sitzen wollen.

„Hast du's eilig? Ich weiß ja nicht, wohin du willst, aber gibt's dahin auch Landstraßen? Fänd ich gemütlicher und leiser." Das letzte Wort sprach sie besonders laut aus und lachte.

Sie fuhren auf dem nördlichen Berliner Ring, und vor ihm tauchte das Schild *Oberkrämer* auf. Statt einer Antwort setzte er den Blinker und fuhr mit hoher Geschwindigkeit in die Ausfahrt. Wegen der Kurve am Ende musste er stark abbremsen. Aber sie lachte nur und hielt sich mit beiden Händen am Armaturenbrett fest.

Nach ein paar Minuten meinte Alisha, dass sie nun bald, oder besser noch sofort, ein WC oder wenigstens einen Busch aufsuchen müsse. Maximilian fuhr von der Bundesstraße 5 in den erstbesten Feldweg ab.

„Warum willst du ausgerechnet in diese Gegend?", fragte Alisha. Sie lagen nebeneinander auf einer Wiese am Rande eines Feldes, das noch nicht abgeerntet war.

„Ein wenig Urlaub, um den Kopf wieder frei zu bekommen. Ich komme aus dieser Gegend."

„Hast du Flugangst?", fragte sie.

„Ich glaube nicht. Ich bin aber erst einmal geflogen."

„Du könntest weiter weg Urlaub machen. Etwas Neues sehen."

„Meine Farben, Pinsel, Leinwand. Alles ist ziemlich teuer."

Alisha hatte ihn nach ihrem Treffen im Supermarkt nach Hause begleitet, um seine Reisetasche zu holen, bevor sie in ihre WG fuhren, damit sie für sich selbst packen konnte. Sie hatte staunend im Malzimmer gestanden und geschwiegen. Aber er hatte die Überraschung in ihrem Gesicht erkennen können, schon, als sie die Wohnung betreten hatte.

„Vor zwei Jahren bin ich in Nepal gewesen. Mit einer Freundin. Wir hatten nur das Ticket. Sind einfach so losgezogen. Mit Rucksack. Zwei Jahre hab ich dafür gespart. Aber wir wollten es unbedingt. Es war toll. Nein, mehr als das."

Es war nicht schwer, ihr das zu glauben, während er das Leuchten in ihren Augen und ihre gestikulierenden Hände betrachtete. Und doch spürte Maximilian, wie seine gute Laune verschwand. Nepal. Nur zu zweit. Mit einem Rucksack. Das würde er nie können. In ihren Augen musste er ein Langweiler und Angsthase sein. Unversehens fühlte er sich zwei Jahrzehnte zurückversetzt, sah seine Mitschüler von damals, die ihn schon von der Einschulung an geärgert hatten. Doch wirklich schlimm war es geworden, nachdem dieses verdammte Foto in der Schule herumgegangen war: er mit hohen Sandaletten und im langen Kleid seiner Mutter, die Lippen angemalt und die Fingernägel lackiert. Rot. Keiner seiner Mitschüler hätte das Gelächter aushalten können, ohne zu weinen. Dabei hatte er doch nur einmal fühlen wollen, ob es für eine Frau schwierig war, trotz der Stöckelschuhe und des wallenden Stoffs um die Beine herum so elegant zu schweben wie seine Mama. Wenn sie und Papa Arm in Arm zum Tanzfest gegangen waren, hatten Papas Augen voller Liebe geleuchtet. Er selbst hatte im elterlichen Schlafzimmer vor dem Spiegel gestanden und Peter auf den Ästen des Baumes vor dem Fenster zu spät entdeckt. Peter. Als seine Eltern ihm zu Weihnachten einen teuren Fotoapparat geschenkt hatten, war er Fotograf der Schülerzeitung geworden. Seinetwegen hatte sich sogar einer der Lehrer versetzen lassen. Peter hatte ihn heimlich beim Sex mit der verheirateten Nachbarin fotografiert und damit einen Riesenskandal im Dorf verursacht.

„Warum sagst du nichts? Hast du nicht auch einen Traum? Einen, für den du alles andere liegen lassen würdest?"

„Ich würde gerne von meinen Bildern leben können."

„Das wirst du. Sie sind toll." Alisha rollte sich aus der Rückenlage zur Seite und war ihm mit einem Mal ganz nah. Sie lächelte ihn an.

„Welche findest du gut?", wollte er wissen.

„Alle. Besonders die Glasbilder."

Er seufzte. Erkannte denn niemand die Faszination seiner anderen Bilder? Alisha, bisher einzigartig, schien ihm plötzlich beliebig. Enttäuscht drehte er sich auf den Rücken, schloss die Augen und schwieg. Wenig später spürte er eine sanfte Berührung. Erst entlang seines Nasenrückens, dann die Rundung seines Kinns nachzeichnend und die Wange hoch bis zur Stirn. Der Gedanke, dass Alisha diese Berührung steuerte, ließ tief in seinem Bauch ein Kribbeln beginnen. Es breitete sich aus wie Wellen auf der glatten Oberfläche eines Sees, wenn jemand einen Stein hineingeworfen hatte. Maximilian schlug die Augen auf. Alisha hatte sich über ihn gebeugt und hielt einen abgerissenen Grashalm in der Hand. Sein Herz raste, und er hatte Mühe, seinen schnellen Atem zu verbergen.

„Du bist so … so … Ich hab nur mit solchen Idioten zu tun. Sie wollen alle nur so cool sein." Und leise fügte sie hinzu: „Bis man selbst schließlich nur noch in die Wärme will."

Er umfasste sanft ihr Handgelenk, um die Reise des Grashalmes in seinem Gesicht zu beenden. „Was machen wir jetzt?", fragte er und hätte sich am liebsten auf die Zunge gebissen. *Du Idiot. Weshalb lässt du nicht einmal etwas geschehen?*

„Baden gehen." Sie sprang auf und streckte ihm die Hand entgegen. „Los, steh auf."

„Ich habe nichts dabei."

„Quatsch. Aber wenn du dich nicht traust, warten wir eben, bis es dunkel ist."

„Wir brauchen erst eine Unterkunft.“

„Und du brauchst etwas ganz anderes“, stellte sie fest und ging bereits vor zum Auto.

Er hätte gerne etwas von ihrer Selbstverständlichkeit. Außer in seiner Malerei hatte er diese Sicherheit noch nirgends gefunden. Noch immer wusste er jedes der Abschiedsworte seines Therapeuten. „Lassen Sie sich Zeit. In Ihrem Alter, in dem man gerade erst begonnen hat, sein eigenes Leben zu führen, erschüttert es besonders, wenn die Geborgenheit des Elternhauses zerbricht. Es ist niemand da, wie bei jüngeren Kindern, der wenigstens versucht, die verstorbenen Eltern zu ersetzen.“ Das Einzige, wovon die wöchentlichen Therapiestunden gehandelt hatten, war der plötzliche Tod seiner Eltern gewesen. Denn über alle anderen Dinge hatte Maximilian beharrlich geschwiegen. Die Welt erwartete von ihm, allein klarzukommen. Ohne Sicherheitsnetz. „Warum nehmen Sie das Angebot Ihrer Oma nicht an, zu ihr nach Köln zu ziehen?“, hatte der Therapeut abschließend gefragt.

Nur zwei Tage nach dieser Abschlusssitzung war er stattdessen nach Berlin gezogen und hatte die Studienfächer Deutsch und Geschichte gegen Kunstgeschichte eingewechselt. Er hatte das Haus der Eltern verkauft und sich die dunkle, aber billige Wohnung in der Reichenberger Straße in Kreuzberg gemietet. Dort hatte er sich vergraben. Seine

Therapie war das Malen. Er malte sich die Gesichter vom Leib, die in seiner Erinnerung wüteten. Nicht Nacht für Nacht, aber häufig genug, dass sein Malzimmer jetzt eher einer Glaserei glich, die einen Großauftrag für Kirchenfenster erhalten hatte. Und Andrea Wahrig hatte nicht die geringste Ahnung, dass sie mit ihrer Ausstellungsidee gerade seine mühsam gewonnene Sicherheit zwischen den Glasplatten ins Wanken brachte. Wie hatte er nur so schnell zusagen können? Dabei wurde es für ihn Zeit, wieder festen Boden unter den Füßen zu bekommen, statt die Scherben zusammenzukehren. Gut, dass er ihr eindeutig abgesagt hatte.

Er sah sich um. Alisha war verschwunden. Schnell lief er zum Auto zurück. Doch sie hatte sich nur in den Schatten der Beifahrerseite auf den Boden gehockt. Er stieg ein und Alisha lachte ihm übermütig und herausfordernd durch die Fensterscheibe entgegen und presste dabei Nase und Mund an das Glas. Der Anblick durchfuhr ihn wie ein Messerstich. Sein Mund wurde trocken. Nein, er wollte sie nicht mehr malen. Oder doch. Später einmal und nicht auf Glas. Dafür kannte er sie schon zu gut. Und im Moment war er einfach nur froh, sie gefunden zu haben.

Ein Handy klingelte. Der gleiche Klingelton wie seines. Was für eine schöne Übereinstimmung! Alisha kramte in ihrem Rucksack und wurde endlich fündig. Während sie dem Anrufer zuhörte, hellte sich ihr Gesicht auf. Sie drehte es zur Seite und sah Maximilian strahlend an, während sie mit hastiger und freudiger Stimme einen Termin und einen Treffpunkt bestätigte.

„Stell dir vor. Wahnsinn. Das war einer meiner Profs von der Uni. Er mochte mich schon immer. Und jetzt will er mir eine Assistentenstelle vermitteln. Irre, oder?“ Sie wurde wieder ernst. „Ich muss zurück. Dabei wär ich so gern mit dir weitergefahren. Aber es ist die Chance für mich. Gibt’s hier einen Bahnhof in der Nähe?“

„Was studierst du?“ Sie war mindestens ein paar Jahre jünger als er. Sie konnte noch nicht fertig sein.

„Ich – studieren? Nee, leider hat’s dazu nicht gereicht. Hab nur mittlere Reife, aber die letzten Jahre hab ich mich immer, wenn ich keinen Job hatte, in die Vorlesungen geschlichen. Philosophie und Psychologie. Hat mich schon immer brennend interessiert. Irgendwann hat’s einer der Profs dann gemerkt und mich rausgepickt, als ich wie immer in der Menge untertauchen wollte. Aber er war wirklich nett und hat mir einen Ausweis als Bürokraft an der Uni besorgt. Ab da musste ich nicht mehr aufpassen. Die Vorlesungen waren eh immer proppenvoll.“

„Ich fahr dich zurück.“

„Brauchst du nicht. Du hast Urlaub. Mann, genieße ihn.“

„Musst du in Berlin bleiben oder dich nur vorstellen?“

„Ja, der Hammer ist, dass ich morgen bei irgendeinem Projekt mitmachen kann. Sozusagen Probe arbeiten. Und der Prof meinte, wenn ich das nur lange genug gemacht habe, sei das auch eine Möglichkeit, mich danach vielleicht als Quereinsteiger einzuschreiben. Irre, oder? Ich als Studentin.“ Ehe sich Maximilian versah, hatte sie ihm ein Küsschen auf die Wange gegeben. Wenn er Alisha so ansah, gab es keinen Zweifel, dass auch für sie dieser Termin nur eine Unterbrechung ihrer gemeinsamen Geschichte sein würde. Und er? Nicht im Traum würde er daran denken, sie jetzt mehr als nötig wieder loszulassen. Er fuhr bis zur nächsten Kreuzung und wendete. Nach nur zwei Stunden erreichten sie die Berliner Innenstadt, und er setzte sie an der Humboldt-Universität ab.

„Ich ruf dich an, sobald ich was weiß, okay?“, sagte Alisha.

„Mach das. Ich werde mir bis dahin die Zeit vertreiben“, antwortete er.

Bevor sie ausstieg, lehnte sie sich zu ihm herüber, griff mit ihren schlanken Fingern nach seinem Kinn und drehte sein Gesicht ganz zu sich herum. Ihr Kuss auf seinen Mund ließ ihn schweben. Am liebsten hätte er sie fest in seine Arme genommen und wäre mit ihr fortgeflogen. Über die Dächer Berlins der Sonne entgegen.

„Ich kümmere mich jetzt kurz um meine Karriere. Und danach kümmern wir uns um deine Ausstellung, einverstanden?“ Sie wartete keine Antwort ab, stieg aus und lächelte ihm noch einmal zu. Er konnte nur nicken. Alisha wusste ja nicht, dass es seine Ausstellung nicht mehr geben würde.

Hinter ihm hupte es. Widerwillig riss er sich vom Anblick der davonstürmenden Alisha los und fädelte seinen Wagen in den fließenden Verkehr ein.

9. KAPITEL

„Hallo? Sind Sie da unten?“

Ein Moment der Stille, dann ein erneuter Ruf. „Hallo. Ich bin’s. Hab ein Päckchen für Sie. Und Ihre Zeitung hab ich auch gleich mit reingebracht.“

Sein erster Gedanke war Flucht. Sein zweiter, wie dumm dieser Gedanke war. Er schnellte hoch. „Ich komme schon.“ Im Spurten zog er den Hosenbund hoch. Er nahm zwei Stufen auf einmal und prallte mit dem Briefträger zusammen. Der schlaksige junge Mann, der seit ein paar Wochen die Post brachte, grinste ihn an und wich keinen Zentimeter zurück.

„Gehen wir nach oben“, forderte er den jungen Mann auf, der versuchte, an ihm vorbei nach unten zu spähen. Er machte sich so breit wie möglich, hob beide Arme hoch und legte sie langsam und raumgreifend auf das Geländer links und rechts. Sichtbar widerwillig drehte sich der junge Mann um und stieg die Stufen wieder hoch.

„Haben wohl ein Geheimnis da unten, was?“, lachte er und ging ein paar Schritte in Richtung Scheunentor, durch das helles Sonnenlicht flutete.

Es musste schon mindestens zehn Uhr sein. So lange hatte er bisher niemals geschlafen. Noch immer grinste der junge

Mann und machte sich an seinem Handlesegerät zu schaffen. Zu seinen Füßen stand ein kleines Päckchen. Der Briefträger forderte die Unterschrift, und mit noch immer fröhlichem Gesicht wandte er sich zum Gehen.

Er dagegen blieb stehen, schaute dem Postboten hinterher, vergewisserte sich, dass der wirklich im Begriff war, das Grundstück zu verlassen. Dann drehte er sich um und stürzte die Treppe hinunter. Auf der Stufe, auf der zuvor der unerwünschte Besucher gestanden hatte, stoppte er. Fieberhaft suchte er mit den Augen das Ausmaß einer möglichen Erkenntnis ab. Das warme Lichtergemisch der Bilder strahlte bis hierher. Eine Ecke des ersten linken Bildes war zu sehen. Und ein Teil des vorderen Fußbodenbildes. Wenigstens hatte das keine Beleuchtung. Bei einem schnellen Blick konnte man es für Mosaiken im Fußboden halten. Er bückte sich etwas vor, ohne sich von der Stufe zu bewegen. Was konnte man jetzt mehr sehen? Viel. Zu viel. Er machte auf dem Absatz kehrt und rannte wie von Sinnen wieder nach oben. Von der Scheunenwand griff er einen Spaten. „Warten Sie“, schrie er. Das Tor zur Straße, das er so sträflich unverschlossen gelassen hatte, wollte sich gerade hinter dem Briefträger schließen. Es stoppte, öffnete sich wieder, und das Gesicht des jungen Mannes leuchtete ihm entgegen.

„Warten Sie. Ich muss …“ Er war außer Atem, seine Finger krampften sich um den Spatenstiel. Das Tor. Es musste erst vor neugierigen Blicken verschlossen sein.

„Woll'n Se 'nen Schatz da unten vergraben, oder was?“, fragte der junge Mann mit Blick auf den Spaten.

Im ganzen Dorf würde er quatschen, und irgendjemand würde auf dumme Ideen kommen. *Näher.* Komm näher, flehten seine Gedanken. *Am besten wieder zurück in die Scheune.* Wo war das Chloroform? Er kramte in seiner Erinnerung. Es lag noch im Handschuhfach. Welche Geschichte konnte er jetzt erzählen?

Das Lächeln auf dem Gesicht des jungen Mannes verschwand. „Ich muss weiter.“

Tapfer kämpfte er gegen die Panik, die seine Gedanken durcheinanderbringen wollte. Der Postbote würde schreien, sich wehren. Im Sommer standen alle Fenster offen. Der junge Mann trat jetzt ungeduldig von einem Fuß auf den anderen.

„Verraten Sie mich nicht“, bat er, und sein Griff um den Spatenstiel lockerte sich.

„Verraten? Ja, was denn? Ick hab nix gesehen. Irgendwas Buntes und schöne Beleuchtung. Was meinen Se denn, was ick schon alles jesehen hab bei den Leuten?“ Jetzt lachte er wieder und zeigte seine jungen gesunden Zähne.

„Wissen Sie, ich hab mein Mädchen gefunden. Ich will ihr einen Antrag machen. Und die Frauen wollen das ja immer so romantisch.“ Er stellte den Spaten an der Hauswand ab.

„Ick bin noch nich so weit. Nee.“ Und der Briefträger schüttelte sich, als wäre die Ehe etwas Ekliges. Wie dumm er doch noch war!

„Ich schon. Und deshalb habe ich da unten alles mit Rosen und Lampen geschmückt und meine schönsten Bilder angehängt.“

„Ick weeß. Sie sind Maler oder so.“

„Nun muss ich nur noch ein paar Kerzenhalter anbringen und dann bin ich fertig.“

„Wer ist denn die Glückliche?“

„Wer?“

„Na Mensch, der der Se ’nen Antrag machen wollen.“

„Die kommt gleich. Ich dachte schon, das wäre sie, als Sie nach unten riefen. Deshalb mein Schreck.“

„Machen Se sich mal keene Gedanken. Ick kenn die ja nich mal. Ich muss jetzt och weiter. Will fertig werden. Fahr nämlich heute nach Berlin rin uffen Konzert. Ist schließlich Samstag. Wer da zu Hause hockt, is selber Schuld. Und wer weeß? Vielleicht komm ick ja och mit eener zurück.“ Er lachte gackernd und kehrte sich zum Tor zurück. „Aber nich gleich mit Heiraten und so.“

Seine Beine zitterten. In den ganzen Jahren hatte es so etwas nicht gegeben. Das Tor vergessen, schlafen bis zehn Uhr. Er wurde nachlässig. Und unendlich müde fühlte er sich schon wieder. Er nahm alle restliche Kraft zusammen und holte seinen Schlüsselbund, ging zurück zum Tor und drehte den Schlüssel zweimal herum. Dann stieg er in sein Gewölbe, löschte alle Lampen. Vorsichtig berührte er mit einem Finger das Gemälde der letzten Nacht. Die Farben waren beinahe trocken, und das Glas fühlte sich noch immer warm an. Je nach Körperstatur reichte die Atemluft etliche Stunden. Dann kühlte das Bild langsam aus. Spätestens am Abend würde es so kalt sein wie die anderen Bilder auch.

Oben in der Scheune hob er im Gehen das kleine Päckchen vom Boden und studierte den Absender. Die neuen Pinsel, die er bestellt hatte. Angewidert warf er die Zeichen seines groben Fehlers in die Ecke, hängte das schwere Vorhängeschloss in den Riegel des Scheunentores ein und ging ins Haus. Aufräumen würde er später.

Er kochte sich einen Kaffee und blätterte die „Berliner Morgenpost“ durch, ohne zu finden, was er suchte. Der Artikel, der ihn so verstört hatte wie selten eine Zeitungsnachricht, war vor zwei Wochen erschienen, und er hatte ihn ausgeschnitten und in seiner Küchenschublade verstaut. „Frischfleisch für die Galerien – oder wie die Szene neue

Künstler verbrennt." Der Artikel erhob die Anschuldigung, dass anstelle eines langsamen Aufbaus neuer Talente in der Künstlerszene bisher unbekannte Maler und Bildhauer in finanzieller Gier der Galerien und mithilfe der Regenbogenpresse durch hochgepushte Erwartungshaltung quasi im Entstehen schon verbrannt würden. Der Artikel endete mit der Befürchtung, dass es der Neuentdeckung Maximilian Ross, der in Kürze in der Galerie Andrea Wahrig ausstellen würde, ähnlich ergehen könnte. Denn bereits jetzt bezeichne die „BILD" seine mannshohen Glasbilder als „Todesfratzen im sakralen Kleid". Ein Foto eines der Werke des Künstlers war ebenfalls abgedruckt gewesen, und das hatte das Blut in seinen Adern beinahe zum Stocken gebracht. Noch immer erhöhte sich sein Puls, wenn er an diesen Artikel dachte.

Er schaltete seinen Computer an und rief die Homepage der Galerie auf. Noch immer standen unverändert unter „Aktuelles" die Ankündigungen der kommenden Ausstellung Hauswald und der folgenden Ausstellung Ross. Keine Absage.

Er starrte endlose Minuten auf den Bildschirm. Dann griff er nach Schere und Klebestift. Als er mit dem Ergebnis seiner Arbeit zufrieden war, duschte er, zog sich saubere Kleidung an und setzte sich in seinen Wagen.

Andrea Wahrig trat aus der Haustür, und rasch zog er sich auf der gegenüberliegenden Straßenseite in den Schutz eines dicken Kastanienstammes zurück. Nur wenige Meter entfernt parkte sein Auto, in dem er gewartet und die Haustür der jungen Frau nicht aus den Augen gelassen hatte. Sie überquerte gerade die Straße und kam direkt auf ihn zu. Er drehte sich um und beobachtete ihr Spiegelbild im Schaufenster vor ihm. Seine Sorge war unbegründet. Die Galeristin schien tief in Gedanken versunken und ihre Umgebung gar nicht wahrzunehmen, sondern stieg in einen dunkelgrünen Mini, der nur drei Fahrzeuge vor seinem geparkt stand.

Es war Samstagvormittag, und der wenige Verkehr machte es ihm leicht, ihr zu folgen. Sie nahm die Stadtautobahn in Richtung Norden. Kurz vor der Stadtgrenze wechselte sie auf die B 96. Das gelbe Bundesstraßenschild war ihm vertraut. Wie der Schnitt eines Tortenmessers grub sich die alte Bundesstraße von Süd nach Nord durch die gesamte Stadt und führte auch ins Berliner Umland. Hier, wo Andrea Wahrig gerade in eine Seitenstraße abbog, wohnten die Menschen in ihren gartenumsäumten Einfamilienhäusern. Hatten sie kein Auto, mussten sie zu Fuß durch die kleinen Straßen bis zu den Geschäften oder zur Bushaltestelle an der Hauptstraße. Eine ideale Gegend für ihn. Wenn er nicht zu oft kam. Aber bisher stammte nur ein Jungen-Model im Gewölbe aus dieser Wohngegend, und das war schon viele Jahre her.

Langsam, als suche er die Adresse eines alten Freundes, folgte er der Galeristin, die ebenfalls ihre Fahrt verlangsamte und vor einem Einfamilienhaus mit leuchtend gelber Fassade zum Stehen kam. Der Jägerzaun und die Holzverkleidung an der Treppe zum Eingang schimmerten rötlich in der Sonne. Er fuhr langsam an dem Grundstück vorbei und beobachtete, wie Andrea ausstieg und einer Frau winkte, die sich an Blumenkübeln im Vorgarten zu schaffen machte. Diese Frau schien Geschmack zu haben, denn alle Blumen in den Kübeln und auch die Beete spiegelten die Farben des Hauses wider: ein rötliches Braun, dazu Gelb und Weiß. Die Frau mochte Anfang sechzig sein und hatte ein südländisches Aussehen. Bei der Entfernung konnte er ihre Augenfarbe nicht erkennen. Trotzdem war er sich wegen des intensiven Brauntons ihrer Haare sicher, dass sie fast schwarz sein würden – wie bei seiner Mutter. Der Anblick holte längst vergrabene Gefühle hoch. Winzige Momente im Glauben, doch geliebt zu werden. Warum nur hatte sie sich niemals auf seine Seite gestellt, wenn sein Vater dieses Gefühl wieder einmal brutal zerstört hatte? Täglich. Manchmal auch öfter. *Allein dafür hast du verdient zu sterben.*

Er bog nach rechts in eine weitere kleine Seitenstraße und parkte den Wagen am Bordstein, stieg aus und schüttelte sich die Erinnerung aus dem Kopf.

Er schlenderte die Wege entlang und war nur noch einer unter vielen Spaziergängern im Hermsdorfer Fließ, einer geschützten Bachlandschaft, auf der Suche nach besonderen Vögeln auf den Bäumen oder Fröschen an den sumpfigen Ufern. Die Häuser, die an das sich kilometerlang hinziehende Naturschutzgebiet grenzten, waren durch Zäune und Hecken geschützt. Eine wunderbare Gelegenheit, sich unauffällig Einblick zu verschaffen. Auf einer Parkbank saß er lange in der Sonne und stand dann mühsam auf. Seine Knochen taten ihm weh, und abermals nahm er sich vor, endlich eine Heizung in die Gruft zu bauen. Und müde fühlte er sich schon wieder. Mutter war auch immer so müde gewesen. Bei ihr kein Wunder, sie hatte sich jeden Tag im Laden die Beine in den Bauch stehen müssen. „Guten Tag, liebe Frau Kleinschmidt. Was darf es denn heute sein? Darf es ein bisschen mehr sein? Ja? Danke. Ist heute im Angebot. Darf ich Ihnen die Tür aufhalten?“ *Darf ich hier, und darf ich dort.* „Müssen“ wäre das richtigere Wort gewesen.

Er war froh, dass er damals nach der Schule das Dorf verlassen hatte. Davor war es ein ewiger Kampf mit dem Vater gewesen. Brüllen, bis die Leute am Dorfende es auch gehört hatten. Schlagen, wenn er ein Widerwort gewagt hatte. Dabei mochte er nun einmal die Zahlen lieber als Koteletts und Rippchen. Schon als Kind hatte er im Hinterzimmer der kleinen Fleischerei Mutter bei der Buchhaltung geholfen. Hatte gelernt, dass Zahlen etwas Sicheres sind. Man konnte sich auf sie verlassen. Eine Zahl blieb dort, wo sie war. Schob man sie aber von ihrem Ort weg, wusste man immer, wie viel Platz sie leer zurückließ und wie viel sie an ihrem neuen Ort brauchte. Nie würde er die Freude vergessen, als er das Bilanzieren gelernt hatte. Er musste den Schreibtisch abräumen, weil das weiße Formular mit den roten Linien die ganze Breite benötigte. Und irgendwann war er fertig gewesen und hatte die letzte Zahl im Journal eingetragen und die letzte Spalte zusammengerechnet. Dann hatte er die Ergebnisse der Spalten genommen und sie in die Bilanz auf die Aktiva- und die Passivaseite übertragen. Er hatte sein Glück kaum fassen können. Beide Seiten waren tatsächlich gleich gewesen. Er hatte eine Riesentorte in viele kleine Stückchen zerschnitten, mehr noch: Er hatte sie zerbröselt. Und diese Brösel auf alle möglichen Spalten verteilt, und zum Schluss hatte es wieder den ganzen Kuchen gegeben. Es hatte nicht ein Pfennig gefehlt, obwohl niemand mehr auf einen Blick hatte sehen können, in welchen Tortenstücken er die einzelnen Krümel versteckt hatte. Es war das Faszinierendste, das er in seiner Jugendzeit erlebt hatte. Bis zu seinem ersten Mädchen. Danach hatte sich alles geändert. Aber nicht zum Guten.

Er sah auf die Uhr. Zeit, zurückzugehen. Als er wieder die Wohnstraßen erreichte, beschleunigte er seine Schritte. Er hatte keinen Hund bei sich, der ihm weiteres unauffälliges Schlendern erlaubt hätte. Der grüne Mini stand unverändert vor dem Gartentor, vor dem Andrea ihn geparkt hatte. Er sah sich um. Doch niemand beachtete ihn. Rasch zog er sein Handy aus der Jackentasche und knipste das idyllische Bild. Auf dem Weg zur Galerie Wahrig hielt er an einem Fotoshop.

10. KAPITEL

Ihre Mutter winkte bereits aus dem Vorgarten, als Andrea am Straßenrand parkte. „Schön, dass du da bist, Andrina", rief sie in einem Ton, als käme Andrea nach einem Jahr Auslandsaufenthalt das erste Mal wieder nach Hause. Andrina war ihr stiller Protest gegen eine einsame Entscheidung ihres Mannes, die Tochter ausgerechnet auf einen Namen taufen zu lassen, der in Italien bis heute ausschließlich männlich sein durfte. Und Andrea liebte diese italienische weibliche Form. Wenigstens ein Elternteil war mit der Tatsache zufrieden, dass sie eine Frau war. Liebevoll umarmte sie ihre Mutter, die auf die Pflanzkübel an der Treppe zur Haustür zeigte. „Sind die nicht traumhaft schön? Ich habe sie vor ein paar Tagen erst gepflanzt. Und sieh mal, wie viele Knospen schon aufgehen." Gelbe kleine Blüten der Hängepflanzen rahmten je eine weiße englische Geranie in ihrer Mitte. Andrea konnte sich nicht daran erinnern, dass die Blumen, die den Vorgarten und die Stufen zur Haustür schmückten, jemals eine andere Farbe gehabt hatten als gelb und orangerot. Höchstens noch ein paar weiße Tupfer. Egal, ob im Frühjahr, Sommer oder Herbst.

„Sieht toll aus. Wie immer, Mama. Ist Papa auch da?" Was für eine Frage! Es war Samstagvormittag, und er würde selbstverständlich im Wohnzimmer sitzen und Zeitung lesen. Sie trat in das geräumige Zimmer, in dem geblümte Landhausstoffe mit dezentem Creme-Grundton die Heile-Welt-Stimmung verbreiteten, die fest mit Andreas Kindheit verbunden war. Vor den Fenstern hingen diese Stoffe in ungenutzten Schichten – das Haus hatte Sicherheitsrollos – und lagen als Kissenbezüge in Seidenausführung auf dem Sofa. In einer verwaschenen grauen Strickjacke zu einer dunkelbraunen Cordhose saß Andreas Vater zwischen all der Schönheit und las Zeitung. Sie verspürte Wut bei dem Gedanken, wie sehr es ihre farbharmonische Mutter schmerzen musste, dass er sich nur in Gegenwart anderer wie aus dem Ei gepellt zeigte. Dunkle Anzüge, weiße Oberhemden, Slipper aus hochwertigem Leder und in der Freizeit Cashmere-Pullis über Edeljeans. Nur für den „Hausgebrauch“, wie er es nannte, sah er aus wie jetzt.

„Schmeiß doch die Sachen einfach in die Altkleidersammlung. Er wird wohl kaum nackt herumlaufen“, hatte Andrea viele Male ihre Mutter gedrängt, das Problem selbst in die Hand zu nehmen.

Gerhard Wahrig stand sofort auf und warf die Zeitung achtlos auf die ordentlich arrangierten Ausgaben diverser Einrichtungs- und Lifestylemagazine auf dem Ablagetisch.

„Hallo, mein Schatz. Ich wusste nicht, dass du heute kommst.“

„Hättest du dich dann umgezogen?“

Sie umarmten sich, und Andreas Wut ließ nach.

„Was macht die Galerie? Konntest du gut verkaufen?“

„Geht so. Ich bin zufrieden.“

„Ich kann nur immer wiederholen: Integrier doch einen Fotoservice. Passfotos. Etwas Besonderes für Hochzeiten und Jahrestage. Das braucht man immer. Und du kannst sie ja mit irgendeinem künstlerischen Beiwerk anbieten. Porträts in Öl oder so etwas. Dann passt es schon.“

Es waren die gleichen Tipps wie vor drei Jahren, als er ihr das nötige Gesellschaftskapital von fünfundzwanzigtausend Euro für eine GmbH angeboten hatte. Und sie hatte es genau deshalb bei einer Einzelfirma belassen und ihr gesamtes Erbe von Oma Pötti in die Ausstattung des Ladens, in die Werbung und in die Ausrichtung regelmäßiger Events gesteckt.

„Ach Papa, sind wir jetzt wieder bei der Frage, warum Kunst Kunst ist und dein Job dein Job?“ Sie wusste nicht, warum ihr gerade jetzt Oleg Wesselov einfiel. Vielleicht, weil der nicht fragte, warum das Gesicht auf einem ihrer Bilder denn um Himmels willen nur ein Auge habe, obwohl es doch ansonsten ein realistisches Gemälde sei. Alles in den Lebensansichten ihres Vaters zielte auf Rentabilität und Erfolg ab, denen sich jeder Inhalt unterzuordnen hatte.

„Ich brauche deinen Rat, Papa."

„Ehrlich?"

„Haha. Lustig." Am liebsten hätte sie sich neben ihn auf die Couch gesetzt, den Drohbrief und die E-Mail-Korrespondenz mit Maximilian hervorgeholt und sich danach in seinen Arm gekuschelt und gewartet, bis er eine Lösung parat hatte. Aber das blieb ein Wunschtraum zurück in frühere Zeiten.

„Könntest du dir diesen Vertrag einmal ansehen? Ich habe die Ausstellung eines meiner nächsten Künstler verschieben müssen."

„Wolltest du das oder er?"

„Ich. Meinst du, er könnte trotzdem irgendeinen Schadenersatz konstruieren, obwohl er diesen Zusatz hier unterschrieben hat?"

„Warum willst du seine Ausstellung verschieben?", fragte ihr Vater, während er den Vertragstext überflog.

„Sonst kommt mir eine andere Galerie bei einem wichtigen Künstler zuvor."

„Ich bin kein Anwalt. Aber es klingt erst einmal vernünftig, was hier vereinbart wurde. Ob deine Entscheidung, diesen Maler so vor den Kopf zu stoßen, vernünftig war, kann ich natürlich nicht beurteilen."

„Papa!"

„Wenn ich einen Kunden so behandeln würde, wäre er weg. Man muss doch jedem Kunden das Gefühl geben, er wäre der überhaupt wichtigste für die Firma."

„Besser, er ist weg als der andere." Der Tonfall geriet Andrea schnippischer als beabsichtigt.

Ihr Vater sah von den Papieren hoch, schob seine Brille auf den inzwischen beinahe blanken Kopf. „Na, dann hast du doch alles richtig gemacht. Du bleibst noch zum Essen?"

Andrea nickte. „Ich geh mal ... Mama helfen." Ihre Mutter war eine leidenschaftliche Köchin, die sich niemals helfen lassen würde. Besonders nicht von ihrer Tochter, die nicht einmal ein Rührei fertigbrachte, ohne es anbrennen zu lassen. Ein flüchtiger Blick auf dem Weg zur Küche in das angrenzende Esszimmer verriet Andrea, dass auch der Tisch bereits gedeckt war. Alles andere hätte sie auch gewundert. Sie nahm Schwung und hopste wie früher auf die Küchenarbeitsplatte. Von dort sah sie ihrer Mutter zu, die gerade die Soße andickte.

„Und alles in Ordnung? Im Haus, meine ich", fragte Andrea.

„Ja. Es ist nichts kaputt."

„Ich dachte nur. Ich brauche schon bei meiner kleinen Galerie ständig einen Handwerker. Und bei diesem großen Haus hier."

Ihre Mutter lachte. „Nein. Gott sei Dank ist die Zeit der großen Reparaturen und Renovierungen vorbei. Wenn ich daran noch denke!"

„Und im Garten auch? Du hattest also keinerlei fremde Leute hier?"

„Andrina. Kind. Was ist denn los mit dir?"

„Mit mir? Gar nichts." Himmel, warum stellte sie nur diese dämlichen Fragen? Definitiv las sie zu viele Krimis. Aber der Gedanke, dass sich irgendein Fremder ihrer Mutter näherte und diese sorglos und herzensgut dem Verfasser des Drohbriefes gegenübertrat, raubte ihr fast den Atem. Seit sie vorhin an der Tür ihre Mutter umarmt hatte, konnte sie kaum mehr an etwas anderes denken.

„Man liest nur gerade so viel von Einbrüchen. Besonders in den Außenbezirken. Ich will nur, dass du vorsichtig bist, Mama." Sie hopste von der Arbeitsplatte und nahm ihrer Mutter die inzwischen gefüllte Sauciere ab. „Du lässt keinen Fremden ins Haus, ja?"

„Und ich steig auch zu keinem fremden Mann ins Auto." Ein Netz von kleinen Falten bildete sich an ihren Augen, so musste ihre Mutter lachen. „Schön, dass du so besorgt bist. Aber ich hab doch Papa. Er ist ein starker Mann."

Ihr Lachen zeigte Andrea, dass sie die Sorgen ihrer Tochter keineswegs ernst nahm. Weshalb auch? Für sie gab es im Gegensatz zu Andrea auch nicht den geringsten Grund. Doch dann wurde auch Giorgia ernst. „Apropos starker Mann. Ich habe Papa endlich so weit, dass er zu einem Kardiologen geht, um sich durchsehen zu lassen."

„Wie hast du das denn geschafft?" Andrea freute sich über die Hartnäckigkeit ihrer Mutter. Schon seit geraumer Zeit hatte ihr Vater über Stiche in der Herzgegend geklagt und sich bisher rigoros geweigert, einen Arzt aufzusuchen. „Unsinn. Ich habe heute nur zu lange im Büro gehockt", war seine Standardantwort, wenn Andrea und ihre Mutter sich um ihn sorgten.

„Bevor er es sich anders überlegt, habe ich bei Professor Jungstein im Virchow-Krankenhaus gleich einen Termin vereinbart", antwortete ihre Mutter, sichtlich stolz und erleichtert. „Schon am kommenden Dienstag. Um sechzehn Uhr."

„Das hast du toll gemacht, Mama", antwortete Andrea und hätte ihre Mutter am liebsten umarmt, doch die Sauciere in ihren Händen wurde immer heißer, und sie beeilte sich, das Esszimmer zu erreichen, um sie abzustellen.

„Ich muss los. In der Galerie wartet eine Menge Arbeit auf mich. Das Essen war wie immer köstlich, Mama." Andrea stand auf.

„Ich bring dich noch hinaus", sagte ihre Mutter.

„Ich helf dir vorher mit dem Abräumen."

„Kommt gar nicht infrage."

„Danke, Mama. Und entschuldige, dass ich nicht länger bleiben kann." Sie beugte sich zu ihrem Vater hinunter und gab ihm einen Kuss.

„Du weißt, dass ich durchaus schätze, was du tust?" Sein Blick war ebenso liebevoll wie seine Stimme.

„Sicher, Papa."

An der Seite ihrer Mutter verließ sie das Haus.

„Er meint es wirklich so", beteuerte ihre Mutter.

„Ich weiß doch. Er ist gut in seinem Job. Deshalb habe ich ihm ja auch den Vertrag gezeigt. Aber er versteht nun mal nichts davon, wie die Leute in meiner Branche ticken."

Ihre Mutter lachte. „Aber mach das deinem Vater mal verständlich."

„Dass es etwas gibt, wovon er keine Ahnung hat? Das überlasse ich gerne dir."

Andrea wendete ihren Wagen und winkte ihrer Mutter zu, die noch immer am Gartentor stand. Eine bescheidene und doch so stolze Frau von vierundsechzig Jahren. Die Falten hatten zugenommen, die dunklen Locken ihre vormalige Fülle verloren, und der Körper hatte ein paar Kilo mehr als früher. Aber so, wie sie dort stand, unterschied sie sich für Andrea in nichts von der Mutter ihrer Kindheit, die ihr morgens hinterhergesehen und mittags freudig am Gartentor auf sie gewartet hatte. Voller Dankbarkeit dachte sie an die Geborgenheit und Sicherheit, die bis heute in ihr nachwirkten. Drohbriefe und verschwundene Künstler hatte es in dieser Welt jedenfalls nicht gegeben.

Sie sah ihn sofort, als sie die Tür der Galerie öffnete. Er war unter dem Gitter und dem Türblatt hindurchgeschoben worden und strahlte ihr nun in einem provozierenden Weiß entgegen. Andrea hob den Umschlag auf und hätte ihn am liebsten gleich wieder von sich geschleudert. *Fingerabdrücke!* Warum hatte sie keine geeigneten Handschuhe im Büro? Weil eine Galeristin normalerweise keine Briefe erhielt, bei denen man aufpassen sollte, keine möglichen Fingerabdrücke zu zerstören. Obwohl, wer hinterließ heute schon Fingerabdrücke? Auf mögliche Fasern und DNA-Material zu achten war weitaus aktueller. Sie war sich sicher, dass der weiße Umschlag in ihren Händen wieder eine Botschaft von dem großen Unbekannten enthielt, dieses Mal –

als zusätzliche Warnung sozusagen – direkt zugestellt, denn es fehlten Briefmarke und Poststempel. Sie öffnete vorsichtig das Kuvert, und ihr fiel neben einem weißen Bogen, der wieder mit ausgeschnittenen Zeitungsworten beklebt war, ein Foto entgegen. Es zeigte ihr Elternhaus. Am Bildrand war noch ein Teil ihres geparkten Minis zu erkennen. Sie erkannte die Blumen, die ihre Mutter ihr erst heute Morgen gezeigt hatte. Sie musste sich die Tränen aus den Augen wischen, um den Inhalt des beigefügten Briefes lesen zu können.

Ich habe noch keine Pressemitteilung entdecken können, mit der Sie die Ausstellung absagen. Ich meinte es ernst. Diese Ausstellung wird nicht stattfinden! Welche Opfer Sie dafür bringen müssen, liegt ganz bei Ihnen. Binnen einer Woche erwarte ich eine Entscheidung von Ihnen, die Sie bitte öffentlich machen.

Die erneute Drohung erstickte endgültig die Hoffnung, es könnte sich alles doch nur um einen schlechten Scherz handeln. Andrea wollte schreien, jammern oder wenigstens laut etwas in den Raum rufen, aber ihr Mund war zu trocken. Sie musste zur Polizei gehen. Jetzt sofort. Wieso verbat der Erpresser ihr nicht, Kontakt mit der Polizei aufzunehmen? In ihren Kriminalromanen – ein zwingender Zusatz jeder Forderung. Fühlte sich dieser Mann – woher wollte sie überhaupt wissen, dass es ein Mann war? – so sicher, dass er meinte, nicht einmal Ermittlungen durch die Polizei könnten ihm gefährlich werden? Aber sie brauchte Hilfe. Allein würde sie das nicht durchstehen. Sie stürzte ins Büro und wühlte so lange den Ablagekorb durch, bis sie Olegs Visitenkarte fand. Sie setzte sich weinend auf den Stuhl. Es war Samstag. Oleg würde nicht in der Firma sein. Durfte sie wirklich seine Handynummer wählen und Gefahr laufen, seine Frau am anderen Leitungsende anzutreffen? Warum nicht? Dies war eine Ausnahmesituation, und er war ihr Kunde. Ein Kunde, der hartnäckig wie nie zuvor jemand versuchte, ihr Freund zu werden. Nein. Die Wahrheit war, Oleg war im Moment ihr Freund, und einen solchen brauchte sie jetzt. Mit zittrigen Händen wählte sie die Nummer.

„Oleg Wesselov."

„Ich bin's. Könnten Sie in die Galerie kommen? Es ist wirklich wichtig."

„Ich bin ganz in Ihrer Nähe. Bis gleich."

Wohnte er nicht in Kleinmachnow? Das lag im Süden Berlins. Bis zur Galerie eine Strecke von rund fünfundzwanzig Kilometern quer durch die Stadt. Aber es war nur ein flüchtiger Gedanke, den sie darauf verwandte. Dann war sie wieder ganz bei ihrer Mutter. Im Geist formulierte sie bereits den Text für eine Pressemitteilung, in der sie wegen plötzlicher Krankheit des Künstlers Vernissage und Ausstellung absagte.

Über zwei Stunden saßen Oleg und sie jetzt schon zusammen und gingen jede mögliche Alternative durch. Ohne Ergebnis. Andrea war am Ende ihrer nervlichen Kräfte. Erneut unterbreitete Oleg ihr den Vorschlag, zunächst eine Vermisstenanzeige bei der Polizei vorzunehmen. So wären die Behörden bereits involviert, und sie könnte jederzeit mit den Informationen über die Drohbriefe nachlegen.

„Warum nicht gleich alles sagen? Immerhin bedroht jemand das Leben meiner Mutter."

„Er hat uns eine Woche Zeit gegeben."

„Uns?"

Oleg sah sie fragend an. „Manchmal ist es gut, dass der Mensch ein soziales Wesen ist", antwortete er.

„Sie meinen, in der kommenden Woche wird also noch nichts passieren?"

„Ganz sicher nicht. Wenn Sie eine Vermisstenanzeige aufgeben, sucht die Polizei Maximilian Ross. Genau das wollen wir ja. Wenn Sie der Polizei jetzt schon die Drohbriefe zeigen, suchen die nicht nur nach einem Vermissten, sondern ermitteln wegen einer Straftat. Stellen Sie sich vor, Maximilian Ross ist aus irgendwelchen Gründen, die wir nicht kennen, selbst der Briefeschreiber. Dann können Sie für alle Zeiten eine Ausstellung mit ihm vergessen. Deshalb sollten wir die Zeit nutzen, um herauszufinden, ob er mit uns im selben Boot sitzt oder im Boot des Gegners."

„Das uns um Längen voraus ist", antwortete Andrea frustriert. Trotz der noch immer völlig ungeklärten Situation tat es gut, mit jemandem die Ohnmacht zu teilen. Sie sah Oleg dankbar an.

„Oh, ein freundlicher Blick von der schönsten Frau der Stadt?", scherzte Oleg.

„Warum müssen Sie nur ständig so übertreiben?", seufzte sie.

„Das erinnert mich daran, dass Sie mir noch sagen wollten, was oder wer ich in Ihren Augen bin."

„Wollte ich das? Na gut. Im Gegensatz zu meinen aktuellen anderen Problemen ist diese Frage einfach zu beantworten."

„Ich bin gespannt. Brauche ich einen Drink?"

„Sie baggern mich ständig an, ohne wirklich auf den Punkt zu kommen. Sie sind angeblich ein erfolgreicher Geschäftsmann, haben aber Zeit, jeden Tag vom Ku'damm hierherzukommen. Sie sind verheiratet, aber auch jeden Samstag und Sonntag ganz in der Nähe. Sie sind hoffnungslos antiquiert und gleichzeitig ..." Andrea war in Fahrt gekommen.

„Vielleicht doch noch eine klitzekleine positive Eigenschaft?" Er grinste sie an. „Los, sagen Sie es. Sprechen Sie es ruhig aus. Dann verrate ich Ihnen auch, was Sie sind."

„Nett und höflich."

Oleg verzog das Gesicht. „Na wunderbar. Nett und höflich. Genau die Adjektive, die ich mir wünsche."

„Großzügig? Sympathisch?"

„Schon besser. Weiter." Oleg wedelte mit der erhobenen Hand.

„Das reicht. Jetzt Sie."

Er stand auf und lief um den Schreibtisch herum, bis er hinter ihr stand. Als sie seine aufgelegten Hände auf ihren Schultern spürte, wunderte sie sich über die Zartheit seiner Berührung.

„Sie sind willensstark, ohne immer zu wissen, worauf Sie Ihren Willen lenken sollen. Sie sind leidenschaftlich, haben aber Angst, diese Leidenschaft außerhalb Ihres Berufes herauszulassen. Sie sind manchmal zu hastig, und manchmal warten Sie zu lange. Sie sind ungeduldig und ein bisschen ängstlich."

Sie wollte aufstehen, ihn abschütteln und ihm widersprechen. Aber als hätte er ihre Reaktion bereits erwartet, zwangen sie seine großen Hände mit sanftem Druck wieder in den Sitz.

„Sie sind intelligent, klug, gebildet und wunderschön. Ein Traum von einer Frau. So, fertig. Jetzt können Sie wieder flüchten."

„Danke für die Psychoanalyse, Mister Freud", sagte sie schnippisch und zwang sich, ruhig sitzen zu bleiben. Nach einer Weile stand sie auf, räumte leere Kaffeebecher in die Spüle, klappte demonstrativ ihren Mac zu und wischte mit einem Küchentuch auf dem Schreibtisch herum. Oleg griff ihre freie Hand, führte sie zu seinem Mund und deutete einen Handkuss an. „Lassen Sie uns noch einen Drink nehmen. Der beruhigt die Nerven. Morgen ist auch noch ein Tag. Und gleich morgen früh gehen Sie zur Polizei."

Andrea hätte ihn nach seiner anmaßenden Analyse ihrer Person am liebsten zum Teufel gewünscht. Noch mehr allerdings wog die Angst, jetzt allein zu sein. Martin, dem sie bei allen Problemen in ihrer Beziehung hundertprozentig vertrauen konnte und der ihr vielleicht einen klugen Rat hätte geben können, war am anderen Ende der Welt. Was sich allerdings nicht wirklich ferner anfühlte als vor seiner

Abreise. Stattdessen klebte dieser Oleg an ihr und entwickelte sich zu ihrem engsten Vertrauten.

Sie gingen zum Italiener, bei dem sie bereits gestern gegessen hatten, doch sie brachte kaum einen Bissen herunter. Oleg aß dagegen mit gutem Appetit. Zwei Stunden später landeten sie in einer Bar, und eine weitere Stunde dauerte es, bis sie übereinstimmend fanden, dass das Saphire viel angesagter war und für Olegs Alter auch passender schien. Andrea hatte von Wein zu Mojitos gewechselt, Oleg zu Wasser.

„Ich muss noch meine schöne Begleiterin nach Hause fahren."

„Lass mal. Ich nehm 'n Taxi. Taxi!", rief Andrea laut und winkte mit dem Arm. Es war ihr egal, dass hinter der Theke nicht wirklich eine mehrspurige Fahrbahn war. Irgendjemand würde ihren Taxiruf schon weiterleiten. Oleg zog ihren fuchtelnden Arm herunter, legte ihn auf ihrem Schoß ab und hielt ihn dort fest. Ihr Kopf bräuchte dringend die Stütze beider Arme auf der Theke. Aber seine Hände fühlten sich erstaunlich angenehm an.

„Weißte, dass ich solche Typen, also so 'nen wie dich nicht gerade prickelnd finde? Und wie alt bist 'n eigentlich?" Sie versuchte, Oleg scharf in die Augen zu stehen, fand es aber zu anstrengend und drehte sich wieder in Richtung Barmann, der ihnen gerade einen Zettel entgegenschob. Olegs Hände verschwanden von ihrem Oberschenkel. Er zahlte. Plötzlich stand er dicht hinter ihr. Andrea ließ sich langsam vom Barhocker rutschen. Als beide Schuhsohlen Bodenberührung hatten, fühlte sie sich sicher und schob Oleg beiseite. Ergebnislos. Sie fühlte weiterhin seine Hände, dieses Mal an Schulter und Rücken. Nach den ersten Schritten schien die Tür kilometerweit entfernt und Olegs stützende Hände ganz hilfreich, um dorthin zu gelangen. „Ich brauch kein Kindermädchen", protestierte sie nur ganz leise. Der Abend musste ja nicht unbedingt noch peinlicher enden, als er bereits war.

„Ich sag dir: Du wirst die Bilder lieben. Lieben wirst du sie. Wenn du drei nimmst, kriegste Rabatt. Versprochen", sagte sie, als der Weg nach draußen auf erstaunlich direktem Kurs geschafft war.

„Ich werde dich daran erinnern, wenn es so weit ist. Versprochen. Doch jetzt sollte meine schöne Andrea erst einmal ins Bett."

„Gott sei Dank nicht in deines", kicherte sie. Die frische Luft pustete etwas Nebel aus dem Kopf, zulasten eines leichten Drehschwindels und eines erhöhten Drucks in der Magengegend. Da kam ihr das wie von Geisterhand hergezauberte Taxi gerade recht. Olegs Hände halfen beim Einsteigen. „Warten wir es ab“, antwortete er leise und küsste sie sanft auf die Haare, die ihr seitlich ins Gesicht fielen. Sie wollte ihm ihren Ärger ins Gesicht schleudern, holte tief Luft, als sich bereits die Wagentür zwischen ihnen schloss. Sie starrte abwechselnd auf die anderen Türen, aber keine öffnete sich, obwohl es ihr schien, als bewegten sich die Türgriffe. Hatte Oleg sich überhaupt verabschiedet? Nein? Wie unfreundlich von ihm!

Der Fahrer drehte sich zu ihr um und sah sie an, als erwartete auch er etwas von ihr, anstatt zu fahren, was eigentlich Aufgabe eines Fahrers sein sollte. Dann dämmerte es ihr. „Gubener Straße“, artikulierte sie deutlich, wobei die beiden S-Laute in „Straße“ kleine Sprühfontänen in Richtung des Fahrers auslösten. Prompt fuhr er an, und ihr Oberkörper fiel nach hinten in die weiche Rückenlehne. Tapfer kämpfte sie gegen den Drang, es sich hier bequem zu machen und schon etwas vorzuschlafen. Mit beiden Händen an den Kopfstützen der Vordersitze zog sie sich wieder in einen geraden Sitz.

„Aua“, kam es von vorn, und der Fahrer zog seine langen Haare unter ihrer Hand weg. Sie starrte geradeaus durch die Windschutzscheibe auf die Fahrbahn, um ihrem Magen keinen Anlass zu geben, aufzumucken. Dann fiel ihr ein, dass sie dem ziemlich sauer dreinblickenden Fahrer die

Galerieadresse genannt hatte. Sie korrigierte das Ziel in ihre Privatanschrift, was den jungen Mann sichtlich freundlicher stimmte. „Wissen Sie, ein Irrer schreibt mir Erpresserbriefe! Wie finden Se das?"

Der Fahrer fuhr schweigend los. Ihre Zielkorrektur forderte Andrea weitere zehn Minuten Konzentration auf die unterschiedlichen Beläge der Berliner Straßen ab. „Ganz schön desi… desolat", stellte sie fest. „Na ja, Berlin is eben pleite." Sie kicherte. „Ich auch gerade." Ruckartig drehte sich ihr Chauffeur zu ihr um, und sie lachte in sein erschrockenes Gesicht.

Der Aufstieg in den zweiten Stock gestaltete sich ohne Hilfe ziemlich anstrengend. Als sie die Wohnungstür hinter sich schloss, stand ihr der Sinn nur noch nach einer Toilette, einer Wasserflasche und ihrer kuscheligen Bettdecke. Doch sie hörte die beharrlichen hellen Signaltöne ihres Macs in ihrer Umhängetasche. Ihren ersten Gedanken, Martin habe ergebnislos versucht, sie zu erreichen, verwarf sie gleich wieder. Auch, wenn es bei ihm bereits morgens war, würde er nicht mitten in ihrer Nacht anrufen. Dann, wenn sie eigentlich schlief und nicht mit so merkwürdigen Männern wie Oleg Wesselov durch Bars schlich. Die Hoffnung, Maximilian hätte sich besonnen, siegte über die Müdigkeit und den

Nebel in ihrem Kopf. Sie zog den Mac heraus, öffnete ihn und klickte auf Posteingang. Aber es war nicht der Maler, der ihr eine Antwort gesendet hatte, sondern eine Nachricht von Oleg.

Liebe Andrea,
ich habe schon etwas für morgen vorbereitet. Schlaf gut, meine Schöne, und mach dir keine Sorgen. Alles wird gut.
Bis morgen, Oleg

Andrea seufzte. *Alles wird gut.* War sie ein kleines Kind? Sie musste jetzt schlafen. Unbedingt. Sie konnte kaum mehr denken. Schon gar keine konkreten Pläne machen, außer morgen früh als Erstes ihre Mama anzurufen.

11. KAPITEL

Maximilian versuchte, Alisha aus der Menschentraube herauszufiltern, die sich die breite Steintreppe herunter bewegte.

„Hol mich um zwei von der Uni ab, und vergiss diesmal deine Badehose nicht“, hatte sie am Telefon gesagt, und er hatte den Übermut in ihrem Gesicht förmlich sehen können. Ein Tag Unsicherheit, Stunden des Wartens, in denen das neu erworbene Handy mit Prepaidkarte beharrlich geschwiegen hatte, waren mit diesem Anruf beendet. Sein bisheriges Handy hatte er in der Wohnung gelassen und Alisha als Einzige über die neue Handynummer informiert. Doch auch, wenn seine Reise durch Alisha eine ganz andere Bedeutung als beabsichtigt erhalten hatte, nahm er sich fest vor, das eigentliche Ziel nicht aus den Augen zu verlieren. Er musste zu diesem verdammten Bauernhof.

Er sah Alishas Gesicht in der Menge aufblitzen und hob den Arm. War ihm außer seiner Mutter überhaupt schon jemals eine Frau so freudig entgegengelaufen?

„Du, ich hab den Job und könnte die Welt umarmen“, rief sie, noch bevor sie ihn erreichte.

„Wann fängt die Arbeit an?“, fragte er und hoffte, sie würde mit dem Weltumarmen bei ihm beginnen.

„Erst in zwei Monaten. Aber das ist egal. Ich kann bis dahin jobben. Kellnern oder Callcenter."

„Oder mit mir verreisen."

„Zwei Monate?" Sie lachte.

Er überlegte, ob er ihr sagen sollte, dass er genug Geld dafür hätte. Durch den Verkauf des Hauses und die Lebensversicherung seiner Eltern hatte er ein finanzielles Polster, das er bisher niemals anzurühren gewagt hatte. Er wusste ja nicht, ob er es irgendwann brauchen würde, weil er mit seiner Malerei nicht genug Geld verdienen konnte. Aber für eine Reise mit Alisha würde er gerne einen Teil des Geldes abheben.

„Du meinst das ernst, oder?" Ihre Augen weiteten sich.

Er schüttelte den Kopf, und sie schlug ihre Faust sanft in seine Seite. „Dachte schon, ich hab so einen verkappten Kapitalisten getroffen. Oder ein verwöhntes Muttersöhnchen."

„Beides willst du nicht, nehme ich an."

„Wenn ich wählen müsste, würd' ich den mit Geld nehmen. Das kann man verprassen und hat was von. Oder verschenken. Ein Muttersöhnchen hätte man dagegen ständig an der Backe." Sie bog sich vor und ließ ihre langen Locken nach vorn baumeln, schüttelte ihren Kopf und fuhr sich dabei mit beiden Händen durch die Haare. Nur für ihn ließ die Sonne eingewebte Goldfäden schimmern. Mit Schwung warf sie die Haare wieder nach hinten und war fertig zum Einsteigen.

Als Maximilian sich durch den Verkehr rund um das Brandenburger Tor quälte, waren Alishas Augen bereits zu schmalen Öffnungen verkleinert, und als er die Heerstraße in Richtung Stadtgrenze fuhr, schlief sie und schnarchte mit leicht geöffnetem Mund. Obwohl sie über zwanzig war, sah sie schlafend wie ein junges Mädchen aus. Ohne ihr weiches, von den Kringellöckchen umrahmtes Gesicht würde sie zerbrechlich scheinen, denn ihr Körper war fast schon mager. So aber wirkte sie auf ihn wie eine Frau, die sich weigerte, ganz erwachsen zu werden, und gleichzeitig aber selbstständiger und selbstbewusster durch das Leben ging, als er es jemals vermocht hatte.

Das Sommerwetter machte Pause und kühler Fahrtwind bewegte eine Lockensträhne auf ihrer Stirn. Maximilian kurbelte das Fenster hoch, obwohl ihm bei ihrem Anblick warm geworden war. Es gab keinen Zweifel. Er war im Begriff, sich in Alisha zu verlieben. Als dieser Zustand das letzte Mal in ihm gebrodelt hatte, war es ihm vorgekommen, als hätte ihm jemand einen Feuerwerkskörper geschenkt, aber verschwiegen, dass er ihn zuvor hatte im Regen liegen lassen. Er hatte ihn angezündet, eine bunte Explosion erwartet, und was war dabei herausgekommen? Ein müdes Zischen und ein wenig Rauch. Keine Farben, keine Sterne, die sich auf den Weg zu ihren beständigen Vorbildern am Himmel machten. Mit Alisha würde er vorsichtiger sein, warten, bis er sicher sein konnte, dass die Sonne jede muffige Feuchtigkeit der Vergangenheit ausgetrocknet hatte. „I'd catch a grenade for ya", summte er leise Bruno Mars' Song vor sich hin, der schon den ganzen Tag über in seinem Ohr wurmte.

„Wo sind wir?" Alisha richtete sich auf, als Maximilian vor einem Imbissstand hielt.

„Hast du Hunger? Mir knurrt jedenfalls der Magen."

Sie nickte. „Hab ich lange geschlafen?"

„Höchstens fünf Minuten." Er bemühte sich um ein ernstes Gesicht.

„Für ein paar Minuten fühl ich mich aber ziemlich matschig im Kopf."

Der Imbissstand lag am Ende eines Dorfes, das die Bundesstraße 5 wie ein Baguette längs durchschnitt. Links und rechts zogen sich geschlossene Häuserfronten. Nur die unterschiedlich breiten und hohen Tore und wechselnden Fassadenfarben zeigten den Beginn eines neuen Grundbesitzes an. Obwohl es mitten am Tag war, sahen sie außer den

Insassen der passierenden Autos keine Menschen auf der Straße. Hinter den geschlossenen Toren bellten Hofhunde, und Stallgeruch verriet, dass es ein verborgenes Dorfleben hinter den Mauern gab. Die Verkäuferin im Imbisswagen erhob sich nur mühsam aus einem Klappstuhl und legte ihr Taschenbuch zur Seite.

„Ist heute Feiertag?", fragte Alisha.

Die Verkäuferin schüttelte den Kopf, „War nur gerade so spannend", und lächelte nun doch noch freundlich.

Mit einem „Nauener Burger", doppelt so dick wie seine genormten amerikanischen Vorbilder, und einer gekühlten Kakaoflasche in den Händen zeigte Alisha mit dem Kopf in Richtung einer Holzbank, die seitlich hinter dem Verkaufswagen stand. Maximilian hatte sich für eine Currywurst entschieden und biss mit Lust von dem krossen Brötchen ab, das ihm die Verkäuferin mit einem Augenzwinkern dazugelegt hatte.

Schweigend aßen sie und sahen den vorbeirauschenden Autos und Lastwagen zu.

„Warum halten die hier nicht? Schmeckt doch lecker", fragte Alisha, als sie den Hamburger mit erstaunlicher Schnelligkeit verschlungen hatte.

„Jetzt ist eher Kaffeezeit."

„Was? Wie spät ist es denn?"

„Vier."

„Ich habe über eine Stunde geschlafen? Fünf Minuten. Hahaha." Sie sprang auf und nahm ihm lachend den Plastikpiker aus der Hand, spießte damit das letzte Stück seiner Currywurst auf und stopfte es ihm in den Mund, obwohl er noch an dem Bissen davor kaute. Sie warf das Pappschälchen in den Mülleimer neben dem Wagen und zog ihn von der Bank hoch.

„Warte, ich brauch die Soße noch. Ich stippe immer …"

„Die Spatzen brauchen auch noch was. Wir wollten doch baden gehen. Wie weit ist es noch bis zu dem See, von dem du erzählt hast?" Ungeduldig zerrte sie an seinem Arm, bis er sich lachend geschlagen gab und ihr zum Auto folgte.

„Nur noch ein paar Kilometer. Aber heute ist es viel zu kalt."

„Ich find's besonders schön, wenn's im Wasser wärmer ist als draußen."

„Es sind keine wirklichen Badeseen. Wenn wir dahin wollen, müssten wir an den Börner oder an den Laudiner See. Das ist auch nicht weit von hier. Aber der See, von dem ich erzählt habe, ist mehr ein, sagen wir mal, größerer Tümpel, zu dem wir als Kinder mit dem Fahrrad hinfahren konnten."

„Das reicht doch. Bis wann hast du hier in der Gegend gewohnt?"

„Bis Herbst 2007."

„Dann bist du an die Uni in Berlin?"

„Ja."

„Und deine Eltern? Werden wir sie hier besuchen? Ich komm aus Ostberlin, wie meine Eltern noch manchmal sagen. War für sie wohl damals ein Riesenfortschritt. Vom Dorf irgendwo an der Ostsee in die Hauptstadt der DDR."

Maximilians Magen verkrampfte sich, als Alisha so unbekümmert das Wort „Ostsee" aussprach. Ihm stieg schon eine leichte Übelkeit auf, wenn er nur an ein Meer dachte. Deshalb war er froh, dass Alisha sich mit dem kleinen Wasserloch seiner Kindheit zufriedengeben wollte, das kaum den Namen See verdiente und das nur in der Mitte so tief war, dass man schwimmen musste.

„Meine Eltern leben nicht mehr."

Sie sah sich zu ihm um, und der Schrecken stand ihr ins Gesicht geschrieben.

„Tut mir leid, Maxi. Wir können auch über was anderes reden. Ich dachte nur, weil du ausgerechnet hier ... Ist es schon lange her?"

Er schüttelte den Kopf und schwieg. Vielleicht würden die Dämonen der Vergangenheit von allein wieder verschwinden. Doch ihr Schweigen war nicht viel leichter zu ertragen. Also begann er doch, von der Gegend zu erzählen.

Er beschrieb ihr den elterlichen Vierseitenhof und wie er es gehasst hatte, wenn es zu Weihnachten den Braten einer Gans gegeben hatte, dessen Namen er zuvor beim Füttern gerufen hatte, erzählte von seiner Grundschule, von den umliegenden Dörfern Pessin und Selbelang, von seinen diversen Hunden und den Storchennestern, die er für den Biologieunterricht dokumentiert hatte. Alles, ohne ein einziges Mal seine Eltern zu erwähnen. Alisha stellte keine Fragen. Als endlich wieder die gleiche Fröhlichkeit wie bei ihrer Imbisspause in der Luft lag, schien sie genauso erleichtert zu sein wie er.

Inzwischen hatten sie die Bundesstraße beim Abzweig nach Retzow verlassen. Maximilian durchquerte den Ort und sah weder nach rechts noch nach links, um keine Erinnerungen ins Autoinnere einzulassen, wo er sich gerade so leicht fühlte wie ein Drachenflieger an einem Tag mit perfektem Aufwind am Hang. Sein Aufwind hieß Alisha, und gleich würden sie mit ihren Körpern nebeneinander in das warme Wasser eintauchen.

Sie fanden einen geschützten Platz, an dem die ausladenden Laubbäume den kühlen Wind in andere Richtungen lenkten. Ein Mann spazierte mit seinem Hund auf einem Trampelpfad am Ufer entlang und warf von Zeit zu Zeit seinem unübersehbar begeisterten Weggefährten einen Stock in den See. Als Hund und Herrchen verschwanden, waren sie allein. Alisha breitete die Wolldecke aus. In akrobatischer Schnelligkeit wechselte sie unter dem Rock ihren Slip gegen eine Bikinihose. Den Austausch des weißen Spitzen-BHs gegen das Badeoberteil nahm sie unterhalb des nur noch um den Hals hängenden T-Shirts vor, ohne dass Maximilian ein Blick auf ihre entblößten Brüste gelang. Er stand etwas unschlüssig neben ihr. Sein T-Shirt war definitiv zu kurz, um etwas zu verdecken, und sich ein Handtuch umzubinden – würde Alisha wahrscheinlich spießig finden.

„Ich verschwinde noch mal kurz. Ich hasse Leute, die ins Wasser pinkeln." Alisha drehte sich suchend um und wählte ein dichtes Buschwerk in Ufernähe. Schnell nutzte Maximilian die Zeit zum Umziehen. Die Hosenbeine der karierten Badeshorts schlabberten um seine Waden. Die Hose würde bei gleich großen Männern höchstens bis zu den Knien reichen. Er ging vor in den See, bis er bis zu den Oberschenkeln im Wasser stand. Die Feuchtigkeit stieg den Stoff der Badehose hoch, und ihm fiel ein, dass es eine gute Idee gewesen wäre, ebenfalls noch einen Busch aufzusuchen. Aber er hatte bis heute immer in den See gepinkelt und sich darüber noch niemals den Kopf zerbrochen. Jetzt noch einmal zurückgehen? Das Wasser war wirklich wesentlich wärmer. Auch das war ihm nie wirklich bewusst geworden. Baden ging man, wenn es draußen heiß war und der See eine Abkühlung versprach.

Mit der Aufforderung „Warte auf mich!“ nahm ihm Alisha die Entscheidung ab. Sie griff nach seiner Hand, und Schritt für Schritt gingen sie tiefer in das Wasser, bis die sanften Wellen, die der Wind verursachte, ihnen die Bauchnabel umspielten. Sie ließ seine Hand los und glitt in die Waagerechte. „Herrlich. Einfach herrlich. Lass uns ans andere Ufer schwimmen.“

Auch er bewegte sich jetzt schwimmend, und es behagte ihm überhaupt nicht, dass Alisha sich geradewegs zur Mitte des Sees bewegte. Dort, wo man untergehen und ertrinken konnte. Er hatte es einmal ausprobiert. Ganz plötzlich war der Wunsch in ihm übermächtig geworden. Er hatte alle Bewegungen eingestellt, hatte ausgeatmet und sich nach unten sinken lassen. Er wollte wissen, wie es sich für seine Eltern angefühlt haben musste, als die Luft ausgegangen und die Panik in ihnen hochgestiegen war. Er hatte ihnen nahe sein wollen. Ein letztes Mal. Und es war ihm auch einige Sekunden gelungen, bis sein Körper begonnen hatte, sich gegen den Tod zu wehren. Im allerletzten Moment hatte er sich vom Grund abgestoßen und war beinahe schon bewusstlos an die Oberfläche des Lebens zurückgekehrt. Ein Fremder, der seinen Untergang beobachtet haben musste, half ihm, ans Ufer zurückzuschwimmen. Dieser Moment war der Wendepunkt seines Lebens ohne Eltern gewesen. Kurz danach hatte er einen Makler angerufen, den elterlichen Bauernhof verkauft und war endgültig nach Berlin gezogen.

„Es ist spät, und wir haben noch keine Unterkunft."

„Gut, aber können wir morgen früh noch einmal herkommen?", fragte Alisha. Er nickte. Kaum waren sie aus dem Wasser heraus, war seine Fröhlichkeit zurückgekehrt. Er schämte sich auch nicht mehr, sich vor Alisha abzutrocknen und umzuziehen.

Sie fanden in der Nähe Nauens ein kleines bezahlbares Hotel, und Maximilian stand unschlüssig an der Rezeption. Doch Alisha nahm ihm auch hier die Entscheidung ab. „Ist noch ein Doppelzimmer frei? Mit zwei einzelnen Betten?"

Glücklich bezogen sie das Zimmer, und im Hotelrestaurant, das sie anschließend aufsuchten, brachte er vor Aufregung vor der bevorstehenden Nacht kaum einen Bissen herunter.

Am nächsten Morgen hielt er sein Versprechen und fuhr noch einmal zum See, und dieses Mal war das gemeinsame Schwimmen frei von jeder Angst. Aufregend und erfüllend war auch die vergangene Nacht gewesen. Für beide Seiten, soweit seine mäßigen Erfahrungen diese Beurteilung zuließen. Aber Alisha würde niemals Theater spielen. Nicht im Leben und schon gar nicht im Bett. Dessen war er sich sicher.

Doch nun holte ihn der Ernst seiner Reise wieder ein. Wie viele Kilometer schaffte jemand zu Fuß in einer Zeit von ungefähr drei Stunden, wenn er sich verfolgt fühlte? Nicht mehr als fünfzehn Kilometer, hatte er ausgerechnet. Wenn man dabei quer durch Wald und Flur rannte und mehrmals über Steine und auf dem Boden liegende Äste stolperte, lang hinschlug, tapfer gegen die Schmerzen der aufgeschlagenen Knie ankämpfte, sich aufrappelte und weiterrannte. Es musste doch möglich sein, diesen Umkreis mit einem Radius von fünfzehn Kilometern zu durchsuchen. War es bestimmt auch. Aber nun war Alisha in sein Leben getreten, und er konnte sie schlecht einweihen.

„Was suchst du?“ Alisha hatte sich auf dem Nachbarplatz des Internetcafés abgemeldet und stand nun hinter ihm und sah auf die Karte, die Maximilian im Internet aufgerufen hatte. Ihre Haare waren noch immer feucht, und am liebsten hätte er sie so lange gestreichelt, bis sie durch die Wärme seiner Hände getrocknet sein würden.

„Nichts Besonderes. Ich wollte nur überlegen, wohin wir noch fahren könnten.“ Den Schmierzettel neben der Tastatur steckte er schnell ein, bevor Alisha ihn entdeckte und Fragen stellen konnte.

„Solltest du da nicht besser in deinem Gedächtnis kramen – statt bei Google Maps?“, fragte sie schelmisch und fuhr mit einer Hand zärtlich durch seine Haare. Er schloss die Augen und genoss die Nähe zu ihr. Dann beendete auch er seine Sitzung, stand auf und lächelte gegen Alishas fragende Miene an. Aber es nützte nichts.

„Sag schon. Du suchst doch was ganz Bestimmtes. Das merk ich doch.“

Er überlegte, was in der Umgebung ein überzeugendes Ziel sein könnte. „Kennst du die Bienenfarm? Ein kleiner Sportflughafen, circa zehn Kilometer von hier. Wenn du willst, können wir dort Fallschirm springen.“

„In meinem Leben nicht. Ich habe Höhenangst“, protestierte Alisha sofort.

Er lachte. „Gut, dann gehen wir nur in den Bienenkorb, so heißt das Restaurant, essen und schauen den Leuten ein bisschen zu.“

„Du bist schon mal gesprungen.“

Er schüttelte lachend den Kopf und erzählte mit Genugtuung die Blamage seines größten Widersachers Peter. Peter, der damals das Foto und ihn damit zum Gespött der Klasse gemacht hatte und der sich zum Cliquenchef berufen fühlte. Bis, ja, bis 1997 ein Neuer in die Klasse kam: Maik. Sein Vater war ein hohes Tier bei den LSK der

DDR gewesen, den Luftstreitkräften, und blieb nach dem Zusammenbruch der DDR ein begeisterter Sportflieger. Er nahm seinen Sohn mit, auch zum Tandem-Fallschirmspringen. Als Peter wieder einmal eine große Lippe riskierte, lud ihn Maik vor der gesamten Klasse ein, ihn am kommenden Wochenende zum Flugplatz zu begleiten und mit seinem Vater einen Tandemsprung zu wagen. Peter blieb nichts weiter übrig, als großspurig vor seinen Kumpeln zuzusagen. Natürlich versammelte sich die ganze Klasse und weidete sich schließlich an Maiks genauem Bericht, was sich im Flugzeug dort oben zugetragen hatte. Peter hatte sich vor Angst in die Hose gemacht, am ganzen Körper gezittert und sich heulend geweigert, auch nur in die Nähe der geöffneten Flugzeugtür zu treten. Von diesem Tag an war Peter als Klassenanführer Geschichte – und Maik der neue Held, was auch dem jahrelangen Mobbing gegenüber Maximilian ein Ende setzte.

„Wenn ich gekonnt hätte, wäre ich Maiks bester Freund geworden."

„Wollte er dich nicht?"

„Ich weiß es nicht. Ich glaube, er hat mich nicht einmal bemerkt."

„Von nun an werden alle Leute dich bemerken. Du wirst ein berühmter Künstler sein."

„Hör schon auf“, bat er verschämt. Woher hatte sie so viel mehr Vertrauen in ihn als er selbst? Der Gedanke an den Grund für seine Umkreisberechnung verdrängte seine Freude gleich wieder. Auf dem Weg zum Flugplatz gab er sich alle Mühe, Alisha das nicht spüren zu lassen. Sie sah voller Begeisterung in die Landschaft und freute sich über jeden Raubvogel, der auf der Suche nach Beute über den Feldern kreiste.

Aus der Luft hätte ich es leichter, dachte Maximilian. Ein Kreis von fünfzehn Kilometern schien nicht viel, aber der Umfang eines solchen Kreises machte knapp hundert Kilometer aus. Er hatte nach wie vor nicht die geringste Ahnung, wo sich auf dieser Strecke der Ort befand, den er suchte. Diesen verdammten Ort, wo sein Leben begonnen hatte, aus der Bahn zu laufen und wo ihn das erste Mal in seinem Leben seine zarte liebevolle Mutter mit anderen Augen angesehen hatte: voller Enttäuschung im Blick.

12. KAPITEL

Die Weckmelodie ihres Handys drang in ihr Bewusstsein, und trotz der nur knapp vier Stunden Schlaf, die hinter ihr lagen, war Andrea sogleich wach. Mühsam sammelte sie in ihrem Gedächtnis die Einzelheiten des gestrigen Abends und der letzten Nacht, bis die Erinnerungsfetzen ein vollständiges Bild ergaben. Sie nahm eine Wasserflasche und trank sie im Gehen zur Hälfte aus. Über die Tatsache, dass sie ausgerechnet im Beisein eines Mannes wie Oleg abgestürzt war, würde sie später nachdenken. Jetzt ging es um ihren jungen Hoffnungsträger und dass sie schnellstmöglich zur Polizei ging, denn es war keine weitere Nachricht von Maximilian eingetroffen. Im Stehen schrieb sie:

Lieber Maximilian,
ich bin heute den ganzen Tag in der Galerie. Rufen Sie mich an, wann immer Sie Zeit haben, oder besser noch: Kommen Sie einfach vorbei. Dann reden wir über alles.
Liebe Grüße
Andrea

Sie drückte auf Senden und ging in die Küche. Unruhig lief sie auf und ab, bis der Kaffee durchgelaufen war. Mit der

Tasse in der Hand wollte sie zurück zum MacBook, als es an der Wohnungstür klingelte. Sie öffnete, und ein Junge von ungefähr vierzehn Jahren fragte, ob sie Andrea Wahrig sei. Sie nickte. „Was willst du?“

„Ich soll Ihnen den hier geben.“ Der Junge zog aus seinem Rucksack einen Briefumschlag hervor und hielt ihn ihr entgegen. Mit zitternder Hand nahm sie ihn an. *Bitte nicht schon wieder.* „Für Andrea“, stand in dünnem roten Filzstift geschrieben. Es war kein zusammengefalteter Bogen mit ausgeschnittenen Wörtern, sondern eine Grußkarte, die sie herauszog, deren Vorderseite aus einer Seidenmalerei bestand. Ein rosafarbener Rosenstrauch, ähnlich wie die Syltrosen auf dem ersten Bild, das Oleg bei ihr gekauft hatte. *Warte noch mit der Polizei. Ich habe einen Plan. Komme nachher in die Galerie. Dein Oleg,* las sie und freute sich, dass die Nachricht nicht vom Erpresser kam. Trotzdem erschrak sie. Sie hatte Oleg bisher nicht ihre Privatanschrift genannt. Sie hatten sich immer nur in der Galerie gesehen. Sie kam nicht weiter zum Nachdenken, woher Oleg die Adresse wusste, die auch im Telefonbuch nicht zu finden war, denn Skype meldete, dass Martin gerade online ging. Sie musste sich zusammenreißen, als Sekunden später der Anrufton kam, um ihn mit einem fröhlich klingenden „Guten Morgen“ zu begrüßen.

„Du bist ja schwer zu erreichen. Warum machst du dein Video nicht an?“

„Weiß nicht, falsche Taste? Ich hab verschlafen. Bin noch nicht einmal angezogen.“

„Aber sonst alles gut? Guck mal, ich schick dir die ersten Fotos. Singapur ist eine wirklich beeindruckende Stadt.“ Andrea sah auf dem Bildschirm, wie Martin ihr eine Zipdatei übermittelte. Sein Videobild flackerte etwas, aber sie konnte deutlich das große Fenster hinter seinem Schreibtisch sehen und den grandiosen Ausblick auf das Häusermeer dahinter ahnen.

„Ich treff mich gleich mit einem Kollegen, der so nett ist, mir noch etwas mehr von der Stadt zu zeigen. Deshalb wollte ich mich unbedingt vorher mal melden.“

„Ja, alles gut. Aber du, sei nicht böse. Ich muss in die Galerie. Bin schon viel zu spät.“

„Es ist Sonntag. Und die Fotos …“

„Ja, lass die Verbindung laufen. Ich geh inzwischen ins Bad, okay. Bis gleich. Küsschen.“

Auf der anderen Seite des Globusses schwieg Martin.

Sollte sie die Gelegenheit ergreifen und ihm von den ungeheuerlichen Entwicklungen der letzten Tage berichten? Sie sah, wie Martin ihr winkte und mit dem Mund einen Kuss imitierte. Nein. Ihre Beziehung hatte sich gewandelt, und sie würde allein mit ihrem Leben klarkommen. So wie er dort drüben in Singapur ohne sie auskommen musste und es ja offensichtlich prima schaffte.

Als sie aus dem Bad kam, war der Upload der Fotodatei abgeschlossen und das Videobild schwarz. Sie würde die Datei in der Galerie entpacken und ansehen. Aber erst nachdem sie wusste, was Oleg für einen Plan hatte.

Die Türglocke kündigte seinen Besuch an. Sie ging ihm gespannt entgegen, obwohl es ihr peinlich war, ihm nach ihrem Absturz gestern Abend in die Augen zu sehen.

„Ich brauche kein Kindermädchen mehr. Ich hab es heute Morgen tatsächlich geschafft, mich selbst anzuziehen."

„Guten Morgen, schöne Andrea. Zu wenig Schlaf, nicht wahr?"

„Musst du nicht arbeiten? Die Benzinkosten für deinen Porsche sind hoch." Sie lief zwischen Büro und Ausstellungsraum hin und her. Rückte im Vorbeigehen Dinge zurecht, nahm ein feuchtes Tuch und wischte Fensterbänke und Türgriffe ab. „Was ist das für ein Plan? Und woher hast du eigentlich meine Privatadresse?" Wurde er etwa verlegen?

Er ignorierte ihre zweite Frage und antwortete: „Ich finde, wir sollten uns einmal in der Wohnung *deines* Malers umsehen. Mit Sicherheit werden wir dort etwas finden, was uns weiterhilft. Entweder uns etwas erklären kann, was er mit *deiner* Mutter zu tun hat, oder einen Hinweis gibt, wo er sich jetzt aufhalten könnte."

„Einbrechen? Ist nicht Ihr ... dein Ernst?" Vor Schreck hatte sie vergessen, dass Oleg und sie sich seit gestern Abend duzten.

„Keine Sorge. Niemand wird etwas merken. Aber es ist besser, so viel wie möglich über deinen Maximilian zu erfahren. Und das wollte ich noch erledigen, bevor du zur Polizei gehst. Ich möchte der ungern dabei in die Hände laufen."

„Ach. Wir könnten doch sagen: Wissen Sie, wenn Sie weitere Informationen haben möchten – bitte sehr. Das haben wir in der Wohnung des Künstlers gefunden. Wir sind dort nämlich eingebrochen." Sie verzog verächtlich den Mund.

„Also was jetzt? Bist du dabei, oder soll ich allein?"

Als sie Oleg das erste Mal gesehen hatte, hatte sie ihn als eine super Vorlage für die Hauptfigur eines Mafiakrimis empfunden. Doch dann hatte er sich als integrer und sympathischer Geschäftsmann gezeigt. Würde ein solcher ihr einen Einbruch in eine private Wohnung vorschlagen? War ihr erster Eindruck doch richtig gewesen? Doch der Gedanke, mehr zu erfahren und endlich aus ihren momentanen Qualen erlöst zu werden, verursachte ein angenehmes Kribbeln. Hatte sie eben gerade genickt? Es schien ihr, als würden ihre Nerven ihr andauernd einen Streich spielen.

Morgen schon würde die Eröffnung der Ausstellung Rüdiger Hauswald sein. Es war noch so viel zu tun. Heute Abend würde der Künstler seine Werke vorbeibringen, und gemeinsam würden sie sie ins rechte Licht setzen. Und vorher würde sie mal eben kurz einbrechen, in die Wohnung des Künstlers, über den sich in nur drei Wochen eigentlich die Presse schon hermachen sollte. Ihr wurde schlecht bei der Vorstellung, dass ihr Ruf als Galeristin ein für alle Mal zerstört sein würde. Aber sie musste in den nächsten Tagen eine Entscheidung treffen. Absage der Vernissage wegen überraschender Krankheit des Künstlers – wer wusste, wie Maximilian Ross auf diese Lüge reagieren würde? – oder russisches Roulette spielen und hoffen, den vertragsbrüchigen Künstler doch noch vor Ablauf des Ultimatums zu finden und zu klären, ob die schrecklichen Briefe von ihm kamen. Der Gedanke, Maximilian wäre möglicherweise viel verrückter als angenommen und hätte die Drohbriefe selbst geschrieben, beruhigte sie merkwürdigerweise. Alles andere war so schrecklich, dass sie sich im Moment weigerte, weiter über das Thema nachzudenken.

„In einer Stunde vor der Wohnung?“, fragte Oleg und erhob sich. Wieder nickte sie, obwohl sie wusste: In diesem Moment betrat sie eine Eisfläche, dünn genug, um jederzeit zu brechen und sie in die eiskalten Fluten darunter zu entlassen. Wie hätte sie diese Entscheidung auch noch mit Worten bekräftigen können? Bei allen Zweifeln blieb ihr nur, auf Oleg zu vertrauen und nachher zur Polizei zu gehen.

„Das ist Michael“, stellte Oleg seinen Begleiter vor. Der Mann ohne Nachnamen schien ein Jahrzehnt jünger als Oleg zu sein. Sein hellgrauer Anzug und die aschblonden sauber gescheitelten Haare passten gut zur Mittelmäßigkeit von Attraktivität und Vertrauenswürdigkeit, die er ausstrahlte.

Sie liefen gemeinsam die Reichenberger Straße hinunter, Michael wenige Schritte hinter Oleg, und er schien das gewohnt zu sein. Am liebsten hätte Andrea die ganze Sache abgeblasen.

„Welche Nummer?“, fragte Oleg.

„Diese Wohnung ist es.“ Andrea zeigte auf Maximilians Balkon im ersten Stock. Die Jalousien waren noch immer vollständig heruntergelassen.

Auch die Haustür war verschlossen. Andrea betätigte die Klingelknöpfe des obersten Stockwerks.

„Ja bitte?“

„Fleurop. Ich habe eine Lieferung für Frau Zimmer im ersten OG. Leider ist sie nicht da. Ich würde ihr den Strauß gerne vor die Tür legen. Machen Sie mir kurz auf?“, bat Andrea.

Einige unverständlich gemurmelte Worte und das Summen des Türöffners waren die Antwort. Leise schlichen sie die Treppe bis zur ersten Etage hoch und horchten an Maximilians Tür. Sollte er wirklich in der Wohnung sein, verriet er sich jedenfalls nicht durch irgendwelche Geräusche. Sie drückte zweimal kurz hintereinander den Klingelknopf. Nach einer Weile ohne jede Reaktion hinter der Tür klingelte sie erneut, dieses Mal lang anhaltend. Doch es blieb still.

„Na, dann wollen wir mal“, flüsterte Oleg, seinen Mund viel zu dicht an ihren Haaren. Sie fuhr mit beiden Händen durch ihre dichten Locken und schüttelte sie kräftig nach hinten.

Michael hielt in der Hand etwas, das aussah wie zwei einfache Metallhaken. Er machte sich damit am Türschloss zu schaffen, und Andrea hatte gerade einmal Zeit, sich vollständig an eine kürzlich gesehene Filmszene zu erinnern, als die Wohnungstür bereits offen stand.

„Ich liebe Altbautüren“, sagte Michael und ließ ihnen den Vortritt. Ganz wohl war Andrea nicht, aber schließlich standen sie schon in der Diele, die Tür hinter ihr war wieder geschlossen und das Eindringen in Maximilians Privatsphäre somit bereits geschehen. Was spielte es also noch für eine Rolle, wie lange sie sich hier aufhielten? Die Sicherheit ihrer Mutter war wichtiger.

Ihr Aufpasser Michael hatte längst die beiden Zimmer, Küche und Bad kontrolliert. Doch Maximilian hatte sich natürlich nicht, Telefon und Wohnungsklingel beharrlich ignorierend, in seiner Wohnung verschanzt. Als würden sie täglich nichts anderes tun, machten sich beide Männer daran, Schubläden aufzuziehen, Schranktüren zu öffnen und Abdecklaken im Bilderzimmer hochzuheben. Oleg blätterte gerade in einem Aktenordner mit der Aufschrift „Bankauszüge".

„Lass das, und zwar sofort", herrschte sie ihn an. „Wir wollen wissen, wo er ist, und nicht, wie es um seine Finanzen steht."

„Entschuldigung. Das Kaufmännische liegt mir im Blut." Oleg grinste und stellte den Ordner zurück in den Schrank.

„Das hier ist vielleicht interessant", merkte Michael an, ebenfalls mit einem aufgeschlagenen Ordner in den Händen. „Hier gibt es eine Menge amtliches Zeugs. Meldebescheinigungen." Er blätterte weiter. „Ein Erbschein nach dem Tode von Dietlinde und Hans Borchert. Katasterunterlagen zu einem Haus in Retzow."

„Wo liegt Retzow?", fragte Oleg.

Michael nahm sein iPhone zu Hilfe. „Retzow ist eine Gemeinde im Landkreis Havelland in Brandenburg. Gehört zu Friesack. Retzow hat fünfhundertachtundsechzig Einwohner", zitierte er aus dem Eintrag bei Wikipedia. Er vertiefte sich wieder in den Inhalt des Ordners, um kurze Zeit später triumphierend zu verkünden: „Alle diese Unterlagen sind für einen Typen namens Clemens Borchert. Hier ist ein Studentenausweis. Ist das euer Typ?"

Andrea und Oleg betrachteten das Bild. Es handelte sich bei dem jungen Mann, der mit ernstem Gesicht, den Kopf leicht schräg und die Augen wie mühsam aufgerissen in die Kamera sah, eindeutig um Maximilian Ross.

„Ein Künstlername?", fragte Oleg.

„Muss wohl so sein", antwortete Andrea und überlegte, was für den Maler der gravierende Vorteil des Pseudonyms Maximilian Ross gegenüber dem durchaus einprägsamen und wohlklingenden Namen Clemens Borchert gewesen sein mochte.

„Dann werden Dietlinde und Hans Borchert seine Eltern gewesen sein. Aber er ist noch so jung und beide Elternteile schon tot?", überlegte sie. Warum nicht? Irgendjemand da draußen drohte ihr ja auch damit, selbst bald Halbwaise zu sein. Sie betrachtete vom Türrahmen aus eines der Glasbilder, von dem Oleg das Tuch bereits abgezogen hatte. Sie erkannte es von den Fotos wieder, das Abbild eines jungen Mannes, dessen trauriger Blick ihr im Gegensatz zu den sonst angstvollen und entsetzten Augen bereits aufgefallen war. Der junge Mann klagte seinen Schöpfer und damit auch seinen Betrachter an, forderte eine Erklärung, was gerade mit ihm geschah. Das Gesicht wies eine gewisse Ähnlichkeit mit dem von Maximilian auf.

„So jung waren sie nicht. 1936 und 1938 geboren."

Maximilians Mutter war also schon Ende vierzig, als er geboren worden war.

„Spätüberraschung oder adoptiert. Das bringt uns allerdings nicht viel. Schade, denn ein Besuch im Elternhaus wäre eine einfache Lösung gewesen", meinte Oleg.

„Es ist nicht ausgeschlossen, dass er das Haus noch immer hat. Schließlich wird es sein Elternhaus gewesen sein. Sollten wir nicht trotzdem hinfahren? Wie weit ist das denn?", schlug Andrea vor.

„Lass uns erst einmal schauen, was wir noch herausfinden", widersprach Oleg.

Michael machte sich an seinem Handy zu schaffen. „Rund fünfundsechzig Kilometer von Berlin-Zentrum bis Retzow", gab er das Ergebnis der Routenberechnung bekannt.

„Ich könnte sofort losfahren", sagte Andrea.

„Hilf uns lieber beim Suchen, meine Schöne", forderte Oleg mit einem Lächeln, das einen kurzen Moment wirkte wie das ihres Vaters. Es ärgerte sie. Andererseits stünde sie ohne ihn nicht hier mit der Chance, etwas herauszufinden, das sie zu Maximilian führen könnte. Unter dem Tisch stand ein Ablagekorb mit diversen geöffneten und noch verschlossenen Briefumschlägen und weiteren Papieren. Sie konnte Olegs Blicke spüren, wie er sie beobachtete. Mit dem Korb in der Hand flüchtete sie in die Küche.

Die Briefe waren Bankauszüge oder kamen von der Hausverwaltung, dem Handybetreiber oder betrafen sonstige alltägliche Dinge.

„Meine liebste Andrea. Sei nicht mehr böse und komm. Ich habe etwas gefunden", rief Oleg aus dem Zimmer.

Idiot. Rede nicht mit mir wie mit einem Kleinkind. Sie erhob sich sofort und sah sich in ihrem Geiste als seine vorgesetzte Kriminalhauptkommissarin, die sich gerade eine coole Entgegnung einfallen ließ, um den vorlauten Untergebenen in seine Schranken zu weisen. Leider fiel ihr ein solcher Spruch nicht ein, und so bedachte sie Oleg nur schweigend mit dem unfreundlichsten Blick, der ihr trotz ihrer Neugier möglich war.

„Dein Maximilian scheint ein Sammler zu sein. Also, das sind wir Männer ja irgendwie alle, aber deiner hier sammelte offenbar Vermisste." Sie stellte sich neben ihn und sah über seinen Arm in eine aufgeschlagene Mappe mit losen übereinanderliegenden Zeitungsausschnitten und gedruckten Seiten aus dem Internet. Sie wollte eines dieser Papiere aufnehmen, als Oleg ihren Arm festhielt.

„Warum deine Fingerabdrücke auf der offen herumliegenden Post unseres lieben Malers sind, könnte man noch mit weiblichem Interesse erklären. Aber auf diesen Fundstückchen hier bräuchte es schon einige Ausreden mehr. Er hatte sie gut versteckt." Erst jetzt sah Andrea, dass Oleg Handschuhe trug. Sie waren so dünn und zudem fleischfarben, dass es ihr zuvor nicht aufgefallen war. Sie sah zu Michael, der ihre Blicke zu spüren schien und von einem Aktenordner mit der Aufschrift „Uni/6.–8. Sem." aufblickte. Auch er trug Handschuhe. Wortlos griff er in seine Hosentasche und zog ein weiteres Paar hervor.

„Kleiner Tipp: Mach deine Ringe vorher ab", sagte Oleg und lächelte sie unschuldig an.

Wenn ich so was so oft machen würde wie du, wüsste ich das auch, du Klugscheißer, dachte sie und antwortete: „Danke. Ich war noch niemals in einem OP-Team."

Oleg lächelte unverändert, und selbst Michael verzog sein Gesicht zu einem Grinsen, vertiefte sich aber sofort wieder in die Unterlagen in seinen Händen.

„Wir sollten die Mappe mitnehmen und ein wenig recherchieren", schlug Oleg vor. „Du könntest dir ja mal den Schrank mit seiner Kleidung vornehmen? Frauen haben da den besseren Blick." Resigniert zuckte Andrea mit den Achseln. Wenn's ihm Spaß machte, spielte sie ihren erneut aufsteigenden Ärger herunter.

Auf dem Regal im Malzimmer lag ein Handy. Sie nahm es in die Hand, aber es war ausgeschaltet. Sie öffnete Kleiderschrank und Kommode, die sich dicht nebeneinander an der einzigen von Malutensilien und Bildern freien Wand drängten. Nichts schien ihr ungewöhnlich. Die Kleidung passte zu dem, was sie bereits an Maximilian kannte. Leere Bügel und nur halb gefüllte Schubladen zeugten davon, dass er einige Kleidungsstücke auf seine Reise, wohin auch immer, mitgenommen hatte. Unwillkürlich fasste Andrea in die Jacken- und Hosentaschen der verbliebenen Kleidung im Schrank. Nichts. Nicht einmal Münzen, Stifte, Notizzettel oder gebrauchte Kinokarten, die man üblicherweise dort vergaß. Wenn Andrea an das Chaos unter Maximilians Malutensilien dachte, lag der Grund für die leeren Taschen sicher weniger in einem übertriebenen Ordnungssinn des Malers als in seiner Einsamkeit. Nur, um eine gewisse Beharrlichkeit ihrer Nachprüfungen gegenüber Oleg zeigen zu können, griff sie auch noch in die letzten Taschen. In einer Strickjacke, die nicht einmal mehr ihr Vater tragen würde, weil sie mit braunen und grauen Karos und der groben Wolle eher an die letzten Kriegstage der Großeltern erinnerte, steckte ein zusammengefaltetes Blatt Papier. Der DIN-A4-Bogen fühlte sich abgegriffen an, und seine Ränder zeigten Schmutzspuren, so als hätten Finger das Papier schon viele Male auseinandergefaltet und wieder zusammengelegt. Andrea öffnete vorsichtig den Bogen und erschrak zutiefst. Der Anblick kam ihr nur zu bekannt vor. Einzelne Worte und Buchstaben waren aus Zeitungen oder Zeitschriften ausgeschnitten und zu einem Text zusammengeklebt worden. „Oleg“, rief sie laut, während sie bereits las:

Ich weiß, wo du wohnst, und meine Rache wird kommen. Ich werde dich kriegen, so sicher wie das Amen in deiner Kirche.

Oleg betrachtete schweigend den Zettel in ihrer Hand. Auch Michael war zu ihnen getreten. Andrea fasste erneut in die Strickjackentasche und holte ein weiteres Papier hervor.

Vier Blätter, ähnlich wie diejenigen, die die Männer im Wohnzimmer gefunden hatten. Gemeinsam studierten sie den Inhalt. Wieder waren es Artikel über Vermisste, und der Inhalt war mehr oder weniger identisch. Jungen im Alter zwischen acht und zehn Jahren, die spurlos verschwunden waren. Großflächige Suchaktionen hatten begonnen. Bisher ohne Erfolg ... Handschriftlich waren das Presseorgan und die Daten der Artikel auf der Rückseite notiert: 24. Januar 2003, 26. Januar 2006, 24. Januar 2009 und 23. Januar 2011. Es handelte sich um Artikel aus unterschiedlichen Online-Tageszeitungen in Hamburg, Berlin und Brandenburg.

„In der Mappe, die Michael gefunden hat, geht es meist um vermisste Frauen", sagte Oleg.

„Alle Jungen sind am 22. Januar verschwunden", murmelte Andrea, nachdem sie alle Texte gelesen hatte. Obwohl es in der Wohnung warm war, fror sie. Was hatte Clemens Borchert alias Maximilian Ross mit verschwundenen Personen zu tun? Warum interessierte ihn das? Hatte er selbst etwas zu verbergen? Etwas, das mit der Ausstellung seiner Glasbilder ans Licht zu kommen drohte? Sie drehte sich zu Oleg um, der ähnlich nachdenklich schien. Michael war wieder ins Nachbarzimmer verschwunden. Mit den Fundstücken in der Hand folgten sie ihm.

„Die meisten sind auch aus dem Januar. Die letzten stammen aus völlig unterschiedlichen Monaten", berichtete Michael. „Und hier der Letzte. Eine Zeitungsseite."

Es hätte Andrea nicht gewundert, wenn die Druckerschwärze auf ihre behandschuhten Fingerkuppen abgefärbt hätte. Sie musste schlucken, als sie den emotionalen Aufruf einer Familie von Graefen an den Entführer las, ihnen doch bitte einen Hinweis über den Verbleib der Mutter der kleinen Anna zu geben, und sei es auch die Gewissheit ihres Todes. Dann sah sie das Datum der Zeitung und wurde starr vor Entsetzen. „Der Artikel ist von vorgestern", flüsterte sie. „Er muss hier gewesen sein."

„Lass uns das alles mitnehmen und in Ruhe prüfen", schlug Oleg vor. Auch seine Stimme klang belegt.

„Und wenn Maximilian zurückkommt?" Ihr wurde übel bei dem Gedanken, dass der Künstler keineswegs auf Reisen war, wie er behauptet hatte, und jeden Moment diese Wohnung betreten könnte.

„Er wird kaum auf dich kommen. Habt ihr einen Laptop oder PC irgendwo entdeckt?" Oleg sah sich suchend um.

Michael schüttelte den Kopf. „Nichts."

Oleg fasste ihre Hand. Sanft zog er sie näher an sich heran und sah ihr eindringlich in die Augen. „Mit Verbrechern kenne ich mich ein wenig aus. Mit Irren nicht. Ich fahr dich jetzt gleich zur Polizei."

Der Beamte der Wache telefonierte und bat Andrea anschließend, ihm zu folgen. Hinter einer Glastür ging der linoleumbelegte Gang scheinbar endlos weiter, bis plötzlich die Gummisohlen ihres jungen Begleiters aufhörten zu quietschen. Er war stehen geblieben und wies auf einen Mann, der ihnen entgegenkam.

„Mein Kollege wird Ihre Anzeige aufnehmen."

Der Kollege wirkte unfreundlich, war dick und hatte Atembeschwerden. Kurz bevor er Andrea erreichte, schloss er eine Tür auf, und im Hineingehen winkte er sie ungeduldig hinter sich her, als hätte er Wichtigeres zu tun.

„Sie wollen eine Vermisstenanzeige aufgeben?"

„Ja."

„Wie lange?"

Was für eine Horrorvorstellung für eine Mutter, bei diesem Mann zu landen, während sie sich um ihr Kind, das nicht nach Hause gekommen ist, zu Tode ängstigte.

„Wie lange vermissen Sie die Person?", wiederholte er ungeduldig.

„Seit drei Tagen."

Ruckartig hob er das Gesicht. „Die vermisste Person steht Ihnen nicht nahe?“

„Nein.“

Er setzte sich an einen Schreibtisch und kramte aus einer Schublade ein Formular hervor. „Nehmen Sie Platz. Heute ist Sonntag, und da hat meine Kollegin frei, und ich kann mit den Dingern nicht umgehen.“ Er zeigte auf die Tastatur nebst Monitor vor sich. „Name?“

„Andrea Wahrig.“

„Die Vermisste ist eine Freundin?“

„Wie? Nein. Der Vermisste heißt Maximilian Ross. Er könnte allerdings auch Clemens Borchert heißen. Geboren 23. 11. 1987 in 14641 Retzow. Jetzige Anschrift: Reichenberger Straße 42, Berlin-Kreuzberg. Postleitzahl weiß ich nicht.“

Der Beamte grinste. Seine Stimmung schien sich überhaupt schlagartig gebessert zu haben, jetzt, da ihn offenbar kein Gefühlsdrama erwartete. Aufmerksam hörte er Andrea zu. Sie übergab ihm eine gelochte Plastikhülle mit den Artikeln und Berichten, die Maximilian gesammelt hatte, und behauptete, sie hätte diese Hülle in einem Leitzordner gefunden, den der Maler anlässlich einer Besprechung in der Galerie versehentlich vergessen hatte. Der Drohbrief, den sie in der Jackentasche gefunden hatte, war nicht in der Hülle. „So etwas mit sich herumzutragen wäre ziemlich merkwürdig, oder?", hatte Oleg argumentiert. Auch über die Drohbriefe, die sie selbst erhalten hatte, schwieg sie. Warum, wusste sie allerdings selbst nicht. Ein diffuses Gefühl in ihr warnte sie davor, so wichtige Beweise vorzuenthalten. Doch bevor sie ihm nachgeben konnte, war die Anzeigenaufnahme schon erledigt, und der gefühllose Beamte hatte sich erhoben.

Sie verließ das Polizeigebäude mit dem Gefühl, dass der Polizist den Fall in diesem Moment bereits auf den Stapel der zu erledigenden Akten ganz nach unten gesteckt hatte.

„Und?", fragte Oleg, der ausgestiegen war, um ihr die Beifahrertür zu öffnen.

„Der Polizist war so interessiert an dem Fall wie ein Geier, dem man zum Fressen Sonnenblumenkerne vorgeworfen hat."

Oleg lachte. „Abwarten. Bei den deutschen Behörden geht alles seinen Gang. Vielleicht spuckt der Computer bei einem der Namen doch noch etwas aus."

„Dazu müsste dieser hinterwäldlerische Beamte die Daten erst einmal in den Computer eingegeben haben." Sie erzählte ihm vom handgeschriebenen Formular.

Bevor er den Wagen startete, beugte sich Oleg zu ihr herüber und küsste sie sanft auf die Wange. Übertrieben lange.

Aber sie war noch immer so beschäftigt mit ihrem Ärger über diesen für die Vermisstenabteilung denkbar ungeeigneten Beamten, dass sie es geschehen ließ und überrascht feststellte, dass es sich so schlecht nicht anfühlte.

„Was denkst du? Warum sammelt jemand Berichte über vermisste Personen?“, fragte sie nachdenklich.

„Vielleicht ist jemand aus seiner eigenen Familie urplötzlich verschwunden? Oder ein guter Freund? Oder sogar die Freundin.“

„Aber warum dann auch Artikel über Kinder? Er ist doch selbst viel zu jung, um Kinder zu haben.“

„Mit sechsundzwanzig? Aber du hast recht. Die Jungen waren alle acht oder neun Jahre alt. Und der erste Artikel ist schon aus 2003. Da war er noch nicht einmal sechzehn Jahre alt.“

„Du glaubst also auch nicht, dass Maximilian selbst Menschen entführt, oder?“

Oleg schüttelte den Kopf.

„Aber wer bedroht mich dann? Und offenbar ja wohl auch Maximilian?“

„Falls es einen Zusammenhang dazwischen geben sollte, dass Maximilian Artikel von Vermissten sammelt, und dem Drohbrief, den wir bei ihm gefunden haben, galt der Brief womöglich ihm selbst. Das würde auch den Besitz des Originals erklären. Dann dürfte der, der ihn erneut und jetzt auch dich bedroht, sicher derselbe sein. Und auf jeden Fall gefährlich."

„Und trotzdem sollte ich nur eine Vermisstenanzeige aufgeben?"

„Michael und einer meiner Mitarbeiter sind ununterbrochen dabei, die kopierten Unterlagen Maximilians zu sichten und die Fälle zu recherchieren. Ich würde gerne noch das Ergebnis abwarten. Dann kannst du immer noch einmal mit denen sprechen. Die Woche, die der Unbekannte dir gegeben hat, ist ja gerade einmal einen Tag alt."

So richtig überzeugte sie dieses Argument nicht, aber sie war dankbar, dass sie den weiteren Tag alle Hände voll zu tun hatte, um die morgige Vernissage Rüdiger Hauswalds vorzubereiten. Sie entschied, keinesfalls die ganze Woche zu warten, die der Erpresser ihr zugestanden hatte. Drei Tage noch. Das war die Deadline, die sie sich selbst zur Rettung dieser für ihre Galerie so wichtigen Ausstellung gesetzt hatte. Wenn sie Maximilian bis dahin nicht gefunden hatten und sich aus dem Treffen eine Aufklärung ergeben sollte, dann musste sie eben in den sauren Apfel beißen und alles abblasen. An die Reaktionen innerhalb der Branche und bei der Presse durfte sie gar nicht denken.

Sie versuchte sich auf den Entwurf ihrer Eröffnungsrede zu konzentrieren, löschte diesen umgehend wieder. Sie schickte Oleg weg, und überraschenderweise ging er ohne Widerspruch. Trotzdem lagen die Dinge jetzt klarer vor ihr, und ihre Angst hatte wesentlich abgenommen. Ihre Mutter war das Druckmittel gegen sie, um die Ausstellung zu verhindern. Der Erpresser hätte nichts davon, dieses Druckmittel jetzt bereits auszuspielen. Es würde ein Leben nach diesem Irrsinn geben, für den sie jetzt zu arbeiten hatte. Sie konzentrierte sich wieder auf die Rede. Und jetzt gelang es.

13. KAPITEL

Sie hatten ein wunderbares Mittagessen auf der Terrasse mit Ausblick auf die Start- und Landebahn des kleinen Flughafens genossen. Und es tat Maximilian weh, jetzt womöglich die harmonische Stimmung des Urlaubstages zu zerstören. Aber der Wunsch, endlich auf den Hof zu fahren, ließ sich nicht mehr verdrängen.

Alisha zögerte mit einer Antwort; sie war gerade damit beschäftigt, wie weit sie mit ihren ausgebreiteten Armen um die alte Retzower Eiche neben dem Weiher greifen konnte. Sie schaffte nicht einmal die Hälfte des Stammumfanges.

„Mir ist nach einer warmen Schokolade mit ganz viel Sahne drauf. Wer weiß, wie lange ich mir das noch leisten kann?“ Sie schlug sich grinsend auf den Bauch.

„Dann müssen wir woandershin fahren. Hier gibt es weit und breit kein Café“, sagte er lachend. Dann fuhr er fort: „Würdest du …? Also nur, wenn es dir wirklich nichts ausmacht … Ich würde gerne noch etwas …“

Sie wurde ernst. „Warum sagst du nicht einfach, was du willst?“

„Ich würde gerne zu meinem früheren Elternhaus fahren.“

„Ist doch kein Problem. Vor oder nach der Schokolade?“

„Allein."

Einen Moment starrte sie ihn an. Dann kam sie auf ihn zu, stellte sich auf die Zehenspitzen und küsste ihn auf die Nasenspitze. „Maxi. Es ist dein Urlaub. Es ist dein Zuhause gewesen. Und es ist deine Entscheidung, wenn du dort lieber allein hingehen willst. Ich bin keine Tussi, die immer im Mittelpunkt stehen muss. Obwohl es schön ist, bei dir im Mittelpunkt zu stehen."

Wenn ihr Gesicht ernst war, hatte es etwas Aristokratisches an sich. Wenn sie lächelte, konnte man dagegen meinen, ein kleines Mädchen vor sich zu haben. Jetzt war sie wieder dieses kleine Mädchen, das sich auf seine heiße Schokolade freute. Sein Wunsch, zum ehemaligen Bauernhof seiner Eltern allein zu fahren, schmolz unter ihrer grundehrlichen Wärme dahin. Er nahm sie an die Hand, und gemeinsam schlenderten sie in Richtung ihres geparkten Autos.

„Clemens? Clemens Borchert?", ertönte es hinter ihnen. Maximilian drehte sich um. „Herr Pfarrer Ließen. Guten Tag."

„Clemens, wie schön, dich wieder einmal hier in Retzow zu sehen! Wie geht es dir in unserer Hauptstadt?"

Es hätte Maximilian nicht gewundert, wenn er „der Deutschen Demokratischen Republik" angefügt hätte.

„Ich komme zurecht."

„Hast du dein Studium beendet? Bist du schon Lehrer? Wir brauchen gerade eine Lehrkraft an der Schule. Welche Fächer hattest du noch mal belegt? Ich könnte sehen, ob ich für dich etwas tun kann."

„Ich glaube nicht, Herr Pfarrer, dass Sie das könnten. Es sei denn, Ihre Kirche braucht mal wieder neue Fenster. Ich habe Kunstgeschichte studiert."

Der hagere Geistliche, der inzwischen die siebzig überschritten haben musste, starrte ihn irritiert an.

„Ich dachte ... Deine Eltern hatten mir erzählt ..."

„Das ist lange her."

„Ja, das stimmt, mein Junge. Die Zeit vergeht. Aus Kindern werden Leute. Bleibst du länger?"

Maximilian schüttelte den Kopf. Dann deutete er auf Alisha. „Entschuldigen Sie, Herr Pfarrer, meine Freundin und ich haben noch einen Termin." Noch einmal nickte er dem Pfarrer zu und zog Alisha sanft mit dem Arm mit sich in Richtung Auto.

„Einen Termin mit einer heißen Schokolade", kicherte Alisha leise, als sie außer Hörweite waren. „Du hast es nicht so mit Kirche und Pastoren, oder?", fragte sie.

„Du etwa?"

„Manchmal. Dann geh ich in irgendeine Kirche und setz mich in eine der leeren Bankreihen."

„Und dann? Betest du?“

„Nein, aber ich stell mir vor, dass es am ehesten dort irgendeine Verbindung gibt. Zum Universum, zum Ursprung. Keine Ahnung, irgendeinen Hinweis jedenfalls. Auf einen Sinn, der mehr ist, als was wir im Allgemeinen in unserem Leben so tun. Kannst du gar nicht verstehen, oder?“

„Doch, schon. Aber ich bin ein gebranntes Kind. Mein Großvater war ein bigotter Mensch. Narzisstisch, rücksichtslos und scheinheilig.“

„Das sind ja nette Eigenschaften.“ Alisha lachte und fügte hinzu: „Dabei hatten die in der DDR das doch nicht so mit der Kirche. Meine Eltern jedenfalls überhaupt nicht.“

„Retzow ist ein Dorf. Da redet die Kirche immer irgendwie mit, und wenn es in den Köpfen der Leute ist.“

„Und deine Eltern?“

„Die waren ganz anders.“

„Und du hast sie sehr geliebt, das spüre ich.“

Hatte er das? Es musste wohl so gewesen sein, sonst wäre er nicht so enttäuscht von ihnen gewesen. Alisha umfasste seine Taille und schmiegte sich beim Gehen an ihn. Sie kamen beinahe ins Stolpern, bis sie einen gemeinsamen Rhythmus ihrer Schritte fanden. Der Gleichklang ihrer Bewegungen tat ihm gut.

„Dafür habe ich meinen Großvater gehasst. Meine Oma hat so oft seinetwegen geweint. Ich war noch viel zu jung, um zu verstehen, warum sie weinte. Aber als ich älter war, habe ich seine Doppelmoral durchschaut. Sonntagmorgens in der Kirche den vorbildlichen Familienvater mimen und nachts nicht nach Hause kommen, sondern sich mit jeder Frau vergnügen, die nicht schnell genug das Weite suchte. Es muss so demütigend für meine Oma gewesen sein. Alle im Dorf wussten es. Als ich zwölf wurde, entschloss ich mich, nie wieder in die Kirche zu gehen."

„Warum war der Pfarrer dann so freundlich zu dir, wenn du nie da warst?"

„Mein Großvater hat die neuen Kirchenfenster gemacht. Umsonst. Er hat in seiner Freizeit gemalt. Meine Mutter sagte immer, dass ich mein Talent von ihm habe, weil sie und mein Vater keine vernünftige Linie zeichnen könnten. Ich wollte das nicht hören. Ich wollte gar nichts von meinem Großvater haben, nicht einmal ein Talent."

„Sei doch froh, dass du von diesem Stinkstiefel das einzig Positive geerbt hast. So musst du das sehen, Clemens Borchert." Dabei betonte sie seinen Namen bedeutungsvoll. Er hatte ihr längst erzählt, dass Maximilian Ross nur sein Künstlername war. Was hätte es für einen Sinn gemacht, Alisha einerseits in die Reise in seine Kindheit mitzunehmen und andererseits nicht mit offenen Karten zu spielen? Da war es wieder: das schlechte Gewissen ihr gegenüber. Denn genau das tat er nicht: Er spielte nicht mit offenen Karten. Aber er konnte Alisha nicht sagen, was der wirkliche Grund für seine Reise war. Eine Reise, die eigentlich eine Suche war, um endlich mit dieser verdammten Glasmalerei aufhören zu können. Eines Tages würde er es ihr erzählen. Wenn es einen Menschen gab, dem er vertraute, dann war es die magere Frau neben ihm, die einerseits vor Lebensfreude sprühte und andererseits versuchte, ihre tiefe Verlorenheit zu verstecken. Ja, sie passten gut zusammen. Sie hatten beide einen Teil von sich verloren und hofften, ihn durch den anderen wiederzufinden. Noch hatte er keine Ahnung, was es gewesen war, das Alisha genommen wurde, aber er war sich ganz sicher, dass er es bald erfahren würde. Jedenfalls würde sie die Einzige sein, die verstehen könnte, was er seit dem Tod seiner Eltern getan hatte.

„Zeigst du sie mir?“, riss sie ihn aus den Gedanken.

„Was?“, fragte er verständnislos.

„Die Kirche. Und die Fenster deines Großvaters.“

„Wenn es sein muss.“

„Ja, es muss. Dann fährst du mich nach Nauen, ich geh meine Schokolade trinken, und du fährst zurück und schwelgst in Erinnerungen.“

Es waren nur ein paar Schritte bis zum Zentrum des Ortes, wo sie den spätgotischen Backsteinbau der Retzower Kirche erreichten. Sie stammte aus dem Beginn des sechzehnten Jahrhunderts und bestand aus einem breiten Turm und dem Kirchenschiff. Auf dem Turm war ein weiteres Türmchen aufgesetzt, mit Holz verschalt, aber das wirkte nur im ersten Moment wie ein Stilbruch. Den Abschluss bildete eine kleine Kuppel. Darauf eine Spitze mit einer Kugel und einem Windrichtungspfeil. Lächelnd beobachtete Maximilian, wie Alisha langsam um die Kirche herumschritt, den Kopf weit in den Nacken gelegt, und sich jedes Detail ansah.

„Und diese Fenster sind von deinem Opa? Sie sehen so alt aus."

„Nicht alle. Guck. Nur die hier." Er ging voraus um das Kirchenschiff, das wie ein gleichschenkliges Dreieck endete, und deutete auf die rückseitige Fassade. Alisha betrachtete die Fenster in einem waagerecht dreigeteilten Rahmen, die sich oben bogenförmig der Mauerform anpassten. Die Bleiglasfenster waren unterteilt in viele kleine Rechtecke.

„Sie sind doch gar nicht bemalt."

„Ja und nein, es ist eine kleine unbedeutende Kirche. Und die Bleiglasfenster gab es gerade erst zu der Zeit, als die Kirche gebaut wurde. Die schönen bunten, die durch ihre Mosaiken Bilder zeigen, konnten sich nur die größeren Kirchen leisten. Aber sieh mal genauer hin. Bei den beiden von meinem Großvater ersetzten Fenstern sind die Bleiruten nur gemalt. Es war nicht genug Geld da. Er hat drei ganz normale Glasplatten in die Rahmen eingefügt, und der Rest ist gemalt."

„Wow. Ja, jetzt erkenne ich es. Aber auf den ersten Blick …" Sie lächelte ihm so anerkennend zu, als ob er selbst die Fenster hergestellt hätte. So ganz falsch war ihre Bewunderung nicht. Schließlich hatte er diese Technik bei seiner Glasmalerei perfektioniert. Bei seinen Bildern würde selbst auf diese Entfernung, wie sie beide hier im Kirchengarten standen, niemand erkennen, dass die Bleiruten nur gemalt waren.

„Lass uns gehen. Schließlich wollen wir meinen letzten Urlaubstag noch ausnutzen."

„Kommt es denn wirklich auf einen Tag an?", fragte sie enttäuscht, nahm seinen Arm und lehnte sich beim Laufen gegen ihn.

„Ja, leider. Ich habe heute Abend einen Termin, den ich nicht verschieben kann. Aber wenn du magst … Der Sommer ist noch nicht vorbei." Er lächelte sie an, obwohl er jetzt schon wusste, dass er das nächste Mal allein hierherfahren musste. Sonst würde er sein Ziel niemals erreichen.

Sie erreichten das Café, und Maximilian versprach, sie in spätestens einer Stunde wieder abzuholen.

„Lass dir Zeit. Ich schmöker ein bisschen in den Zeitschriften." Dankbar lächelte er sie an und fuhr zurück nach Retzow. Er versuchte gar nicht, am Tor des Grundstücks zu klingeln, denn er wusste durch den Anruf beim Nachbarn, dass der Hof unbewohnt war. Nur ab und zu hätte der Nachbar jemanden spät abends mit einem Auto kommen, das Tor aufmachen und hineinfahren sehen. Trotzdem sei in den Räumen zur Straße kein Licht angegangen. Aber das hieß nicht viel, denn das Grundstück hatte nur eine kurze Straßenfront, und ein Großteil des Wohngebäudes erstreckte sich wie ein L in Richtung Innenhof. Was er allerdings überhaupt nicht verstand, weshalb der Käufer, dem er 2007 den Bauernhof verkaufte, ihn bis heute nicht bezogen hatte. Wer ließ sieben Jahre lang einen Grundbesitz ungenutzt liegen? Der Nachbar hatte sich ausgiebig über den angeblichen Spekulanten aus Westberlin ausgelassen, der kurze Zeit nach dem Kauf des Grundstücks in die Insolvenz gegangen sei. Und nun sei der Hof für die Gläubigerbank kaum verkäuflich. Noch immer gab es massenhaft Bauernhöfe im Umland für kleines Geld zu kaufen, und nur wenige Interessenten hatten das notwendige Kapital für die Sanierung der maroden Bauwerke. Und diejenigen, die es hatten, die zogen nicht hierher. Maximilian wählte den Weg über die Felder, und wenige Minuten später stand er auf dem Hof.

Als er sich umsah, lebte vor seinem inneren Auge kurz die Vergangenheit wieder auf. Selbst die alte Holzbank stand an unveränderter Stelle. Maximilian setzte sich und ließ sich in die Erinnerungen fallen. Doch der Schmerz, den er vermutet hatte, blieb aus. Nein, es tat nicht weh, hier weggegangen zu sein. Seit der Sache damals hatte er sich hier nie wieder zu Hause gefühlt. Es war nur eine zwingende Folge gewesen, nach dem Tod der Eltern den Hof zu verkaufen. Für seine Mutter und seinen Vater hatte es hier die Sicherheit gegeben, die notwendig war, sich heimisch zu fühlen. Doch für ihn war alle Geborgenheit und Sicherheit in ihren Zweifeln an ihm erstickt.

Heute war er sich sicher, dass seine Enttäuschung über seine Mutter nur deshalb so tief war, weil er ihr einziges Kind gewesen war. „Deine Geburt war ein Gottesgeschenk, ein Lebensglück von unvorstellbarem Wert." Wie oft hatte sie diese Worte ausgesprochen. Auch schon, als er noch ein kleiner Junge gewesen war und noch gar nichts von Fehlgeburten verstanden hatte. Später erfuhr er, dass seine Eltern sich insgesamt acht Mal auf ein Baby gefreut hatten, um dann acht Mal alle ihre Hoffnungen zu Grabe zu tragen. Vielleicht hatte das seine Eltern so stark zusammengeschweißt.

Ihm aber machte es ihr Misstrauen noch unverständlicher. Sie hätten ihm besonders beistehen müssen, fühlen müssen, dass er die Wahrheit sprach, egal, was alle Welt für Vermutungen anstellte. Wie oft träumte er als Jugendlicher davon, dass er ihnen eines Tages ihre ganze Schuld würde präsentieren können! Hieb- und stichfest wollte er beweisen, welches Unrecht sie ihm angetan hatten und dass seine Kindheit damit so jäh beendet gewesen war. Und was hatten seine Eltern getan? Sie hatten ihn verlassen, bevor er seine Absichten realisieren konnte. Waren gestorben. Händchen haltend in einen Kurzurlaub aufgebrochen, aus dem sie niemals wiederkamen. Wahrscheinlich waren sie auch Händchen haltend gestorben. Und zwischen ihren Händen war eben kein Platz mehr für ihn gewesen.

Oma zog aus Köln her zu ihm. Doch seine Depressionen waren stärker als die Großmutterliebe. Trotzdem war sie es, die den rettenden Vorschlag machte: „Junge, verkauf den Hof. Er bringt dir nur Unglück. Die ganzen Erinnerungen. Geh. Geh in die Welt. Sie wartet doch auf dich. Du möchtest Kunst studieren? Ja, dann tu es doch. Es ist egal, was deine Eltern wollten. Sie werden dich nicht mehr bewundern können, wenn du eines Tages mit der Lehrertasche unter dem Arm ins Klassenzimmer trittst. Also mach das, was dich glücklich macht, Junge. Studiere Kunst, was du dir immer gewünscht hast. Der liebe Gott hat dir ein Talent geschenkt, das man nicht mit den Füßen treten darf. Komm mit mir nach Köln. Dort ist auch eine Uni, und ich sorge für dich. Und du, du malst dir alle Trauer von der Seele."

Wenn sie gewusst hätte, dass er sich mehr als Trauer von der Seele malen musste. Er war kurz davor gewesen, ihr zu folgen, und fragte sich, wie seine Großmutter nach all der Last mit ihrem hartherzigen, untreuen Ehemann ein so liebevoller Mensch geblieben war. Gleich nach dem Tod von Großvater war sie zum Entsetzen von Maximilians Eltern beinahe so weit westwärts gezogen, wie es in der Bundesrepublik nur möglich schien. Aber offenbar hatte sie Heilung erfahren, indem sie den Ort ihrer Verletzungen einfach verließ und in der Ferne neu begann. Als sie diese Worte zu ihm sagte, war sie stolze siebenundachtzig Jahre alt und lebte mit einem Witwer gleichen Alters zusammen. Als Maximilian drei Jahre später tatsächlich nach Köln fuhr, war es, um an ihrer Beerdigung teilzunehmen. Warum war es ihm nicht vergönnt? Waren fünfzig Kilometer Entfernung nicht ausreichend, um mit der Vergangenheit abzuschließen? Wahrscheinlich wäre schon die Hälfte ausreichend für jemanden, der nicht so viel Schuld auf sich geladen hatte wie er.

14. KAPITEL

„Du siehst umwerfend aus", flüsterte Oleg ihr im Vorbeigehen ins Ohr. Andrea trug ein dunkelblaues kurzes Kleid, dessen elastischer Faseranteil ganze Arbeit leistete und sich ohne eine Falte über einen einteiligen und beinahe nahtlosen Body schmiegte. Dazu einen blassrosa Seidenschal und Schuhe gleicher Farbe. Ein Nachteil dieser elastischen Stoffe war, dass man ständig am Saum des Kleides zupfen musste, um es ja nicht zu weit hochrutschen zu lassen. Aber bei einer Vernissage gab es keine Sitzplätze. Also genoss sie die Wirkung ihres Outfits, lächelte Oleg an und schritt weiter durch den Raum. Sie schüttelte Hände, nickte zustimmend, ermunterte zaghafte Gäste, kannte den Namen eines jeden Angehörigen von Rüdiger Hauswald, der Gott und die Welt für diese Vernissage mobilisiert hatte. Jeden der Gäste bedachte Andrea mit einem Lächeln oder einem Wort zum Bild, vor dem er gerade stand. Sie erkannte unter ihnen diejenigen, die ohne jede Ahnung zur Kunstszene gehören wollten und die dem Künstler angestrengt zuhörten, um sein Wortrepertoire für die nächste Vernissage strategisch günstig einzusetzen. Sie kannte auch die Schnorrer und die, die nur den neuen Partner an ihrer Seite beeindrucken wollten, und sie ahnte, wer die ernsthaften potenziellen Käufer waren. So, wie das Ehepaar, das gerade im Gespräch mit Rüdiger Hauswald vertieft ihm förmlich an den Lippen hing. Zur Verstärkung seiner Aura legte sie die Hand auf seinen Unterarm. Die Augen seiner Gesprächspartner funkelten noch stärker, und Andrea war sich sicher, dass das Paar über einen Kauf zumindest nachdachte.

Sie nahm ihre Hand von dem wertvollen Künstlerarm und wandte sich zur Tür, denn in diesem Moment trat ihre Mutter ein. Mit ihrer vornehmen Zurückhaltung war sie eine Bereicherung für jede offizielle Feier. Dazu war sie wunderschön. Andrea wurde warm ums Herz. In den gesamten drei Jahren hatte ihre Mutter bei keiner Vernissage gefehlt. Dabei hatte sie damals, als Andrea die Räume suchte, auf den Kurfürstendamm geschworen. Andrea hatte nur gelacht, denn für sie hatte der Ku'damm seine Hochzeit vor gefühlten hundert Jahren gehabt. In einer Zeit, in der noch mehr Leute als nur ihre Eltern in Ost-West-Kategorien dachten. Wenn ihre Mutter in die Galerie kam, nach Ostberlin fuhr, wie sie es noch immer formulierte, musste sie nach wie vor das Navi einschalten.

Andrea begrüßte und umarmte ihre Mutter und ließ sie erschrocken wieder los, denn sie erkannte hinter ihr ihren Vater. Sie konnte sich nicht daran erinnern, wann er das letzte Mal in ihrer Galerie gewesen war.

„Wir dachten, du brauchst heute vielleicht besondere Unterstützung. Aber wie ich sehe, war das ein Irrtum. Wie viele Leute sind da? Dreißig? Vierzig?“

„Zwei Drittel sind Verwandte und Freunde des Künstlers. Aber pst! Nicht weitersagen, Papa“, flüsterte sie ihm bei ihrer Umarmung vergnügt ins Ohr. Gewohnheitsmäßig ging ihr Vater dabei in die Knie, denn er war in etwa so groß wie Oleg. „Soll ich euch den Künstler vorstellen?“, fragte sie und hakte ihre Mutter unter. „Danke, Papa, dass du mitgekommen bist.“

Er machte eine abwehrende Handbewegung, strahlte dabei aber über das ganze Gesicht. „Geht mal. Ich schau mich lieber allein um.“

Langsam ging Andrea Arm in Arm mit ihrer Mutter durch die Galerie und spürte, wie sie alle Blicke auf sich zogen. Ganz am Ende der Rundung ihres Iglu-Büroraumes stand Oleg. Ein Glas Prosecco in der Hand und lässig an die Wand gelehnt. Als er sie erblickte, stellte er sich kerzengerade auf. Andrea sah das Erstaunen und die Bewunderung, als seine Augen die Frau neben ihr erfassten. Dann kehrte sein Blick zu ihr zurück. Schlagartig verlor sie jeden Zweifel, dass Oleg vielleicht nur ein Spiel mit ihr spielte. Sie wusste nicht, was es war, das ihr aus seinen Augen entgegenstrahlte, aber es schien echte Zuneigung zu sein. Sie spürte, wie ihre Mutter sie im Gehen prüfend von der Seite ansah und verbot sich, darauf zu reagieren.

„Mama, darf ich dir den Künstler Rüdiger Hauswald vorstellen? Herr Hauswald, das ist Frau Giorgia Wahrig-Bertani, meine Mutter. Sie ist eine Ihrer größten Bewunderer."

Sichtlich erfreut übernahm Rüdiger Hauswald die weitere Führung ihrer Mutter, der Andrea wie schon so oft im Stillen dankte. Giorgia Wahrig-Bertani war die größte Bewunderin eines jeden ihrer bisherigen Künstler oder Künstlerinnen, spielte diese Rolle äußerst überzeugend und half Andrea bei der Gratwanderung, die eine Galeristin bei jeder Vernissage abzuleisten hatte: Ihre Aufmerksamkeit angemessen aufzuteilen zwischen der stolzgeschwellten Brust des Künstlers und den Gästen, die für den schnöden Mammon sorgen sollten.

Andrea zögerte, schwankte zwischen weitergehen in Richtung Oleg, der an unveränderter Stelle stand, oder umkehren, um sich einem beliebigen Gast zu widmen. Doch in diesem Moment hatte ihr Vater, der links herum den zentralen Büroraum umrundete, Oleg erreicht. Die Blicke der beiden Männer trafen sich, und sie nickten sich kurz zu. Geh weiter, Papa, flehte Andrea in Gedanken. Aber er tat ihr den Gefallen nicht. Er stellte sich etwas breitbeiniger als normal vor eines der Bilder. Umständlich legte er den Kopf zuerst nach rechts, dann nach links, bog dabei seinen Oberkörper ein Stück in die jeweilige Richtung mit, bis auch ein letzter Beobachter erkennen konnte, dass er über den Sinn und Inhalt dieses Kunstwerkes grübelte und beides nicht verstand.

Ach Papa! Geh einfach weiter. Am besten gleich auf die Straße. Zu spät. Dieser Einladung konnte Oleg nicht widerstehen. Wie befürchtet, trat er neben Andreas Vater und begann eine Unterhaltung.

Na, wenn du dich da mal nicht täuschst, Papa. Mit Sicherheit hatte ihr Vater einen Verbündeten in Oleg gesucht, und mit ebensolcher Sicherheit würde er den nicht finden. Zumindest in künstlerischer Hinsicht nicht. Sie nahm sich ein Glas Prosecco und lief weiter zwischen ihren Gästen herum. Dabei ließ sie die beiden Männer nicht aus den Augen. Während sie nach links und rechts lächelte, nickte, kurze Erläuterungen gab, Visitenkarten entgegennahm und ihrerseits auf den Stapel ihrer eigenen auf einem Tisch am Ausgang verwies, grübelte sie darüber, warum sie um Himmels willen ständig Oleg und ihren Vater verglich. An diesem Abend erschienen ihr beide so verschieden, wie Männer es nur sein konnten, egal wie herzlich sie gerade miteinander lachten und wie sehr sie sich offensichtlich gegenseitig amüsierten. Mehrfach ließ Oleg den Blick durch den Raum zu ihr schweifen, und sie bemühte sich um eine möglichst desinteressierte Mimik. Auch das schien ihn zu amüsieren.

Hätte sie das noch vor wenigen Wochen geärgert, glich es jetzt eher einem Spiel zwischen ihnen. Spätestens seit ihren gemeinsamen Überlegungen wegen der Sache Maximilian Ross schien es nur noch eine Frage der Zeit und der Gelegenheit zu sein, wann sie miteinander schlafen würden. Und der Gedanke daran verursachte, dass Tausende von Ameisen über ihren Körper liefen und sie sich nur mit Mühe daran hindern konnte, Oleg in diesem Moment einfach ins Gesicht zu sagen, dass sie Sex mit ihm haben wollte. Auch, um ihn endlich einmal aus seiner verdammten Überlegenheit zu reißen. Sie sah sich erneut nach Oleg um. Leider stand ihr Vater noch immer neben ihm, was ihren überraschenden Mut zusammenfallen ließ wie ein zu früh aus dem Ofen genommenes Soufflé. Stattdessen gesellte sie sich zu einigen Gästen, die auf der Straße eine Rauchergruppe gebildet hatten. Sie wollte sich gerade an der Unterhaltung beteiligen, als ihr Blick auf eine männliche Gestalt auf der gegenüberliegenden Straßenseite fiel. „Maximilian?“, murmelte sie.

„Was ist?“, fragte Oleg direkt hinter ihr. Hatte er nicht gerade eben noch neben ihrem Vater am anderen Ende der Galerie gestanden? Sie überquerte die Straße. Doch in diesem Moment drehte sich der Fremde von ihr weg, noch bevor sie sein Gesicht genau erkennen konnte, und entfernte sich schnell. „Maximilian Ross?“, rief sie nun laut. Doch, obwohl keine weitere Person in der Nähe war, drehte sich der Mann nicht einmal um; im Gegenteil, er beschleunigte sogar seine Schritte. Ratlos blieb Andrea stehen. Die Größe und die Statur passten zu Maximilian. War er doch in Berlin? Wieso meldete er sich bei ihr nicht? Weder per Mail noch telefonisch. Und kam dann hier zur Galerie? Das ergab keinen Sinn.

Oleg war ihr gefolgt. „War das Maximilian Ross?“

„Ich muss mich wohl geirrt haben“, antwortete Andrea gedankenverloren.

Die Ausstellungseröffnung war schneller zu Ende gegangen, als sie gedacht hatte. Ein äußerst zufriedener Rüdiger Hauswald samt Lebensgefährtin war soeben gemeinsam mit ein paar engen Freunden des Künstlers als Letzter gegangen, und Andrea räumte Gläser und leere Flaschen zusammen. Oleg half ihr. Ihr Plan, ihn wenigstens ein kleines Stück aus seiner Überlegenheit zu schubsen, ging nicht auf. Längst schien er auch ohne Worte die emotionale Veränderung in ihr verstanden zu haben. Sie bewegten sich beide so unverfänglich wie möglich im Raum, der sich mit jeder Sekunde mehr mit Spannung auflud. Wie ein Luftballon, den man an einer groben Strickjacke rieb. Andrea war sich sicher, dass ihre Haare knisternd zu Berge stehen würden, sollte Oleg sie während des Aufräumens berühren. Sie schaffte es, ihm jedes Mal rechtzeitig aus dem Weg zu gehen, was anstrengender war, als auf dem Rummel eine ganze Runde Autoskooter ohne Kollision zu meistern.

Eine halbe Stunde später betrat Andrea Olegs kleine Wohnung. „Ich habe oft späte Termine, und immer ‚Nein danke!' sagen, wenn meine Kunden etwas zu trinken bestellen, kann ich auch nicht. Da ist es besser, ich habe auch ein kleines Domizil in der Stadt", hatte Oleg ihr erzählt. Unter seinem Arm klemmte eine volle Flasche Prosecco aus dem Kühlschrank der Galerie. Andrea sah sich um. Fast alle Möbel bestanden aus Glas und Chrom, die Couch war aus weißem Leder. Muss ein Vermögen gekostet haben, schoss es ihr durch den Kopf, als ihre Hand das angenehm kühle Material streichelte.

Ihr erstes Zusammensein war getrieben von hektischen Berührungen und kraftvollem Verlangen. Explosionsartige Entladung einer Spannung, die sich zu lange aufgestaut hatte. Danach lagen sie still beieinander und genossen das Gefühl, dass es genau so und nicht anders richtig war. Bis sie erneut Lust aufeinander verspürten. Ruhiger, leiser und sinnlicher. Bereits den gesamten Abend über fühlte Andrea eine seltsame Klarheit in dem, was sie tat. Sie war voller Optimismus. Sie war jung und gesund, und nicht zuletzt war sie erfolgreich. Das machte sexy. Ihre Figur war makellos und ihre Haut wie Seide. Oleg lag ihr nicht nur sprichwörtlich zu Füßen, sondern war ein wirklich guter Freund geworden, und in der Realität dieses Moments lag er sogar unter ihr. Es war ihr egal, wie lange eine Beziehung mit ihm dauern konnte, denn ihre Zukunft schien viel weiter geöffnet als jemals zuvor. Die ewigen Zweifel an sich selbst, seit sie denken konnte, die dichten Wolken vor ihrem Horizont, das alles schien wie weggeweht. Und das war auch Olegs Verdienst, besonders durch die Geborgenheit und Hilfe, die er ihr momentan bot. Dafür liebte sie ihn. Im Hier und Jetzt. Sie griff seine Hände, die ihre Hüfte umfasst hatten, und schob sie nach oben auf ihre Brüste. Er sollte spüren, wie schön sie waren, und sie wollte, dass seine Finger auf ihrer Haut nach ihr suchten. Sie beugte sich zu ihm herunter. Ihre Blicke saugten sich gegenseitig fest. Keine Überlegenheit mehr in seinen Augen. Er war nicht nur in ihr, sondern ganz bei ihr. Plötzlich beschleunigte er den Rhythmus seiner Bewegungen und unterbrach so ihre glasklaren Gedanken. Sie schwamm davon auf einer Welle der Erregung und Lust; kein Platz mehr für Analysen, kein Raum mehr für ihre Angst.

In der Nacht hatte Regen die Stadt gewaschen. Das Pflaster der Bürgersteige glänzte, und auf den geparkten Autos glitzerten die Regentropfen im Licht der aufsteigenden Sonne. Andrea sog die Luft tief ein. Der staubige Geruch war verschwunden, als sei die schwere Luft der vergangenen Sommertage durch einen Weichspüler geweht worden. Die Blätter der Straßenbäume sahen so frisch aus wie sonst nur im Frühling. Oleg begleitete sie, denn ihr Auto stand noch vor der Galerie. Er setzte sie dort ab, bevor auch er in seine Firma fuhr, und versprach, sich sofort zu melden, sobald Michael und der Mitarbeiter etwas Interessantes herausgefunden hatten. Sie sah ihm hinterher und schob dann die Gedanken an die letzte Nacht beiseite. Schnellstens mussten die Spuren der gestrigen Vernissage beseitigt werden, doch schon wieder bimmelte die Türglocke. Nur widerwillig unterbrach sie das Aufräumen und ging dem Galeriebesucher entgegen. Ein Mann, geschätzt Ende dreißig. Sein Gang war sportlich, sein Blick lässig, und die Jeans saßen perfekt. „Andrea Wahrig?"

Sie nickte.

„Florian Matussek. Kriminalhauptkommissar."

Sein Händedruck war so selbstbewusst wie sein Äußeres. „Sie haben gestern Morgen eine Vermisstenanzeige nach einem Clemens Borchert alias Maximilian Ross aufgegeben. Dazu habe ich noch ein paar Fragen."

Sie hatte damit gerechnet, dass das Formular noch immer auf einem der Schreibtische seiner Bearbeitung entgegensah, und jetzt besuchte sie gleich ein Kriminalhauptkommissar persönlich? Gleichzeitig mit dieser Überraschung nahm die Beklemmung zu, denn dies konnte nur eines bedeuten: Mit ihrem Schützling stimmte tatsächlich etwas gewaltig nicht.

„Sie haben eine Sammlung über Zeitungs- und Internetmeldungen gefunden, die sich angeblich im Besitz des Vermissten befand?"

Herzklopfend antwortete sie, was sie mit Oleg abgesprochen und auch am Vortag bereits zu Protokoll gegeben hatte. „Herr Ross war vor seinem Verschwinden hier bei mir in der Galerie. Wir hatten einiges wegen seiner bevorstehenden Ausstellung zu besprechen. Dabei hat er einen Aktenordner vergessen. Ich bemerkte es erst, als er weg war, und konnte ihn danach nicht mehr erreichen."

„Und irgendwann haben Sie dann mal reingeschaut?" Der Kriminalbeamte sah sie verschmitzt an.

„Hätten Sie das nicht gemacht?", fragte sie lächelnd zurück.

„Ganz sicher. Aber kam es Ihnen nicht komisch vor, dass Herr Borchert diese Unterlagen bei einem geschäftlichen Termin mit sich führte? Was war sonst noch in dem Ordner?"

„Nur unser gemeinsamer Schriftverkehr und der Vertrag, alle Unterlagen, die seine kommende Ausstellung in meiner Galerie betrafen." Ihr Herz klopfte bei dieser Aussage. Oleg und sie hatten mit Kopien ihrer eigenen Unterlagen diesen ominösen Ordner produziert und die gesammelten Vermisstenanzeigen in eine Plastikhülle als Letztes darunter abgeheftet. „Vielleicht hatte er einen alten Ordner genommen und die Hülle nur vergessen auszuheften?", spekulierte sie.

„Oder Herr Borchert wollte, dass Sie sie finden?"

„Aber warum sollten vermisste Personen eine Bedeutung für mich haben?"

„Ich weiß es nicht. Sagen Sie es mir. Der Ordner schien jedenfalls neu, und Fingerabdrücke haben wir nur zwei unterschiedliche gefunden. Keine von denen passte zu den Fingerabdrücken in Herrn Borcherts Wohnung. Merkwürdig, nicht wahr? Die Wohnung schien auch kürzlich durchsucht worden zu sein. Unauffällig zwar, aber auch Profis verraten sich gelegentlich."

Sie antwortete nicht, weil sie befürchtete, ihre Stimme könnte ihre Unsicherheit verraten, und weil sie alle Kraft benötigte, seinem durchdringenden Blick standzuhalten.

„Wissen Sie, was die OFA ist?"

Sie schüttelte den Kopf.

„Wollen Sie es wissen? Dann könnte ich Ihnen erzählen, was jemand von der OFA beruflich macht. Natürlich nur, wenn es Sie interessiert, und nur, wenn diese Maschine da arbeitsfähig ist. Ich hatte schon lange keine Pause mehr."

Erfreut, ihn nicht mehr ansehen zu müssen, stand Andrea auf und machte sich am Kaffeeautomaten zu schaffen. Währenddessen sprach er weiter. „OFA heißt Operative Fallanalyse. Ich bin polizeilicher Fallanalytiker beim Bundeskriminalamt. Quasi ein Profiler, falls Ihnen das durch amerikanische Fernsehkrimis geläufiger sein sollte."

Selbstverständlich wusste sie, was Profiler waren – und jetzt einem gegenüber zu sitzen, ließ sie schnell nicken.

„Wir haben jedes Jahr in Deutschland Fälle, in denen Menschen einfach verschwinden. Im fünf- bis sechsstelligen Bereich; Frauen, Männer, Kinder. Besonders Kinder. Siebenundneunzig bis achtundneunzig Prozent der Fälle lösen sich von selbst. Weggelaufene Kinder, geflüchtete Ehepartner. Bei dem Rest haben wir oftmals nicht die geringsten Anhaltspunkte für ein Gewaltverbrechen. Die Leute verschwinden von einem Tag zum anderen und tauchen niemals wieder auf. Die Vermisstenanzeigen werden aufgenommen. Die Polizei vor Ort ermittelt, und die Daten werden in zentrale Vermisstenkarteien eingetragen. Gemeinsamkeiten der Fälle und Ähnlichkeiten der vermissten Personen werden analysiert. Aber, wenn keine Leichen auftauchen, keine Entführung vorliegt oder keine Hinweise am Tatort des Verschwindens uns helfen, bleiben wir meist ratlos. Normalerweise habe ich mit Fällen zu tun, wo wir wissen, dass es einen Täter gibt, die Personen also nicht freiwillig verschwunden sind. Aber seit drei Jahren arbeite ich nebenbei auch an einer Theorie, die einige vermisste Personen betrifft, bei denen es nicht sicher ist, ob es überhaupt einen solchen Täter gibt. Es geht um ein Datum, das ihnen allen gemeinsam ist."

„Der 22. Januar?"

„Der jedenfalls in den Unterlagen, die Sie – sagen wir mal – gefunden haben, auffällig oft vertreten ist. Ich glaube, der Cappuccino ist fertig."

Sie reagierte nicht. Erst als der Ermittler schwieg und sie beharrlich anlächelte, verstand sie, was er wollte. Sie schüttete ein bisschen Kakaopulver auf den Milchschaum und schob ihm die Tasse entgegen.

„Perfekt."

„Aber keine Ähnlichkeiten zwischen den Personen. Es waren Frauen und Jungen, nicht wahr?", drängte sie ihn.

„Es gibt siebzehn Vermisste, die alle an einem 22. Januar verschwanden oder entführt wurden. Zehn von denen befanden sich auch in den gesammelten Unterlagen Ihres Malers. Da kann man schon an einen Zusammenhang glauben.

Alle Fälle ereigneten sich im nördlichen Bereich Deutschlands mit einer gewissen Konzentration auf Berlin und das Berliner Umland."

„Retzow?"

„Sie meinen, weil das der Wohnort des Elternhauses Ihres Künstlers war? Nein, hier ist mir kein Fall bekannt."

„Fingerabdrücke, Faser- oder DNA-Spuren bei den Fällen, wo man etwas gefunden hat?"

„Sie lesen gerne Krimis?" Er schmunzelte über den Tassenrand hinweg. „Ein paar unbrauchbare Fingerabdrücke bei zwei alten Fällen. Danach nur noch Hinweise, dass der Täter, falls es denn einen gibt, Handschuhe trug. Fasern ja, aber Allerweltskleidung. Genmaterial: null. Auch die Zusammenstellung der von mir gesammelten Fälle ergibt keinen Sinn: fünf Jungen, sechs junge Frauen und sechs ältere. In den ersten Jahren könnte man ein Muster erkennen, aber das kann auch nur Zufall sein. Und bei den Jahresdaten gibt es eine auffällige Pause zwischen 1994 und 2001. Ansonsten ist fast jährlich um den 22. Januar herum eine Person verschwunden. Nur in den Jahren 1989, 2007 und 2008, im vorletzten Jahr und in diesem Jahr habe ich keinen entsprechenden Fall gefunden."

„Siebzehn Fälle und die meisten davon im jährlichen Abstand. Und alle am 22. Januar. Wieso hat man nicht viel früher mit entsprechenden Ermittlungen angefangen?"

Er zuckte mit den Achseln. „Weil nicht jedes Mal der 22. Januar das Datum war, an dem die Personen von den Angehörigen als Tag des Verschwindens angegeben wurden, beispielsweise bei allein lebenden Menschen."

„Der letzte Ausschnitt – diese Marlies von Graefen – ist nicht einmal eine Woche alt. Meinen Sie, dieser Fall hat ebenfalls etwas mit der Serie zu tun?", fragte sie.

„Ich weiß, und auch fünf weitere Ausdrucke in der Sammlung Ihres Malers stammten aus anderen Monaten. Vier von ihnen würden genau die Jahreslücken in meiner Liste füllen. Aber das kann auch alles nur Spekulation sein. Meine Vorgesetzten glaubten sowieso nicht an einen Zusammenhang, sondern bei über hunderttausend Vermissten im Jahr an einen Zufall. Schade, dass Clemens Borchert offenbar erst 2001 begonnen hat, solche Nachrichten zu sammeln."

„Mich wundert es eher, dass er schon 2001 angefangen hat. Immerhin war er da erst dreizehn", widersprach sie. „Aber Sie sagten gerade, dass im Bereich von siebenundneunzig bis achtundneunzig Prozent die Vermisstenfälle aufgeklärt werden konnten. Und da klingt eine solche Häufung bei den ungeklärten Fällen doch nach allem anderen als nach Zufall."

„Sie sprechen mir aus der Seele. Genauso habe ich auch argumentiert. Aber Sparmaßnahmen, aktuelle andere Fälle.

Leider haben wir kaum mehr Personal, das sich ausschließlich um die ungeklärten Vermisstenfälle kümmern kann. Jedenfalls sind wir bemüht, schnellstmöglich Herrn Borchert zu finden, um von ihm selbst den Grund seines Interesses zu erfahren."

„Und Sie meinen wirklich, hinter allem könnte ein Serienmörder stecken?" Andrea musste sich Mühe geben, dieses Wort so gelassen wie möglich auszusprechen.

„Das sind alles nur Spekulationen. Und ich hoffe natürlich, dass ich mich irre."

Das hoffte sie auch, von ganzem Herzen sogar. Denn alles andere bedeutete unter Umständen, dass ein Serienmörder ihr, Andrea Wahrig, Briefe geschrieben hatte.

„Wollten Sie mir noch etwas erzählen?"

Sie beeilte sich, den Kopf zu schütteln und fragte: „Rufen Sie mich an, wenn Sie etwas wissen?"

Er erhob sich. „Haben Sie Fotos von den Bildern unseres verlustig gegangenen Malers?"

„Natürlich." Sie nickte, nahm die Fotos aus der Projektmappe und reichte sie ihm. „Die können Sie aber nicht mitnehmen."

Er betrachtete die Bilder lange und eingehend. Drei Fotos sortierte er aus. „Könnten Sie mir diese einscannen und mailen? Hier ist meine Karte." Er hatte von Maximilians

Bildern je ein Abbild eines Jungen, einer älteren und einer jüngeren Frau gewählt.

Es wäre der richtige Moment, ihm auch von den Drohbriefen zu erzählen. Eine irrationale Angst, die sie seit dem Erhalt ständig spürte, sie könne damit den Entführer verärgern, hielt sie davon ab. Die Polizei, sogar das Bundeskriminalamt, suchte nach dem Maler, und etwas anderes würden sie auch nicht tun, wüssten sie von den Briefen. Glaubte sie – oder besser hoffte sie – noch immer, dass Maximilian der Briefeschreiber war? Ein zugegeben dämlicher Versuch, seinen Rückzieher der Ausstellung zu untermauern? „Danke für Ihren Besuch", sagte sie gedankenverloren und begleitete ihn zur Tür.

„Noch eine Frage: Wie gut kennen Sie Oleg Wesselov?"

Andrea stockte der Atem. Auch ohne Spiegel wusste sie, dass sich ihr Gesicht gerade rötete. „Was hat Oleg Wesselov mit unserem Gespräch zu tun?", presste sie hervor.

„Nichts. Ich sah nur, wie er Sie hier abgesetzt hat."

„Ein Kunde. Woher kennen Sie ihn?"

„Bestimmte Leute kennt man eben." Er sah sie an, als prüfte er einen Mitspieler am Pokertisch. „Reine Berufsneugier."

Das Telefon klingelte. „Entschuldigen Sie, ich muss zurück ins Büro."

„Bis bald", rief er fröhlich.

„Nein. Warten Sie bitte“, rief sie in einem zitternden Ton, in dem all ihre Verwirrung lag. Hastig fertigte Andrea am Telefon den Installateur der Lichtwände ab. Der Einbruch in Ross’ Wohnung. Olegs ständige Anwesenheit in der Galerie. Seine Kenntnis ihrer Privatanschrift. All das hatte sie in dem Gefühlschaos der letzten Tage verdrängt. Möglicherweise, nein, sehr sicher, bewegte sie sich in einem kriminellen Umfeld, indem sie sich mit Oleg abgab. Jetzt traf sie die Erkenntnis mit voller Härte. Doch gleichzeitig regte sich ihr Widerspruch. Vielleicht hatte Oleg Wesselov mit Betrug, Schmuggelei oder Geldwäsche zu tun, und daher kannte ihn das Betrugsdezernat. Aber dieser Matussek beschäftigte sich mit vermissten Menschen. Wie oft las man vom Menschenhandel aus den osteuropäischen Staaten, der im Schutz ganz legaler Firmen geschah? Oder von Entführungen von Kindern für einen internationalen Pornoring? Unkontrolliert brach Andrea in Gelächter aus. Ihre Fantasie ging mit ihr durch. Durch die Lamellen vor dem Bürofenster prüfte sie, ob der Profiler noch an der Tür stand. Was sollte sie ihm jetzt sagen? Am besten wäre die Wahrheit. Er strahlte Kompetenz und Vertrauen aus. Und er war von der Polizei. Der richtige Ansprechpartner, wenn man bereits zwei Drohbriefe eines Verrückten erhalten hatte – und seit gestern Nacht einen polizeibekannten Geliebten hatte.

„Ich wollte Sie noch etwas fragen, und jetzt habe ich es vergessen“, lachte sie Florian Matussek entschuldigend an. „Ich bin ein wenig im Stress im Moment.“ Sie sah in sein skeptisches Gesicht. „Wissen Sie, das Verschwinden des Künstlers hat auch Folgen für mich! Finanziell und auch für mein Renommee. Deshalb wäre es einfach nett, wenn Sie mir Bescheid geben würden.“ *Und ich werde Ihnen Nachricht geben, sobald ich mit Oleg geklärt habe, was da läuft.* Versprochen, hätte sie am liebsten hinzugefügt. Sie streckte ihm die Hand entgegen. „Entschuldigen Sie, dass ich Sie jetzt aufgehalten habe.“

Nachdem der Profiler nun endgültig die Galerie verlassen hatte, verspürte sie das dringende Verlangen, Oleg sofort zur Rede zu stellen. Sie konnte unmöglich warten, bis er vielleicht irgendwann am Tag noch einmal in die Galerie kam. Was wusste sie schon von ihm und seinen Geschäften? Vielleicht gab es da noch wesentliche Dinge, nach denen sie bisher nicht im Traum gedacht hatte zu fragen? Sorgsam verstaute sie Florian Matusseks Visitenkarte in ihrer Handtasche, hängte das Abwesenheitsschild an die Tür und schloss die Galerie.

15. KAPITEL

Er hatte in Berlin übernachtet. Jetzt gönnte er sich ein Frühstück in einem Straßencafé. Er sehnte sich danach, nach Hause zu fahren, um Kraft für seine große Aufgabe zu tanken, die ihn dieses Mal vor eine neue Herausforderung stellte. So, wie er Andrea Wahrig einschätzte, würde sie irgendwann einknicken und die Ausstellung absagen. Doch dann würde er Ersatz für ihre Mutter brauchen, denn es widerstrebte ihm, sie trotzdem auszuwählen. Sie hatte einen Namen und eine Geschichte. Wohin so etwas führen konnte, hatte er ja bei Marlies von Graefen erlebt. Allein ihr flehendes „Anna" hatte ihn dazu gebracht, seine jahrzehntelange Routine zu durchbrechen. Nein. Es würde schon ein passendes Model irgendwo anders geben, nicht so perfekt, aber ähnlich. Oder war es doch göttliche Fügung, dass Andreas Mutter seiner eigenen so ähnelte? Sollte das ein Hinweis sein? So, wie schon der Bruch der Reihenfolge? Ein Hinweis, endlich sein Werk zu vollenden. Er würde aufmerksam bleiben müssen, um nicht die falsche Wahl zu treffen.

Er wartete auf sein Frühstück und ließ dabei kein Auge von der Frau auf der gegenüberliegenden Straßenseite. Sie war schlank und hatte braunes dichtes Haar. Die Frau blieb stehen, sah erst ins Schaufenster, als sehe sie sich die Auslage an. Doch sie schien ungeduldig zu sein und rief in Richtung der Ladentür. Ein Junge kam aus dem Geschäft, acht, vielleicht auch schon zehn Jahre alt. Seine Mundwinkel tief nach unten gezogen wie bei einem Kleinkind. Er maulte, und die Frau, offenbar seine Mutter, schimpfte zurück. Der Junge tat ihm leid. Warum schrie die Frau so, dass der Junge nicht dagegen ankam? Hasste er seine Mutter dafür? Offenbar wollte er etwas aus dem Laden, wollte es unbedingt – und in diesem Moment nichts anderes auf der Welt. Er selbst kannte dieses Gefühl. Auch er wollte etwas um jeden Preis, wenn es losging. Aber nicht jetzt. Die Aufregung und das Kribbeln in der Magengegend, sie waren weg, als der Junge dazugekommen war. Die Frau am Schaufenster drehte sich in diesem Moment um und lief los. Der Junge stand noch ganz still, die Arme hingen herab, und der Kopf war gesenkt. Fast so, als wollte er einschlafen. Und er war sich ganz sicher, dass der Junge in seinen Träumen in den Laden zurückgehen würde, um sich einfach zu nehmen, was sein Herz begehrte. Er würde sich das Superman-Kostüm überziehen, das auf dem Ständer vor dem Spielzeugladen hing, alles greifen, was seine Hände festhalten konnten – und dann heraus aus dem Laden. Er würde durchstarten und über alle hinwegfliegen, mit den Wunschsachen im Arm. Sollten die Leute sich doch wundern und seine Mutter schreien. Er würde ihnen einfach davonfliegen.

Aber der Junge ging nicht zurück in das Geschäft, sondern folgte seiner Mutter, die sich nicht einmal mehr zu ihm umdrehte.

Als die Bedienung das Frühstück brachte, war sein Puls ganz ruhig, und er konnte sie freundlich anlächeln. Er sah hinüber zur anderen Straßenseite, doch Frau und Junge waren weg. Er aß, zahlte und ging dann langsam weiter durch die Straßen der Großstadt, die er eigentlich nicht mochte. Und doch zog ihn das Leben zwischen diesen hohen Wohnblöcken, das wie in einem Bienenstock je nach Tageszeit summte und ruhte, magisch an. Kilometer um Kilometer war er in den Jahren schon durch diese Stadt getingelt, und jedes Mal war das ungewohnte Großstadtleben an ihm vorbeigerast. Zu vielfältig und zu schnell tauchten Gesichter auf, man konnte sich schwer auf einen Menschen allein konzentrieren.

Drei Jungen kamen die vor ihm liegende U-Bahn-Treppe herauf und nahmen den Gehweg in Besitz. Mit halbstarken Gesten und lautem Gejohle liefen sie auf ihn zu. Zwei von ihnen hatten lässig Rucksäcke über die Schulter geworfen. Der dritte nur ein Paar Schlittschuhe. Wie ein Messer durchstach ihn der Anblick. Ein Messer mit einer spitzen dünnen Klinge. Zuerst war der Schreck heftiger als der Stich selbst. Aber nur, bis die Klinge tief in der Wunde gedreht wurde.

Dann verbrannte der Schmerz alle anderen Wahrnehmungen, und es gab nichts mehr im Kopf als den Wunsch, das Messer aus dem Fleisch herauszuziehen. Seine Hände verkrampften sich zu Fäusten, die Fingernägel gruben tiefe Dellen in die Handinnenflächen, weil er die Hände nicht öffnen konnte. Er durfte nicht nach den baumelnden Schlittschuhen greifen und sie dem Jungen von der Schulter reißen, um ihm das Leben zu retten. Keine Sekunde länger ertrug er den Anblick. Hektisch drehte er sich um und ging in die Richtung zurück, aus der er gekommen war. Aber es war zu spät. Es hatte schon begonnen. Er hörte und sah, was sich schon Millionen Mal zuvor in seinem Kopf abgespielt hatte. Die Kufen von Schlittschuhen hatten es für alle Zeiten in sein Gehirn eingeschnitten …

Ein helles Knirschen. Marc bemüht sich, in den gleichen Spuren wie seine Mutter zu laufen. Er ist so viel kleiner und flinker als sie, und als er sie einholt, lachen sie laut. Ihre Gesichter sind fröhlich. Schon lange ist Beate nicht mehr so vergnügt gewesen. Sie fasst Marc an den Händen, und sie gleiten synchron zur Oma, die unsicher auf den Kufen steht. „Oma! Oma, fass an“, ruft Marc und streckt ihr die freie Hand entgegen. Vor lauter Lachen hören sie das leise Knacken nicht. Er dagegen nimmt es wohl wahr, und er ruft ihnen zu. An den Rand sollen sie kommen, zu ihm, in Sicherheit. Es knirscht und knackt stärker. Doch sie hören nicht auf ihn. Er ist es gewohnt. Aber dieses Mal stört es ihn. Selbst Marc hört nicht auf ihn. „Papa, komm doch endlich“, ruft er nur. Aber er meint es nicht böse, denn er ist ein guter Sohn, der, egal was Beate behauptet, seinen Vater liebt. Denn der lässt mit ihm Drachen steigen und nimmt ihn in den Arm, wenn er weint. Obwohl Marc schon acht Jahre alt ist und Beate meint, ein großer Junge dürfe nicht mehr so verhätschelt werden. Sie hat keine Ahnung, wie sehr man eine Umarmung braucht, wenn man acht Jahre alt ist.

Striche im klaren, fast durchsichtigen Eis suchen sprunghaft ihren Zickzackweg. Wie kleine Risse in einem Spiegel. Zuerst fallen sie nicht groß auf. Aber wenn es mehr werden, kann man sein Spiegelbild nur noch wie zerrissen sehen. Jetzt sind Beate, Marc und Mutter längst wieder in der Mitte. Er läuft ihnen hinterher. Fast schon hat er sie erreicht. Doch da birst das Eis wie das Glas eines heruntergefallenen Spiegels.

Er lief langsam durch die Straßen und das Knirschen der Erinnerung wurde leiser. Er entspannte seine Schulter- und Rückenmuskeln und schüttelte die Arme. Weshalb hatte ein Junge mitten im Sommer Schlittschuhe über die Schulter gehängt? Es musste eine Eisbahn in der Nähe geben. Er sah sich um. Inzwischen war er mehrfach abgebogen. Er wusste nicht mehr, wo er war. Auf dem Gehweg vor ihm hatte ein Händler seine Waren auf Tischen vor einer Eingangstür aufgebaut. Ein buntes Stillleben inmitten der farblosen Häuserfronten. Sein Mund war trocken, und kurzerhand betrat er den Laden. Er kaufte einen Apfel und eine Orange und fragte beim Bezahlen, ob eine Eisbahn in der Nähe sei. Der Verkäufer erklärte ihm freundlich den Weg. „Aber jetzt im Sommer brauchen Sie einen Ferienpass", rief er ihm hinterher.

Gespannt ging er die beschriebenen Straßen entlang. Er mochte diesen Stadtteil nicht. Lichtlos, obwohl die Sonne schien. Am liebsten wäre er zur U-Bahn gerannt. Dort wusste man wenigstens, warum es dunkel war. Doch erst noch wollte er einen Blick in das Eisstadion werfen. Obwohl er schon jetzt wusste, dass ihn dieser Blick quälen würde. Aber eine Qual konnte der beste Antrieb sein.

Ob er nur einmal kurz gucken dürfe? Wegen eines geplanten Kindergeburtstages. Er sei in ein paar Minuten wieder draußen. Die Frau an der Kasse nickte, und er spürte, wie sie ihn ganz genau beobachtete, ob er nicht doch eine Tasche bei sich trug, groß genug, um Schlittschuhe darin zu verstauen und sich so ohne Ferienpass in den Genuss des Eislaufens zu bringen.

Wieder hörte er das Knirschen der Kufen auf dem Eis. Doch dieses Mal waren die Geräusche real, und er konnte sie ausblenden. Ruhig lehnte er sich an die Brüstung der Eisfläche und gab sich der Beobachtung hin. Die meisten Läufer waren Kinder und Jugendliche. Ein paar kleinere von ihnen hatten Erwachsene dabei. Mütter, Tanten oder größere Schwestern. Auch ein Vater lief in schiefer Körperhaltung, weil er seine Hand so tief herunter zu seinem vielleicht fünfjährigen Sohn strecken musste. Wenn sie damals in Berlin gewohnt hätten, wäre er bestimmt auch oft mit Marc hierhergekommen. Seine Augen genossen die scheinbar schwebenden Bewegungen der Läufer. Beinahe schrie er auf, als zwei Mädchen zusammenstießen und ihre Körper auf das Eis stürzten. Aber eine Minute später standen beide Mädchen, klopften sich den Hosenboden und lachten sich an. Ja, hier durfte man getrost stürzen. Niemand konnte einbrechen.

Er entspannte sich und bedauerte, dass erst als nächstes Bild wieder ein Kind an der Reihe sein würde, denn einen geeigneten Jungen hier zu finden wäre gar kein Problem. Oder konnte er ihn vorziehen? Die Reihenfolge ändern? Nein. Nicht schon wieder. Die Realität hatte sie ihm diktiert: Beate, Mutter, Marc, Beate, Mutter, Marc …Entschlossen wandte er sich zum Gehen. Den Jahresrhythmus hatte er schon längst aufgegeben. Da war der Drang gewesen, es das nächste Mal besser zu machen, alles perfekter zu planen. Die verkorksten Male zählten irgendwie nicht, und er hatte es neu versuchen müssen. Bis es endlich gut war. Der Moment für alle Zeit eingefroren im Glas. Und wenn er daran dachte, dass Andrea Wahrig noch immer keine Anstalten machte, die Ausstellung der Glasbilder offiziell abzusagen, passte es ganz ausgezeichnet, dass nun eine ältere Frau an der Reihe war, eine, die Mutter ähnelte.

Er schlenderte durch einen Park. Es fühlte sich leer an, ohne Aufgabe in einer Stadt zu sein, die ihm immer fremd blieb, egal, wie oft er hier gewesen war. Am besten sollte er etwas tun, das er schon lange hatte erledigen wollen. Er musste endlich das Problem mit dem Schwitzwasser angehen. Er spazierte am Wasser entlang, überholte Hundebesitzer, denen er freundlich zunickte, wich entgegenkommenden Fahrradfahrern aus, beobachtete eine Mutter mit ihren zwei kleinen Kindern, die die Enten fütterten und vor Vergnügen kreischten, wenn die Vögel aus dem Wasser heraus auf sie zuwatschelten. Erneut verkrampfte sich sein Herz bei dem Gedanken, dass auch Marc ein so fröhliches Kind gewesen war, erstaunlicherweise trotz seiner so herrischen Mutter Beate. Er dagegen war der richtige Ausgleich für seinen Jungen gewesen, hatte ihm Wärme und Zärtlichkeit geben können. Nein, er mochte nicht mehr an das Ende denken, besonders nicht an seine eigene Ohnmacht. Und nicht daran, dass er damals noch nichts dem Unheil entgegenzusetzen gehabt hatte. Heute war er ein anderer Mann. Heute bestimmte er das Schicksal – und nicht irgendein gottverdammter Zufall.

Er beschleunigte seine Schritte und war froh, als er endlich wieder sein Auto erreichte. Er drehte das Radio laut und konzentrierte sich auf die Nachrichten. Ein Mann mittleren Alters hatte einer jungen Ausländerin zu Hilfe kommen wollen, die in der U-Bahn von Rechtsradikalen belästigt und geschubst wurde. Er hatte es mit dem Leben bezahlen müssen. Auf dem Bahnsteig hatten sie ihn mit ihren Springerstiefeln totgetreten.

Er schüttelte den Kopf über so viel Gewalt in dieser Stadt und wechselte den Sender, bis er Musik hörte. „Was gibt es nur für grausame Menschen!“, murmelte er und war wieder einmal froh, dass er seinen einsamen Rückzugsort hatte, in dem kleinen Brandenburger Dorf, in dem die Welt noch in Ordnung war.

Über der Tür baumelte ein Mobile aus Metallstäben. Es klingelte in hellen Tönen, als er die Glaserei betrat, in der er früher schon regelmäßig eingekauft hatte, bis er fand, dass es besser sei, die Glasplatten bei verschiedenen Glasern im ganzen Bundesland zu bestellen. Innen war es dunkel, und nur langsam gewöhnten sich seine Augen daran. Er kannte dieses Problem mit der Dunkelheit. Wenn er eine Frau überwältigte, hatte er immer schon eine Weile im Dunkeln gewartet. Das lernte man mit der Zeit. Überhaupt hatte er jedes Mal auftretende Probleme in sein blaues DIN-A5-Buch eingetragen, um es nicht zu vergessen. Das Buch war nicht sehr voll geworden, denn er hatte seine Sache immer besser gemacht. Nur vor Kurzem hatte er mit viel Scham das Vergessen eines unverschlossenen Tores und eines Weckers für den nächsten Morgen vermerken müssen.

Der Glaser fragte, ob wieder eine Glasscheibe kaputtgegangen sei und er eine neue kaufen möchte. Nein? Dieses Mal kein Glas?

Er trug sein Anliegen vor, was man gegen Schwitzwasser auf den Scheiben machen könne.

„Am besten, Sie erzählen mir, wofür Sie es brauchen. Dann kann ich Sie am besten beraten.“

Er hatte sich schon im Auto eine Geschichte ausgedacht. „Ich habe ein Gewächshaus. Es liegt ungünstig, ganz hinten im Garten. Aber von meinem Balkon aus habe ich einen guten Blick und könnte jeden Tag nach den Pflanzen sehen.

Doch stattdessen muss ich die Glasfenster hochklappen, denn das viele Kondenswasser verwehrt mir den Einblick. Deshalb geht so viel wertvolle Feuchtigkeit verloren."

Der Glaser sah ihn ein wenig zweifelnd an, was wohl nicht an dem Inhalt der Geschichte lag. Er hätte die Worte besser nicht auswendig gelernt aufsagen sollen.

„Nanobeschichtung des Glases wäre eine Möglichkeit. Sie stoppt zwar nicht das Kondenswasser, aber durch Nano perlt es viel stärker und tropft auch schneller ab."

Jetzt hatte er keinen vorgeschriebenen Text mehr im Kopf. „Die großen Tropfen haben aber den Vorteil, dass sie sich zu kleinen Pfaden sammeln, die bis zu den senkrechten Scheiben herunterlaufen. So tropft nicht viel auf die Blätter, was auch nicht gut für sie wäre. Nur, wenn ich die Scheiben hochklappe …"

„… dann tropft es", beendete der Glaser seinen Satz, griff unter die Bedienungstheke und holte einen zerfledderten Notizblock hervor. Was könnte schon Hilfreiches auf solch unordentlichem Papier stehen? Der Glaser murmelte vor sich hin. „Ein Kunde hatte mal ein ähnliches Problem mit seinem Terrarium. Die meisten Leute haben da drinnen ja eher zu wenig Feuchtigkeit. Aber der wollte es unbedingt umgekehrt. Der Standort dicht an seiner Heizung und das Wasserbecken im Terrarium … und … ah, hier ist es. Er hat mir den Namen gesagt, falls ein weiterer Kunde mal … Wissen Sie, wir bauen inzwischen viele Aquarien und Terrarien. Ist so was wie mein zweites Standbein geworden. Hier: Silicagel heißt es. Der Kunde hat es mit einer durchlässigen Bastmatte geschützt als Bodenbelag ins Terrarium eingelegt. Darunter ein flaches Auffangbecken, das bei Bedarf geleert wird. Man kann es im Backofen regenerieren, also immer wieder verwenden. Soll super geholfen haben, sagt er."

Stolz blickte der Meister ihn an und erwartete Beifall. Er gab ihm den Applaus in Worten und nahm sich trotzdem vor, vorsorglich die nächsten Scheiben bei einer anderen Glaserei, weit entfernt von dieser hier, zu kaufen.

Auf der Straße überlegte er, ob er auf dem Weg zu dem Händler, bei dem es das Granulat geben sollte, in eines der vielen Bauhäuser fuhr. Denn in einem netzartigen Stoff musste er das Granulat ja einfangen, und herunterrutschen durfte es auch nicht. An den Füßen würde es nichts mehr nützen. Füße hatten keine Münder, aus denen das Körperwasser beinahe pur heraussprühte. Besonders beim Schreien. Er würde also Nähzeug brauchen, um Steppnähte zu setzen. Reichte die Tiefe dann noch? Vierzig Zentimeter Tiefe hatten seine Wandauslässe. Hinzu kamen noch ein knapper Zentimeter Mörtelschicht und die Gummilippe für die Glasplatte. Machte zweiundvierzig, maximal dreiundvierzig Zentimeter. Wenn er jetzt noch das Granulatkissen einbringen musste? Er würde nur ganz schlanke Frauen auswählen dürfen und vorsorglich wie bisher wieder den Wischer einbauen.

Der Gedanke, dass er gerade konkrete Vorkehrungen traf, ließ seinen Puls höherschlagen. Seit dem Morgen im Café hatte er nicht mehr daran gedacht. Doch jetzt wurde aus den Gedanken auch ein Handeln. Auswählen, einkaufen, nähen. Er spürte, wie sein Körper zu schwitzen begann. Seine Handinnenflächen wurden feucht, und auch unter den Achseln fühlte er die Folgen seiner Gedanken. Er brauchte dringend Zeit und Ruhe zum Nachdenken. Aufregung bei der Planung war etwas für Anfänger. Er war Perfektionist. So verzichtete er auf die schnelle Heimfahrt über die Autobahn und fuhr stattdessen über Spandau nach Falkensee. Die Abfahrt Nauen passierte er gemächlich mit maximal achtzig Stundenkilometern unter den Bäumen der Landstraße hindurch. Der Himmel war wolkenfrei. Bei dieser Geschwindigkeit störte auch das Blitzlichtgewitter der Sonne nicht, wenn sie jede kleine Lücke im Blätterdach der Alleebäume ausnutzte, um Bruchteile von Sekunden den Fahrern ins Gesicht zu blenden. Er bedauerte, dass er kein Cabrio fuhr. Dabei waren ihm Gerüche nie wichtig gewesen. Was er brauchte an Farben, Düften und Klängen, trug er normalerweise in sich. Jetzt aber wollte er gerne das Heu riechen, das auf den Feldern links und rechts gebündelt zur Abfuhr bereitstand, und den Duft der Bauernvorgärten in sich aufnehmen, wenn er durch die Dörfer fuhr. Er öffnete das Fenster. Den Ellenbogen halb nach draußen aufgestützt, fuhr er seinem eigenen Hof entgegen, wo es ähnlich roch. Und je näher er ihm kam, umso freier fühlte sich sein Kopf an. Die Gedanken schienen ihm so klar zu sein wie der Himmel über ihm. Morgen würde er zurück nach Berlin fahren und tun, was zu tun war. Er konnte nicht zulassen, dass sein einmaliges Werk von einer jungen Galeristin zerstört wurde.

Als er in die Paulinenauer Straße einbog, flog ein Storch dicht über seinem Auto hinweg und landete auf dem Feld neben der Straße. Niemand fuhr hinter ihm, und so hielt er am Straßenrand an und beobachtete den majestätischen Vogel. Sein Anblick fühlte sich heimisch an. Vor langer Zeit, in seinem kleinen Dorf im Zonenrandgebiet Lüchow-Dannenberg, da hatte er die erste Eins im Malen bekommen. Für die Zeichnung eines Storches, der auf dem Rand seines Nestes saß. Und dann hatten sie ihn doch nicht ernst genommen, als er mit seinen Skizzen in der Kunsthochschule saß. Nicht ausgereifter Stil, kindliche Züge in der Ausführung, handwerkliche Schwächen. Er hatte ihnen die Skizzen vor die Füße geworfen und war gegangen, ohne ein Wort.

Er fuhr die Landstraße bis zum Dorfende. Die Lebensversicherung und der Verkauf des Hauses, in dem er mit Beate anfangs so glücklich gewesen war – und mit Marc sowieso –, hatten für den Kauf dieses letzten Bauernhofes des Ortes gereicht, und es war noch etwas zum Leben übrig geblieben. Er konnte gut mit Geld umgehen. Die ehemaligen Ställe waren heruntergekommen, der Acker hinter dem Hof war über die Jahre eine Wildwiese geworden, aber es störte ihn nicht. Er brauchte das alles nicht. Das Wohnhaus hatte er notdürftig renoviert und sich dann seinem eigentlichen Ziel gewidmet: das Gewölbe unter der Scheune. Es war ein richtiges Prachtstück geworden.

16. KAPITEL

Andrea hatte Glück und fand sofort einen Parkplatz auf dem Mittelstreifen des Kurfürstendamms, fast unmittelbar vor dem Haus 188, in dem Oleg sein Büro hatte. Sie betrat das Gründerzeithaus und klingelte an der schweren und reich verzierten Eichentür, die sein Firmenschild trug. Ein summendes Geräusch lud sie ein, die Tür aufzudrücken. Von einem Flur mit lederbezogenen Besucherstühlen auf hochpoliertem Parkett konnte sie in einen Büroraum sehen. Oleg stand neben dem Schreibtisch einer Sekretärin und studierte Unterlagen in seiner Hand. Als er den Kopf hob, verschwand der konzentrierte Ausdruck aus seinem Gesicht, und sein Mund verzog sich zu einem Lächeln.

„Andrea, wie schön!"

Sie hätte erwartet, dass er sie förmlich mit Nachnamen anreden würde. Schließlich dürften seine Mitarbeiterinnen, die sie gerade neugierig musterten, auch von Ehefrau und Kindern in Kleinmachnow wissen. Aber wie selbstverständlich ging er auf sie zu, legte den Arm um ihre Schultern und führte sie so in einen Raum mit schwarzen Büromöbeln, die aussahen, als seien sie dem Bauhaus in Dessau entliehen. Er schloss die Tür und küsste sie zärtlich. Sie wich aus. Erstaunt betrachtete er sie von der Seite. „Ich dachte, diese Phase hätten wir überwunden?"

Sie beachtete ihn nicht und trat an das bis auf den Fußboden reichende Glasfenster. „Bei mir war gerade jemand von der Kriminalpolizei. Er hat auch nach dir gefragt."

„Du weißt, dass das nicht so war, wie du es jetzt gerade wirken lassen möchtest. Ich frage mich nur, warum du so merkwürdig formulierst?"

Andrea hatte das Gefühl, platzen zu müssen. Sie wusste nicht mehr, wo die einzelnen Figuren Erpresser, Maximilian, Oleg und dieser Profiler gerade auf dem Spielbrett ihres Lebens standen, während sie irgendwo zwischen Start und Ziel hin- und herirrte. „Ein Profiler, der meint, unser lieber Maximilian oder Clemens, wie auch immer, könnte irgendwas mit den Vermissten aus den Zeitungsausschnitten zu tun haben. Und zum Schluss hat er gefragt, wie gut ich dich kenne. Ziemlich eindeutig, oder?"

Erst, als er seine Hände auf ihre Oberarme legte, registrierte sie, dass Oleg dicht hinter sie getreten war. Er drehte sie sanft, aber bestimmt zu sich herum. Ungewöhnlich ernst sah er sie an, während er ihrem Gesicht immer näher kam. Schließlich verschwammen seine Gesichtszüge vor ihrem Blick, und sie schloss die Augen. Dann spürte sie seine Lippen auf ihrem Mund. Alles schien sich zu drehen, und sie fühlte die Wärme seiner großen Hände, die ihren Rücken umfassten, während sie ihre Lippen öffnete und seinen Kuss erwiderte.

Dann siegte wieder ihre Skepsis. „Erkläre mir, wieso ein Profiler des BKA dich kennt“, forderte sie und schob ihn weg.

„In meiner Branche schlängeln sich nicht alle Leute ganz legal durchs Leben. Gerade einige meiner Landsleute fischen da eher im Graubereich. Was meinst du, wie oft ich hier im Büro schon eine Hausdurchsuchung hatte, weil irgendein Idiot von Geschäftspartner wirtschaftlichen oder steuerlichen Unsinn angestellt hat! Die Kripo will dann Unterlagen und Informationen haben und prüft natürlich sofort, ob ich ebenfalls einer dieser bösen Buben bin. Aber ich schwöre dir: Erstens ging es immer nur um Geld, niemals um Gewalt und schon gar nicht um Entführung, und zweitens gab es niemals irgendwelche Prozesse gegen meine Person oder gegen meine Firma. Zugegeben: Ich könnte jederzeit gewisse Dienste in Anspruch nehmen, wenn ich wollte. Aber ich denke, inzwischen weißt du, dass ich von diesen Möglichkeiten nur sehr vorsichtig und nur im Notfall Gebrauch mache.“

„Wie zum Beispiel in eine Wohnung einzubrechen, ich weiß. Aber wieso kennt dieser Matussek dich dann, wenn es angeblich nur um wirtschaftliche Dinge geht?“

„Florian Matussek, Ende dreißig, schlank, immer braun gebrannt?“

„Ja“, bestätigte sie erstaunt.

„Florian Matussek ist der Bruder von Marlene Matussek, und die Bekanntschaft dieser Dame aus dem Betrugsdezernat durfte ich bereits mehrmals machen."

„Ach, und da ist es normal, dass man die Geschwister gleich ebenfalls kennt?"

„Du bist ein misstrauischer Mensch, Andrea." Oleg lächelte nicht mehr. „Wenn man zu gleichen gesellschaftlichen Anlässen eingeladen wird, dann schon. Wir haben uns auf dem deutsch-russischen Ball kennengelernt. Ich hielt ihn erst für ihren jüngeren Lover. Er sieht gut aus. Sehr gut."

„Finde ich auch", sagte sie ernst. Dann mussten sie beide lachen. Sie sollte sich besser diese Leichtigkeit ihrer Beziehung erhalten, anstatt hinter allem, was Oleg tat, krumme Geschäfte zu vermuten. „Sollten wir nicht diesen Profiler einweihen? Ich war drauf und dran, es zu tun."

„Hätte ich gut verstanden. Immerhin bedroht jemand deine Mutter und damit auch dich."

Sie sah ihn überrascht an, erkannte aber keine Ironie in seinen Augen.

„Ich muss gehen. Ich treffe mich heute Mittag noch mit meiner Mutter."

„Grüße sie bitte von mir."

„Ich glaube, das werde ich nicht tun", erwiderte sie lachend und verließ sein Büro.

Nur eine Stunde war seit ihrer Rückkehr vergangen, als Oleg in der Galerie stand. „Ich hatte keine Lust zu warten, um dir eine gute Nachricht zu überbringen. Und ich brauche einen Kaffee. Die letzte Nacht war zu kurz für einen alten Mann."

„Für einen alten Mann war es aber eine unbeschreiblich schöne Nacht."

Er schwieg und quittierte diese Aussage nur mit einem Händedruck, der sich besser anfühlte als jedes Wort, das er hätte erwidern können.

„Habt ihr etwas herausgefunden?"

„Ich glaube, meine Leute haben Maximilian Ross gefunden."

„Deine Leute? Noch mehr Michaels?" Sie zog die Augenbrauen hoch.

„Ja, der auch." Oleg zuckte mit den Schultern. „Meine schöne Andrea, ich kenne nun mal ziemlich viele Leute. Ich weiß, du denkst jetzt wieder an diesen Florian Matussek. Aber ich kann es doch auch nicht ändern, dass die Polizei in der Regel nun einmal langsamer arbeitet. Oder sagen wir, nicht so effektiv."

Normalerweise hätte sie sich an seiner gerade wieder durchscheinenden Überheblichkeit festgebissen, so aber war sie viel zu neugierig, schwieg deshalb und schob ihm die gefüllte Kaffeetasse hin.

„Das Elternhaus des Malers gibt es noch. Ein typischer Vierseiten-Bauernhof in Retzow. Aber Maximilian Ross hat ihn nach dem Tod seiner Eltern verkauft. An einen Investor, der allerdings inzwischen insolvent ist. Das Haus steht unverändert leer. Die Eltern sind bei einem Fährunglück auf der Ostsee ertrunken. Angehörige hat er im Ort keine mehr. Es soll noch eine Großmutter in Köln gegeben haben. Aber die ist wohl ebenfalls inzwischen verstorben. Michael fiel dann ein, in Berlin und im Umkreis zwischen Berlin und Retzow bei Glasereien zu fragen. So große Glasplatten müssten ja auffallen, zumal, weil Ross aller Wahrscheinlichkeit nach die oberen Rundungen nicht selbst geschnitten haben dürfte. Die Kanten der Platten, die wir in der Wohnung gesehen haben, waren jedenfalls professionell bearbeitet. Und wir haben tatsächlich einen Glaser gefunden, der sich erinnern konnte, einige dieser Platten vor ein paar Jahren ausgeliefert zu haben. Hat Ross dir jemals erzählt, wann er mit der Glasmalerei begonnen hat?"

„Vor sieben Jahren. Aber er hat gesagt, dass er alle Platten auf einmal gekauft habe, weil es so billiger gewesen sei."

„Hat er dir auch gesagt, wie viele?"

„Ich kenne elf Bilder plus ein begonnenes."

„Der Glaser sprach nur von insgesamt fünf – und die auch nicht alle zusammen, sondern erst zwei und dann im Abstand von jeweils einem Jahr." Oleg wirkte nachdenklich.

Viele der vermissten Personen waren ebenfalls im Abstand eines Jahres verschwunden. Hatte Maximilian noch weitere gemalt? Welche, deren Models dies nicht überlebten? Andrea schüttelte ungläubig den Kopf.

„Die genauen Daten konnte er nicht mehr sagen. Die alten Auftragsbücher seien längst irgendwo in einem Keller. Er meinte sich zu erinnern, dass der erste Kauf schon Anfang der Neunziger gewesen sei.“

„Dann kann Maximilian kaum der Käufer gewesen sein.“ Andrea wusste nicht, ob sie sich über diese Schlussfolgerung freuen oder noch beunruhigter sein sollte, als bisher schon.

„Ich weiß. Andererseits glaubst du, dass es zwei Menschen gibt, die genau solche Platten brauchten? Vielleicht hat sich der Glaser auch einfach im Datum geirrt.“

„Vielleicht waren sie für echte Kirchenfenster.“

Oleg lächelte sie breit an. „Du bist gut. Michael hat herausgefunden, dass Anfang der Neunziger die Kirche in Retzow renoviert wurde, und weil überall Geld fehlte, und natürlich besonders für die Kirchen in der ehemaligen DDR, sind dort tatsächlich Mosaikfenster ersetzt worden, die nur als Mosaik gemalt waren. Michael meint, man könne die ersetzten Fenster kaum von den echten Mosaikfenstern unterscheiden.“

„Aber, dann ist doch alles klar. Diese Glasplatten haben nichts mit Ross zu tun."

„Der letzte Kauf war aber erst vor ein paar Jahren, also lange nach der Kirchensanierung. Und das Auftragsbuch hatte der Glaser auch noch da. Mit Lieferanschrift. In seinem Keller archiviert. Er hat uns versprochen, es in der Mittagspause herauszusuchen und will uns danach sofort anrufen." Oleg machte eine bedeutsame Pause.

„Und du meinst, das könnte der Ort sein, wohin sich Ross zurückgezogen hat?"

„Willst du mitfahren?"

„Das fragst du noch?"

„Kannst du die Galerie einfach schließen? Was ist mit Hauswald?"

„Ich treffe mich jetzt sowieso mit meiner Mutter, die Galerie öffne ich abends wieder."

Er stand auf und umarmte sie. Obwohl in diesem Moment ihre Gedanken noch immer aufgeregt um Maximilian Ross schwirrten, verspürte sie sekundenlang die Ruhe und Vertrautheit der gestrigen Nacht. Bei Olegs Berührungen verschwand wie von Geisterhand alle Abwehrspannung, die sie normalerweise reflexartig aufbaute, wenn jemand anders als ihre Eltern sie berührte. Ihr Körperempfinden nahm stark zu, sodass sie jede kleinste Berührung seiner Finger und seines Mundes auf ihrer Haut so intensiv spürte, dass sie sich sofort nach mehr sehnte. Sie zwang sich, einen Schritt zurückzutreten, und sah Oleg prüfend ins Gesicht.

„Du bestimmst Maß und Zeit“, sagte er ungewöhnlich ernst. Sie nickte dankbar und begleitete ihn zur Tür. Als er sich auf der Straße noch einmal umdrehte, warf sie ihm eine Kusshand zu und fand sich selbst dabei erstaunlicherweise gar nicht lächerlich.

Sie sah sich prüfend in der Galerie um. Alle Spuren der gestrigen Vernissage waren beseitigt. Sie schloss die Tür und machte sich auf den Weg zum Ernst-Reuter-Platz. Ein Treffen mit ihrer Mutter fand immer im Berliner Westteil statt, und da ihre Mutter heute nicht mit dem Auto unterwegs war, hatte Andrea ein Café in der Nähe einer U-Bahn-Station ausgewählt.

Das Wetter hatte umgeschlagen. Heute Morgen noch hatte trotz des Regens in der Nacht die Sonne am blauen Himmel gestanden. Jetzt hielt sich ein kilometerdickes Wolkenband über der Stadt, das den Häuserfassaden jegliche Farbe nahm und die Temperatur gefühlte fünf Grad weniger sein ließ, als das Thermometer zeigte. Andrea stieß die Tür zum Café auf, in dem es anheimelnd nach gerösteten Bohnen und frischem Gebäck duftete. Die Tische waren besetzt mit Studenten, die an ihren Laptops arbeiteten, und älteren Geschäftsleuten, die eine Pause zwischen ihren Terminen einlegten. Andrea nahm am letzten freien Tischchen mit altmodischen, aber bequemen Sesseln Platz, und nur eine Minute später fragte eine junge Frau nach ihren Wünschen. Andrea musste lächeln. Es war noch gar nicht so lange her, dass sie in Cafés wie diesem hier den elterlichen Unterhaltsbetrag aufgefrischt hatte. Sie hatte ihre Bestellung noch nicht zu Ende gesprochen, als ihre Mutter durch die Tür trat.

Mit knappen Worten berichtete Giorgia, was in der letzten Woche in ihrem ereignisarmen Leben in Hermsdorf vorgegangen war. „Aber nun zu dir, Andrina, mein Schatz. Konntest du endlich diesen merkwürdigen Maler finden, den du unbedingt ausstellen willst?“

„Noch nicht, aber das ist eine lange Geschichte.“

„Dann erzähl schon. Deshalb freue ich mich doch immer so auf unsere Treffen.“

Andrea berichtete von der plötzlichen Absage des Künstlers, ihrer Vermisstenanzeige und vom Besuch des Profilers. Sie tat, wie zuvor bei Florian Matussek, als hätte sie alle Informationen aus dem vergessenen Ordner in ihrer Galerie. Den Einbruch und die Bedeutung Olegs in ihrem Leben und die Drohbriefe verschwieg sie wohlweislich. Zu Recht, denn ihre Mutter stöhnte bei jedem neuen Fakt, den ihre

Tochter von sich gab, entsetzt auf. Andrea hoffte, ihre Erzählungen würden sich im Unterbewusstsein ihrer Mutter als Warnung einnisten. Abrufbar, sollte dieser Erpresser sie wirklich irgendwo und irgendwann ansprechen.

„Kind. Um Himmels willen. Wo bist du da nur hineingeraten? Beende diese Suche. Auf der Stelle. Schlag dir diese Ausstellung aus dem Kopf. Bitte. Versprich es. Ich kann keine Minute mehr schlafen, wenn du mir das nicht auf der Stelle schwörst." Sie blickte wie ein erschrockenes Häschen um sich und deutete dann eine schnelle Bekreuzigung an. Wie die meisten Italienerinnen war sie katholisch, konnte dies aber nur im Stillen leben. Wie so vieles, dachte Andrea traurig. Ihr Vater bestimmte nicht nur, wo es in der Familie langging, sondern auch, in welche Kirche man zu gehen hatte. Bei jeder Geschäftsreise ihres Mannes, die über einen Sonntag hinausging, besuchte ihre Mutter den Gottesdienst der kleinen katholischen Kirche Maria und hielt auch die Woche über den Kontakt zur Gemeinde.

„Mach dir keine Sorgen, Mama. Wir glauben, dass Maximilian Ross auf keinen Fall als Täter mit dieser Sache zu tun haben kann. Er war viel zu jung, als die ersten dieser Vermisstenfälle auftraten. Wer weiß, aus welchen Gründen er diese Artikel ausgeschnitten hat? Er ist eben ein wenig schwierig. Aber fast alle Künstler, mit denen ich zu tun habe, sind das. Mir geht es nur um seine Bilder." Während sie sprach, wurde Andrea schlagartig bewusst, was diese Aussagen eigentlich bedeuteten. Jemand anderes als Maximilian war der Täter und hatte wohl auch die Drohbriefe geschrieben. Und in diesem Moment wurde ihr klar, dass sie noch heute Florian Matussek informieren würde. Alle Gründe, die das bisher angeblich verhindert hatten, waren Unsinn. Diese ganze mysteriöse Angelegenheit war eine Sache für die Polizei. Nicht für Oleg, nicht für Michael und nicht für sie.

„Wer ist wir?" Die fast schwarzen Augen ihrer Mutter durchdrangen Andrea, und sie biss sich auf die Lippen. Sie fühlte sich von jeher bei ihrer Mutter sicher und war es in ihrer Gegenwart nicht gewohnt, zu überlegen, was sie sagte oder wie sie sich verhielt. Zögerlich erzählte sie von dem Kunden Oleg, der schon ein paar Bilder gekauft hatte, und von seiner Hilfe in dieser Angelegenheit. Ihre Mutter hörte schweigend zu, aber ihre Augen verrieten, dass sie aufmerksam auf die kleinsten Gesten ihrer Tochter achtete.

„Welche Rolle spielt er noch in deinem Leben?"

In Momenten wie diesem verwünschte Andrea das gute Verhältnis zu ihrer Mutter. Was sollte sie jetzt antworten? Es waren alles noch ungelegte Eier. Im selben Moment wusste sie, dass für ihre Mutter allein ihr Zögern Antwort genug war.

„Nein. Die Trennung von Martin ist noch viel zu frisch", sagte sie und hoffte, dass ihre Mutter den energischen Unterton verstand.

Wie immer ignorierte ihn Giorgia. „Dann wende dich an diesen Polizeibeamten. Er hat mehr Erfahrung. Auf keinen Fall suchst du allein weiter nach dem Maler. Versprich mir wenigstens das."

Andrea nickte. Sie hatte sich soeben vorgenommen, genau dies zu tun, und vielleicht sollte sie dem Profiler bei der Gelegenheit auch gleich mitteilen, wohin Oleg und sie nachher fuhren. Sie verwarf die Idee gleich wieder. Oleg hätte sicher wenig Verständnis dafür, dass sie vor seinem Büro mit einem Kriminalbeamten aufkreuzte und er erklären musste, woher er die Informationen hatte.

Sie versuchte, das weitere Gespräch von der Galerie abzuwenden, und fragte nach den Lieblingsnachbarn in derselben Straße in Hermsdorf, drängte ihre Mutter dazu, über die neuesten Pflanzungen im Garten zu reden, und erzählte von Martins Berichten über die Wahnsinnsstadt Singapur. Ihre Ablenkungsmanöver wirkten, und als ihre Mutter das nächste Mal zur Uhr sah, stellte sie erschrocken fest, wie spät es schon war.

„Warum? Was hast du denn noch vor?", fragte Andrea.

„Heute ist doch der Termin bei Professor Jungstein, dem Kardiologen. Ich bin so froh, dass er Papa noch dazwischenschieben konnte. Normalerweise muss man mindestens drei Wochen auf einen Termin warten. Selbst als Privatpatient." Sie winkte heftig in Richtung Bedienung. So entspannt sie die letzten Minuten ihrer Tochter zugehört hatte, so unruhig schien sie jetzt.

Ach Mama. An dich denkst du immer zuletzt, dachte Andrea liebevoll. Sie bezahlten und verließen das Café.

„Warum fährst du nicht gleich zu Papa? Dann kann er nicht mehr kneifen", schlug Andrea vor. Die Firma ihres Vaters befand sich in Wittenau, ein Stadtteil, der genau an der S-Bahn-Strecke lag, die ihre Mutter nehmen würde, um nach Hause zu kommen.

Energisch schüttelte Giorgia den Kopf. „Die Überweisung und die notwendigen Unterlagen von seinem Hausarzt liegen noch zu Hause. Ich habe ja nicht gedacht, dass ich so die Zeit vergesse. Nein, ich fahre jetzt schnell zurück und nehm dann zu Papa das Auto. Oh Gott, hoffentlich ist kein Stau. Melde dich heute Abend auf jeden Fall, mein Schatz. Ich will wissen, wie es mit dieser abenteuerlichen Sache weitergeht, und ruf gleich diesen Kriminalkommissar an, ja?"

„Profiler, Mama. Ja, versprochen. Außerdem rufe ich sowieso an. Schließlich will ich wissen, ob Papas Herz noch an der richtigen Stelle schlägt." Sie zwinkerte ihrer aufgeregten Mutter zu, um sie ein wenig zu beruhigen.

Ihre Mutter entfernte sich in Richtung U-Bahn-Eingang, und Andrea sah ihr nach, bis sie auf der Treppe in den Untergrund verschwunden war. Sollte sie jetzt bereits zu Oleg fahren? Ihr fiel eine Secondhandboutique ein, die hier ganz in der Nähe Designermode führte und in der sie schon oft eingekauft hatte. Eine gute Idee, sich die Pause bis zu ihrem Treffen zu vertreiben.

Eine Stunde später trat sie hochzufrieden wieder auf die Straße. Einen tollen engen Rock hatte sie erstanden; zwei Cashmerepullover für den nahenden Herbst und eine lange weiße Bluse, die hervorragend zu Jeans passte. Ihr schlechtes Gewissen hinsichtlich der nächsten Rate für den Gerichtsvollzieher besänftigte sie mit dem Gedanken, dass die Kleidung schließlich nicht neu war und sie für alle Teile zusammen so viel bezahlt hatte wie für ein neues Stück. Und das musste ja wohl auch in ihrer Lage möglich sein. Sie warf die Tüten in den Kofferraum und beeilte sich, zum Ku'damm zu fahren.

Michael und Oleg waren bereits abfahrbereit.

„Hast du einen richtigen Parkplatz gefunden?"

„Ja", antwortete Andrea.

„Schön, dann lass dein Auto da stehen. Wir fahren zusammen in Michaels Wagen."

Es war Andrea egal, mit welchem Auto sie fuhren, Hauptsache, sie fanden dort tatsächlich Maximilian Ross, und sie konnte endlich mit ihm persönlich sprechen. Oleg setzte sich anstatt auf den Beifahrersitz zu ihr auf die Rückbank. Und obwohl Michael einen geräumigen Range Rover fuhr, saßen sie eng beieinander. Michael grinste ihnen aus dem Rückspiegel zu, und Andrea fragte sich, wie oft er schon seinen Chef, oder was auch immer Oleg für ihn war, mit einer anderen als Frau Wesselov auf der Rückbank chauffiert hatte. Sie widerstand dem Reflex, von ihm wegzurücken, genoss stattdessen die Berührung und erwiderte seinen Händedruck.

Ungeduldig hielt Andrea Ausschau nach den Hinweisschildern. Die Fahrt würde nur eine knappe Stunde dauern, und ihre Aufregung wuchs. Ihr Handy klingelte. Sie kramte es gerade noch rechtzeitig, bevor die Mailbox ansprang, aus der Handtasche.

„Ja, Papa?"

„Mama und ich waren für halb drei verabredet. Sie wollte mich zu diesem Professor schleppen. Aber sie ist noch nicht da. Frau Müller sagt, sie sei von eurem Treffen gar nicht nach Hause gekommen, und sie geht auch nicht an ihr Handy. Kannst du dich erinnern? Hat sie vielleicht gesagt, dass wir uns direkt im Virchow-Krankenhaus treffen? Dann müsste ich jetzt nämlich sofort losfahren. Den Termin zu versäumen würde deine Mutter mir nie verzeihen." Er lachte.

Andrea sah auf ihre Uhr. Es war fast halb vier.

„Nein. Sie wollte nach Hause, die Unterlagen holen und dann zu dir in die Firma. Vielleicht gab es einen Stau, und ihr Akku ist alle? Sie wird bestimmt gleich da sein", sagte sie mit aller Mühe, ihre Stimme ruhig zu halten, denn eine wahnsinnige Angst schnürte ihr die Kehle zu.

17. KAPITEL

Es klingelte. Am liebsten hätte Maximilian es klingeln lassen. Aber es war zu spät. Der Gesichtsausdruck des Mädchens, das ihm für sein letztes Glasbild Modell stand, hatte sich bereits verändert. Fragend sah sie ihn an und wartete auf die erlösende Pause.

Unprofessionell, dachte er. Dafür sollte er bezahlen – und das nicht zu knapp.

„Alisha." Der Ärger verflog, als er sie sah, schelmisch blinzelnd am Rahmen seiner Wohnungstür gelehnt. Seit ihrer gestrigen Rückreise nach Berlin hatten sie sich nicht mehr gesehen. Umso mehr freute er sich.

„Ich weiß, ich stör dich. Aber mir war gerade danach. Sehr schlimm?"

Bevor er etwas erwidern konnte, war sie bereits hereingekommen und küsste ihn. Es war unglaublich. Wie schaffte sie es, dass sich jedes Mal in ihm eine Wärme ausbreitete, wenn er mit ihr zusammen war, als käme er nach einem ausgiebigen Spaziergang im Schnee in ein Wohnzimmer mit Kerzenlicht und Kaminfeuer? Sie war schon fast an ihm vorbei. Er griff nach ihrem Arm und zog sie zurück. Ganz fest drückte er ihren Körper an seinen und bedeckte ihr gesamtes Gesicht mit Küssen. Alisha ließ es lachend geschehen. Bis sie die Frau erblickte, die neugierig in der Tür zum Flur erschien.

„Hi", sagte Alisha freundlich, aber Maximilian hörte das Fragezeichen in diesen zwei Buchstaben. Einen kurzen Moment genoss er die Vorstellung, Alisha könnte eifersüchtig sein, dann beeilte er sich, das Model vorzustellen.

„Das ist Susanne. Ich habe sie bei der Agentur gebucht."

„Hi, Susanne. Ich bin Alisha. Schöner Job."

„Geht so. Kommt auf das Motiv an, das man abgeben soll."

„Du kannst dich kurz ausruhen, Susanne. Wäre gut, wenn du dich danach besser konzentrieren könntest. Willst du einen Kaffee, Alisha?"

Alisha sah ihn erstaunt an und folgte ihm schweigend in die Küche.

„Hattet ihr gerade Stress?"

„Nein, wie kommst du darauf?" Er ging auf sie zu und wollte sie wieder in den Arm nehmen, aber Alisha schob ihn ein Stück von sich. „Ich meine den netten Ton, den du gerade ihr gegenüber hattest", sagte sie.

Er spürte ihren Ärger, aber er verstand ihn nicht. Er hatte sich doch völlig normal verhalten. Was wollte Alisha?

„Ich freu mich, dass du vorbeischaust. Es ist nur schade. Sie kostet eine Menge Geld, und ich wollte mit der Sitzung heute fertig werden. Jetzt werde ich sie noch mal ertragen müssen.“ Er lächelte Alisha an. „Aber für einen Kaffee mit dir mache ich das sogar gerne.“

Sie lächelte nicht zurück. „Stellt sie sich blöd an?“

„Nein, überhaupt nicht.“

„Und trotzdem bekommt sie keinen Kaffee.“

„Neben dem Honorar auch noch ein Kaffee ist nicht drin. Wie war es bei dir? Hast du die Leute getroffen, mit denen du zusammenarbeiten wirst? Wie sind sie? Und bevor du erzählst, gib mir endlich einen richtigen Kuss.“ Er griff in ihre Locken und ließ seine Finger durch die Strähnen tanzen. Er liebte dieses helle Braun, das im Licht golden schimmerte.

„Jedenfalls so okay, dass wir gemeinsam Kaffee trinken.“

Erschrocken zog er seine Hand zurück. Er wünschte sich, sie würde so direkt von sich geben, was sie ärgerte, wie er es von ihr gewohnt war. Er hasste Rätselraten, wenn es um die Gedanken anderer ging. Ganz besonders, wenn es sich dabei um Alisha handelte. Noch niemals hatte sich zwischen ihnen eine Distanz wie in diesem Moment aufgebaut.

Sie tranken schweigend ihren Kaffee, bis Maximilian auf die Uhr sah. Alishas Augen folgten seinem Blick.

„Ich sollte jetzt gehen.“

„Ich muss leider weitermachen. Aber wenn du magst, kannst du gerne bleiben und zusehen. Ich bin mir sicher, du inspirierst mich zu Höchstleistungen.“ Er lächelte sie an und sah, dass sie sich alle Mühe gab, ihren Mund nicht zu verziehen. Er hielt ihren Blick fest, und sie gab die Mühe auf. Was immer Alisha gerade verärgert hatte, jetzt lächelte sie wieder, jetzt war sie wieder bei ihm. Sie nickte und folgte ihm ins Wohnzimmer. Die Balkontür stand offen, und Susanne hatte sich auf einen alten Schemel gehockt und rauchte eine Zigarette. Sie saß da ohne jegliche Spannung des Rückens.

„Rauchen ist ungesund. Nimm bitte deine Position wieder ein“, forderte Maximilian sie auf.

Sofort straffte sich Susannes Rücken. Sie drückte die halb gerauchte Zigarette im leeren Blumenkasten am Balkongeländer aus. Es störte ihn nicht. Er hatte in den ersten Jahren dort Blumen gepflanzt. Als billigen Abklatsch der Pflanzen auf einem Grundstück. Aber das Ergebnis war ihm so lächerlich vorgekommen. Jeden Abend, wenn er mit der Gießkanne versucht hatte, das Wasser mit gemäßigter Geschwindigkeit in die Kästen zu gießen, sodass es weder überschwappte noch sofort durch die Löcher am Boden lief, war er sich vorgekommen, als würde er einem Wesen, das er höchstpersönlich in ein Gefängnis verbannt hatte, gerade so viel an Nahrung geben, dass es nicht sterben durfte. Eines Abends hatte er alle Pflanzen herausgerissen und in den Mülleimer gestopft.

„Du musst deinen Oberkörper mehr nach vorn beugen. Wie oft muss ich das noch wiederholen?“, fragte er ärgerlich. Die Frau war jetzt das fünfte Mal hier und hatte immer noch nicht verstanden, dass sie versuchen sollte, eine imaginäre Glasplatte vor sich zu berühren. Verzweiflung und Angst, die Platte nicht erreichen zu können, sollten sich in ihrer Mimik widerspiegeln – und nicht dieses lächerlich verkrampfte Spiel ihrer Gesichtsmuskeln. Er starrte nur in ihr Gesicht, und während er aus den Augenwinkeln wahrnahm, dass sie ihre Haltung korrigierte, wartete er auf den richtigen Gesichtsausdruck. Er brannte darauf, endlich seine Arbeit abzuschließen. Auch um wieder Zeit für Alisha zu haben, deren Anwesenheit er im Raum spürte, ohne sie sehen zu können. Nur jetzt nicht ungeduldig werden, mahnte er sich im Stillen, sonst würde es noch länger dauern. Diese Models waren alle gleich. Sie meinten, es sei ein leichter Job, sie müssten sich nur irgendwohin stellen, sie selbst sein und ein wenig mit ihrem geistlosen Körper posieren. Dabei ging es darum, Leben darzustellen. In seiner Tiefe, in seiner Höhe, mit allen Abgründen, die sich auftaten, wenn man nur genau hinsah. Man müsste sich Models von der Straße holen, Menschen, die bereits etwas erlebt hatten.

Maximilian spürte, dass sich seine Finger, die den Pinsel hielten, verkrampften. Er atmete mehrere Male tief und regelmäßig ein, ohne den Blick vom Gesicht zu wenden, und als ob sein Atem dem Mädchen Leben eingehaucht hatte, war er jetzt da, der richtige Ausdruck. Der, den er brauchte. Eine Mischung aus Trauer, Fassungslosigkeit, Wut, Angst, ja, bis hin zu Panik. Es war perfekt. Er musste sich beeilen. Sie würde das nicht lange halten können. Wie im Fieber tauchte er ein ums andere Mal mit Pinselspitzen in Farben und setzte die letzten Akzente.

„Du kannst gehen", sagte er nach circa zwanzig Minuten des konzentrierten Arbeitens. Er fühlte sich erschöpft, doch gleichzeitig erleichtert. Er säuberte seine Hände mit einem Tuch und griff dann nach seiner Geldbörse aus dem Ablagekorb unter dem Tisch, zählte drei Hunderteuroscheine ab und reichte sie Susanne. „Das war es. Du musst nicht noch einmal wiederkommen." Er hielt ihr die Scheine hin und sah sich dabei suchend nach Alisha um.

Sie hatte sich auf einen Stuhl neben dem Türdurchgang zum Flur gesetzt. Er erschrak. Alishas Gesicht war blass, und Tränen hatten links und rechts auf den Wangen nasse Spuren gebildet. Sie hielt die Hände übereinandergelegt auf ihrem Schoß. Auch als sich eine erneute Träne aus dem Auge löste, wischte sie ihr Gesicht nicht trocken.

„Alisha. Was um Himmels willen ist passiert? Warum bist du traurig?“ Schnell ging er zu ihr und bedeckte ihr Gesicht mit Küssen. Sie ließ es geschehen, ohne sich zu rühren.

Susanne drängte sich an ihnen vorbei. „Ich geh dann.“

Es ging ein Ruck durch Alisha. Sie schob ihn von sich und ließ sich vom Stuhl rutschen und griff neben sich nach ihrer Tasche. „Warte, ich komme mit.“

„Aber ich habe jetzt Zeit. Wir könnten etwas unternehmen. Wir wollten doch …“ Maximilian brach ab, denn Alisha tat, als sei er nicht anwesend. Sie folgte Susanne, die mit schnellen Schritten bereits im Hausflur war. Einen Moment war er versucht, nach den Wohnungsschlüsseln zu greifen und hinter ihr herzulaufen. Aber als sie sich kurz vor dem Treppenabsatz noch einmal umdrehte, verboten es ihm ihre Augen. Wie in Trance schloss er die Wohnungstür. Er verstand nicht, was gerade passiert war. Er würde sie jetzt eine Weile in Ruhe lassen, und nachher, oder vielleicht besser erst heute Abend, würde er sie anrufen, und dann könnten sie reden. Und ganz sicher würde es ihm gelingen, Alisha zu trösten, was auch immer ihre Seele bedrückte.

Unschlüssig stand er vor seinem Bild. Sollte er weiterarbeiten? Für den Oberkörper und die Handflächen brauchte er kein Model mehr. Wenn er sich konzentrierte, könnte er das Glasbild heute noch fertigstellen. Er hatte in dem Urlaub mit Alisha zwar nicht gefunden, wonach er gesucht hatte. Den Ort, an dem die Glasbilder ihren Anfang genommen hatten. Trotzdem hoffte er, dass dies das letzte der Bilder gewesen war. Mit Alishas Hilfe könnte, ja, würde er es schaffen, endlich mit diesem Kapitel seines Lebens abzuschließen. Natürlich hatte er der Versuchung nicht widerstanden, gestern Abend in der Gubener Straße vorbeizugehen und sich das Spektakel in der Galerie von der gegenüberliegenden Straßenseite anzusehen. Wie schön war die Vorstellung, die vielen Besucher, die gefüllten Gläser und die schöne Galeristin würden sich dort zusammenfinden, um seine Leinwandbilder zu feiern! Wie schmerzhaft die Erkenntnis, dass er das nicht zulassen durfte!

Er spürte, dass er die notwendige Konzentration an diesem Nachmittag nicht mehr würde aufbringen können und griff nach Geldbörse und Schlüsseln. Im Hof befreite er sein Fahrrad von der dicken Eisenkette und machte sich auf den Weg in den Park.

Nach unzähligen Versuchen, Alisha auf ihrem Handy zu erreichen, gab er auf. Sie wollte nicht mit ihm sprechen. Er würde das akzeptieren müssen. Sollte er bei ihrer WG vorbeifahren? Der Gedanke, dass ein beliebiger Mitbewohner ihn an der Tür schon abwies, obwohl Alisha in ihrem Zimmer saß, ließ ihn mutlos den Plan wieder aufgeben. Er radelte planlos durch die Straßen und grübelte über Alishas Verwandlung und die möglichen Gründe. Mit einem Mal fand er sich unter dem Schild der Straße wieder, in der Alisha wohnte. Er lächelte. So stark konnte das Unterbewusstsein einen Menschen lenken.

Wie gestern Abend stand er auf der gegenüberliegenden Straßenseite. Er erinnerte sich an seinen Besuch, als sie ihre Reisetasche geholt hatten, ging im Geist den Weg durch den Hausflur und von der Wohnungstür zu Alishas Zimmer. Das Fenster dort musste es sein. Ein blasser Lichtschein wie der einer Nachttischlampe schien durch das Glas. Er stellte sich vor, wie sie in ihrem hölzernen Hochbett lag und traurig an die Decke starrte. Wie gerne würde er jetzt neben ihr liegen und mit seiner Wärme ihre Traurigkeit verscheuchen! Seine Finger umfassten stärker den Lenker, schon wollte er die Straße überqueren, um nach dem richtigen Klingelknopf zu suchen, als das Licht erlosch. Er blieb stehen. Gleich morgen früh würde er herkommen, noch bevor sie das Haus verließ. Vielleicht konnte er sie begleiten, und gemeinsam würden sie auf dem Weg gegenseitig ein bisschen Hoffnung tanken. Sie musste einfach wissen, dass er für sie da war.

In dem Moment, in dem er sein Rad besteigen und nach Hause fahren wollte, öffnete sich die Hauseingangstür, und Alisha und eine andere junge Frau traten auf die Straße. Im letzten Moment konnte sich Maximilian zurückhalten, laut ihren Namen zu rufen und zu ihr zu rennen. Es war bereits später Abend. Warum ging Alisha jetzt noch weg? Sie hatte morgen früh einen Termin beim Jobcenter, und er wusste, sie würde pünktlich sein.

Wie von unsichtbarer Schnur gezogen, folgte er den beiden Frauen, durch die vorbeifahrenden Autos auf der vierspurigen Straße und durch die Dunkelheit des Gehweges vor einer Entdeckung geschützt. Er sah, wie die beiden miteinander sprachen, hin und wieder klang ein Lachen zu ihm herüber. Aber es war nicht der helle warme Klang, der Alishas Lachen normalerweise auszeichnete.

Die beiden bogen in die Kreuzbergstraße ein. Du meine Güte, sie würden doch jetzt nicht in vollständiger Dunkelheit im Victoriapark spazieren gehen wollen? Erleichtert stellte er fest, dass die Frauen vorbeiliefen, um kurz darauf die Straße zu überqueren. Maximilian fühlte sich ertappt. Gleich würde Alisha ihn erkennen müssen. Aber ihr Blick blieb starr auf die Kneipe gerichtet, die sich kurz vor ihnen befand. Er wusste nicht, ob er erleichtert oder enttäuscht sein sollte. Doch im letzten Moment, bevor sie das Innere der Kneipe betrat, drehte sich Alisha noch einmal um. Als sich ihre Blicke trafen, nahm er einen Ausdruck wahr, den er noch nicht an ihr kannte. Er ging lächelnd auf sie zu. Aber sie lächelte nicht zurück.

„Ich dachte, du hättest kapiert, dass ich dich heute nicht mehr sehen will. Ich hätte deinen Anruf sonst wohl kaum mehrfach weggedrückt." Ihre Stimme klang hart.

„Okay. Ich kehre sofort um und lass dich in Ruhe. Sag mir bitte nur, dass dein Stimmungswechsel nichts mit uns beiden zu tun hat. Dann werde ich in Ruhe warten, bis es dir besser geht und du mich wiedersehen willst."

Alisha kam mit langsamen Schritten auf ihn zu. Ihre Augen blitzten förmlich. „Die Frage ist jetzt nicht dein Ernst, oder?"

„Doch, ich habe nicht … Ich weiß …", stotterte er.

„Du hast diese Susanne wie den letzten Dreck behandelt. Wie einen Gegenstand, den du benutzt und danach wegwirfst. Ich glaube nicht, dass ich mit einem Mann zusammen sein will, der dermaßen frauenverachtend ist."

„Frauenverachtend? Aber Alisha. Das kann jetzt nicht dein Ernst sein. Ich und frauenverachtend? Ich habe mich in dich verliebt. Ich würde alles für dich tun. Ich habe meine Mutter geliebt. Sie war die tollste Frau, die ich kenne. Die ich kannte. Bis du …"

„Frauenverachtend oder menschenverachtend. Das ist mir gerade scheißegal. So behandelt man jedenfalls keinen Menschen. Ich weiß nicht, ob ich damit klarkomme. Das passt einfach nicht zusammen mit der Art, wie ich dich kennengelernt habe. Ich melde mich. Lass mich so lange in Ruhe, ja?“

Bei ihren letzten Worten konnte Maximilian ansatzweise den gewohnten Klang ihrer Stimme heraushören. Das gab ihm mehr Hoffnung als ihr Versprechen, sich irgendwann wieder zu melden.

Trotzdem setzte er sich wie betäubt auf das Rad und fuhr mit zunehmender Verzweiflung nach Hause. Wie konnte sich Alisha mit dem Model Susanne vergleichen? Wie konnte sie sein Verhalten ihnen gegenüber vergleichen? Zwischen einer Freundin und einem Model lagen Welten. Deshalb konnte er sich schon seit Anbeginn ihrer Beziehung nicht mehr vorstellen, Alisha zu malen, obwohl sie schon ein paar Mal kokett mit diesem Vorschlag gespielt hatte. Verstand sie das denn nicht? Niemals wäre er in der Lage, Alisha zu zwingen, ihre seelischen Abgründe aufzutun, wie er es von einem Model verlangte, verlangen musste.

Als er im Bett lag, griff er sein Handy und rief Alishas Nummer auf. *Bitte Alisha, beweg dich nicht in diese Richtung.* Das würde kein gutes Ende nehmen, für dich nicht und für mich nicht, flehte er den Namenszug auf dem Display an, als könnte er ihr so eine Nachricht senden.

Kurz bevor er einschlief, fasste er einen Entschluss. Er musste aufhören mit den Glasbildern. Morgen früh würde er seine Suche wieder aufnehmen. Ohne Alisha. Und dieses Mal würde er nicht aufgeben.

„Es darf nichts passiert sein", flüsterte Andrea unter Tränen. „Er hat doch geschrieben, eine Woche."

Oleg hielt ihre Hand, während sie überlegten, was passiert sein könnte, dass ihre Mutter weder ans Handy ging noch in der Firma ihres Vaters angekommen war.

„Deine Mutter ist eine warmherzige Frau?"

Andrea verstand den Sinn der Frage nicht, nickte aber.

„Vielleicht war es gar nicht sie, der etwas passiert ist, sondern einer Bekannten, die sie getroffen hat, einem Mitreisenden, irgendein Mensch, der dringend Hilfe brauchte, und deine Mutter gab sie ihm."

„Warum geht sie dann nicht ans Handy?"

„Kein Akku, oder sie hat es verloren?"

„Meine Mutter würde jemand anderen bitten, sein Handy zu benutzen, nur um Bescheid zu sagen. Hast du eine Ahnung, wie wichtig ihr dieser Arzttermin war?"

„Andrea, selbst wenn etwas mit deiner Mutter geschehen ist, muss es noch nichts Schlimmes sein. Der Kreislauf? Ein gebrochenes Bein? Dinge, die man reparieren kann."

Andrea nickte nur. Er sprach weiter leise und beruhigend auf sie ein, und sie nahm es dankbar zur Kenntnis. Doch je näher sie ihrem Elternhaus kamen, umso schweigsamer wurde Oleg. Es schien ihr sogar, als würde er den Blickkontakt mit ihr meiden. Er hielt zwar nach wie vor ihre Hand, sah dabei aber ständig aus dem Fenster.

„Oleg?"

Er drehte den Kopf zu ihr und lächelte sie an. Aber es war nicht sein gewohntes Lächeln.

„Ich werde sofort, wenn wir bei meinem Vater sind, auf meiner Homepage einen großen Hinweis schalten, dass die Ausstellung Maximilian Ross abgesagt ist. Und eine Pressemitteilung verschicke ich auch. Und meine Mailingliste ..."

Die Vorstellung, der Erpresser könnte vielleicht sogar auf ihrer Mailingliste stehen, getarnt als irgendein Interessent an ihrem regelmäßigen Newsletter, machte das Grauen ihrer Befürchtungen nur noch schlimmer. Sie versuchte sich auf ihre Eltern zu konzentrieren, und überlegte, welche Schritte getan werden konnten, sollte ihre Mutter noch immer nicht wieder aufgetaucht sein. Was zu vermuten war, denn ihr Vater hatte zugesagt, sie selbstverständlich sofort anzurufen. Sie kontrollierte den Empfang ihres Handys. Er war einwandfrei.

Im Rückspiegel beobachtete sie, wie Michael und Oleg Blickkontakt hielten. Fast unmerklich nickte Michael und konzentrierte sich dann wieder auf die Fahrbahn vor ihm.

„Wenn ihr was wisst, dann sagt es verdammt noch mal", schrie sie die beiden Männer an.

„Nein, wir wissen nichts, Andrea. Aber wir haben uns eine Menge Gedanken gemacht. Es kann sein, dass wir dabei völlig falschliegen und dich dann nur unnötig ängstigen."

„Noch mehr ängstigen könnt ihr mich nicht." Andrea spürte, wie sie kurz davor war, in Tränen auszubrechen. Sie sah gehetzt von Michael zu Oleg und wieder zurück.

„Bisher sind wir davon ausgegangen, dass Maximilian Ross kein Serienmörder ist. Aber diesen, wenn es ihn denn überhaupt gibt, kennt. Doch das heißt nicht, dass diese Erkenntnisse irgendetwas mit dir und den Drohungen gegen dich zu tun haben. Es kann genauso gut, darüber haben wir gesprochen, ein Konkurrent sein, zum Beispiel der Maler, dessen Ausstellung du verschoben hast, irgendein Spinner aus der Branche oder eben Ross selbst. Denn so ganz dicht scheint er ja auch nicht zu sein."

„Wenn aber der Serienmörder selbst durch die Presse von der Ausstellung wusste", ergänzte nun Michael, „und vielleicht irgendwie mitbekommen hat, wie intensiv wir nach dem Maler suchen, dann könnte es doch sein, dass er sich durch die Glasbilder oder durch Maximilian selbst bedroht fühlt. Ich habe nicht die Spur einer Ahnung, warum er sich durch Bilder bedroht fühlen könnte, aber irgendeine Verbindung zwischen den beiden muss es ja schon vor Ihnen gegeben haben."

„Und in diesem Fall hieße das, dass der Serienmörder der Briefeschreiber war. Und Serienmörder ticken nicht richtig im Kopf. Wir können uns also nicht darauf verlassen, dass die Wochenfrist ..."

Weiter musste Oleg auch nicht sprechen. Wie in Zeitlupe hatten sich Michaels und seine Ausführungen zu der einzig möglichen Schlussfolgerung zusammengetan, die heute bereits den ganzen Tag über in Andreas Kopf spukte und weshalb sie sich fest vorgenommen hatte, heute noch Florian Matussek alles zu erzählen, was sie bisher verschwiegen hatte. Das Verschwinden ihrer Mutter war ebenso wenig Zufall wie alles andere. Der Erpresser hatte es angedroht und nun früher als gedacht zugeschlagen. Und der Erpresser war ein Mörder. Ein Serienmörder. Dieser Gedanke schien ihr den Atem nehmen zu wollen. Der Druck in ihrer Brust wuchs sich zu einem Eisenring aus, der sie zu zerquetschen drohte. Die Tränen, die sich gerade gebildet hatten, trockneten schon, bevor sie die Augen ganz gefüllt hatten. Und die gleiche Trockenheit ließ ihre Stimme rau und brüchig werden.

„Wollt ihr mir dieses Horrormärchen weismachen, damit ich froh bin, wenn meiner Mutter ein Unfall oder sonst etwas passiert ist; Hauptsache nicht das, was ihr da ausmalt? Dann ist euch das gelungen. Herzlichen Glückwunsch."

Michael schwieg.

„Wir sind gleich da, und wir werden abwarten, was dein Vater herausgefunden hat", sagte Oleg.

Nichts, nichts hat Papa herausgefunden, sonst hätte er längst angerufen, schoss es Andrea durch den Kopf, und ihre Finger verkrampften sich um das Handy, das sie auf dem Schoß hielt.

Wortlos umarmte sie ihren Vater, der gehetzt aussah. In der Ecke des Eingangsflures stand Frau Müller. Die Haushälterin hatte schon längst Feierabend. Aber natürlich war sie dageblieben. Verängstigt wie Andrea auch. Sie war schon im Haus gewesen, als Andrea noch ein Kleinkind gewesen war. „Andrina, ging es deiner Mutter denn gut, als du sie heute Mittag gesehen hast? Du weißt doch, ihr Blutdruck", fragte Frau Müller, kaum dass Andrea ihren Vater losgelassen hatte.

„Doch, Mülli, es ging ihr sehr gut. Es muss eine andere Erklärung geben. Papa. Das ist Herr Wesselov. Ihr kennt euch von der Vernissage Hauswald. Wir waren gerade gemeinsam unterwegs, als dein Anruf kam. Er wird uns helfen, Mama zu finden."

„Guten Tag, Herr Wesselov." Gerhard Wahrig reichte Oleg die Hand und wandte sich sichtlich verwirrt an Andrea. „Wie meinst du das? Helfen. Wobei? Ich denke, das hier ist eher eine Privatangelegenheit."

„Gleich, Papa. Ich erkläre es dir. Ich muss nur erst etwas extrem Wichtiges tun." Sie zog ihr MacBook aus der Tasche, stellte die Verbindung ins WLAN des Hauses her und rief die Administration ihrer Homepage auf. Während sie hastig eine Mitteilung online stellte, dass leider aus Krankheitsgründen die geplante Vernissage des Künstlers Maximilian Ross nicht stattfinden würde, redete ihr Vater ununterbrochen auf sie ein.

„Deine Mutter ist verschwunden. Ich sterbe vor Angst, und du hast nichts Besseres zu tun, als irgendetwas an deiner Seite zu basteln? Könntest du mir bitte erst einmal erklären, was los ist. Warum kommst du mit einem wildfremden Mann in mein Haus? Wie stellst du dir ...?"

Andrea hörte nicht mehr zu. Hastig griff sie zum Telefon und wählte die Nummer von Florian Matussek. Nur die Mailbox. „Herr Matussek. Hier Andrea Wahrig, die Galeristin aus der Gubener Straße. Sie erinnern sich: der vermisste Maler. Bitte rufen Sie mich zurück." Andrea ging ins Esszimmer und senkte ihre Stimme. „Es geht im wahrsten Sinne des Wortes um Leben und Tod. Bitte! Melden Sie sich, sobald Sie das hier gehört haben." Zurück im Wohnzimmer ignorierte sie weiterhin die fragenden Blicke ihres Vaters. „Ich habe die Polizei gerufen."

Vom Türrahmen jammerte Frau Müller. „Die Polizei? Mein Gott, Andrina, du meinst, es ist ihr ernsthaft etwas passiert?"

„Papa, ihr habt die Krankenhäuser schon angerufen? Ihren Hausarzt? Mülli, hast du alle Bekannten und Freundinnen erreicht?" Das erste Mal in ihrem Leben las sie nicht, wie sich Kriminalkommissare in einem solchen Fall verhielten, sondern sie lebte es. Alle ihre Sinne waren auf Handlung gerichtet. Auf Aktivität. Würde sie still hier im Wohnzimmer stehen bleiben, käme es ihr vor, als sähe sie jemanden verbluten, ohne den Arzt zu rufen. Außerdem würde sie weinend zusammenbrechen, wie es Mülli gerade tat. Das konnte sie weder ihrem armen Vater antun, der von einem gestandenen Geschäftsmann zu einem in seiner Hilflosigkeit wütenden Ehemann geworden war, noch ihrer Mutter, die sich aller Wahrscheinlichkeit nach in den Fängen eines Wahnsinnigen befand. *Mein Gott. Ich lese nie wieder Krimis, wenn das hier gut ausgeht.*

Das Telefon klingelte, noch bevor sie zu irgendwelchen Erklärungen gegenüber ihrem Vater ansetzen konnte. Was und wie hätte sie diesen Irrsinn auch erklären können?

„Hier ist Florian Matussek", hörte sie am anderen Ende. Sie deutete ihrem Vater an, dass es nicht seine Frau war, und flüchtete in den Flur. Frau Müller wollte ihr folgen. Aber sanft schob Andrea sie zurück ins Wohnzimmer und schloss die Tür. Mit hastigen Worten erzählte sie dem Profiler die Ereignisse und die ihm bisher verschwiegenen Informationen. Er sagte zu, sofort zu kommen.

„Soll ich trotzdem die Polizei rufen?"

„Das erledige ich von unterwegs. Versuchen Sie unterdessen alle privaten möglichen Erklärungen für das Verschwinden Ihrer Mutter auszuschließen. Spätestens in einer halben Stunde bin ich bei Ihnen." Sie legten auf.

Aus dem Wohnzimmer hörte sie ihren Vater schreien. Sie öffnete die Tür und sah ihn mit hochrotem Kopf unmittelbar vor Oleg stehen, der sich achselzuckend zu ihr umdrehte. „Was bilden Sie sich ein, meine Tochter und meine Frau in Ihre Machenschaften hineinzuziehen. Ich warne Sie. Ich mache Sie fertig, wenn das hier nicht zu einem guten Ende kommt."

„Beruhige dich, Papa." Sie drängte ihn von Oleg weg und zwang ihn, sich auf die Couch zu setzen. Sie warf Oleg böse Blicke zu. Warum hatte er auch schon begonnen, ihren Vater aufzuklären, welch schreckliche Vermutungen sie hegten? „Oleg ist ein Freund. Nicht unser Feind. Er hat mir sehr geholfen, und er wird uns auch jetzt helfen, wenn er kann. Und er hat mit der Sache wirklich nicht das Geringste – hörst du? – nicht das Geringste zu tun.“ Sie wandte sich zu Frau Müller. „Mülli, könntest du uns bitte einen Kaffee machen? Gleich eine große Kanne, ja?“

Andrea staunte über sich selbst. Hier drehte sich gerade etwas gewaltig an der gewohnten Konstellation in diesem Haus. Ihr Vater saß wortlos auf dem Sofa – und Oleg? Es schien beinahe, als hätte der Wutausbruch ihres Vaters ihn eingeschüchtert. In dem menschlichen Dilemma um ihn herum verlor sich jede geschäftsmäßige Routine. Sie dagegen delegierte. Ein Gefühl der Stärke durchzog sie, und sie wusste, dass sie sich auf dieser Stärke keine Sekunde ausruhen durfte, sonst würde sie wie ein Häufchen Elend neben den beiden Männern sitzen.

Frau Müller brachte einen starken Kaffee, und der half Andrea, endlich ihrem Vater mit ruhigen Worten alles zu erzählen, was sie wussten. Egal, wie schonend sie das versuchte, nahm mit jedem ihrer Worte der Schrecken bei ihrem Vater und Frau Müller zu. Sie ignorierte ihre Fragen – was hätte sie auch für Antworten? – und berichtete weiter bis zum Ende. Nach einer Weile des Schweigens, die keiner zu unterbrechen wagte, stand ihr Vater auf. Seine Stimme begann leise und schwoll immer weiter an. „Deine verdammte

Galerie. Deine verdammten Künstler. Diese Arschlöcher, die meinen, mit ihren Klecksen könnten sie die Welt schöner machen. Elende Spinner sind das. Lebensuntaugliche Idioten, die hinter der Kunst verstecken, dass sie nichts zustande bringen. Und du hofierst diese Idioten. Jetzt siehst du, wo du deine Mutter damit hingebracht hast."

Der Berg aus Stärke, auf dem sie noch eben gestanden hatte, rutschte unter Andreas Füßen weg, als sei er aus Puderzucker. So also dachte ihr Vater über sie. Aber egal, was er im Einzelnen gesagt hatte, der Kern seiner Aussage, sie sei schuld an der Gefahr, in der ihre Mutter schwebte, stimmte und erstickte jeden Widerspruch. Auch Oleg und Frau Müller waren aufgestanden. Die Haushälterin ging auf Gerhard Wahrig zu. „Herr Wahrig. Ich bitte Sie. Was kann denn Ihre Tochter dafür?", flüsterte sie und legte die Hand auf seine Schulter. Oleg stellte sich neben Andrea, eigentlich halb vor sie.

„Was macht eigentlich Michael?", fragte sie leise.

„Er sitzt im Auto und ruft einige Leute an, die bei der Suche helfen könnten."

Gerhard drehte sich um, ohne auf Frau Müllers Besänftigungsversuche zu achten. „Wer ist Michael? Mit welchen Leuten telefoniert er? Hat das etwas mit meiner Frau zu tun? Dann möchte ich das bitte jetzt sofort wissen."

Es war offensichtlich, dass ihr Vater den Blickkontakt zu ihr mied. Er sah nur Oleg herausfordernd an.

„Michael ist ein Mitarbeiter Olegs. Er hat gute Kontakte", antwortete Andrea, bevor Oleg es tun konnte. Das erste Mal am heutigen Abend ging ein leichtes Schmunzeln über Olegs Mund. Er stand jetzt dicht neben ihr und griff unauffällig ihre Hand und drückte sie.

„Kontakte zu Serienmördern und irren Malern, ja?"

„Herr Wahrig, glauben Sie mir bitte mein vollstes Verständnis für Ihre Erregung. Aber ich stehe auf Ihrer Seite und auf der Ihrer Tochter. Dieser Mitarbeiter trommelt ein paar Leute zusammen, falls wir einen Anhaltspunkt für den Aufenthaltsort des Malers oder Ihrer Frau haben sollten. Wir wollen keine Zeit verlieren."

„Überlassen Sie das bitte der Polizei, und halten Sie sich da raus."

Das Klingeln an der Haustür enthob Andrea einer Reaktion. Draußen standen Florian Matussek und zwei uniformierte Beamte.

„Was passiert denn jetzt?", fragte Gerhard Wahrig, nachdem Andrea und Oleg, was sie wussten, auch Matussek ausführlich berichtet hatten.

„Ich kann Ihnen leider nicht verhehlen, dass dieser Fall auch für uns schwierig ist. Wir haben gestern eine Sonderkommission gegründet. Da wir durch die Hinweise, die Ihre Tochter in der Wohnung des Künstlers gefunden hat, von einem Zusammenhang vieler ungeklärter Vermisstenfälle ausgehen müssen. Der Maler steht zu diesen Fällen in einer uns nicht bekannten Beziehung."

„Wenn wir nur wüssten, in welcher!", unterbrach Andrea ihn.

„Es sind bisher leider nur reine Vermutungen, zu denen ich mich im Moment nicht äußern möchte. Auf jeden Fall konzentriert sich die Suche auf den Maler Maximilian Ross alias Clemens Borchert. Wenn wir ihn finden, werden wir mehr wissen. Frau Wahrig, haben Sie die Unterlagen, die Sie uns, sagen wir mal, verschwiegen haben, bei sich?"

Gerhard Wahrig stöhnte auf. „Es wird ja immer besser. Heißt das, meine Tochter hat wichtige Beweismittel unterschlagen, mit deren Hilfe Sie den Maler schon längst gefunden hätten?"

„Nein, das bedeutet das nicht. Ihre Tochter ist erst seit Kurzem im Besitz dieser Unterlagen, von denen wir die meisten von ihr erhalten haben und weswegen gestern die Sonderkommission ihre Arbeit aufgenommen hat."

„Ich habe die Unterlagen in der Galerie. Aber was ist mit der Adresse, die ich Ihnen gegeben habe? Wohin wir unterwegs waren, als mein Vater anrief?", antwortete Andrea.

Matussek schüttelte den Kopf. „Ein leer stehender, verfallener Bauernhof in der Nähe des Elternhauses Borchert, keine Spuren, dass dort in den letzten Wochen oder Monaten jemand gewohnt haben könnte. Es tut mir leid."

Er reichte Andrea, ihrem Vater und Oleg Visitenkarten mit handschriftlicher Ergänzung. „Hier ist die Nummer, unter der Sie rund um die Uhr jemanden von der Sonderkommission erreichen können. Egal, was Ihnen noch einfällt oder wer sich bei Ihnen meldet, rufen Sie uns bitte an. Wir gehen nicht davon aus, dass sich ein Entführer bei Ihnen melden wird. Trotzdem wird ein Kollege hierbleiben, falls das doch geschieht oder Sie Hilfe benötigen. Könnten wir gleich in die Galerie fahren, Frau Wahrig?"

Sie nickte.

„Ich habe mein Handy ununterbrochen bei mir. Wir rufen uns gegenseitig an, sobald einer etwas Neues weiß, Papa."

„Du kommst nicht wieder nach Hause?"

Sie schüttelte den Kopf. „Ich kann hier nichts helfen."

Oleg und sie folgten Florian Matussek. An der Haustür drehte sie sich zu Frau Müller um. „Könntest du es irgendwie einrichten und hierbleiben?"

„Selbstverständlich mache ich das. Nimm es dir nicht so zu Herzen, was er gesagt hat. Er macht sich Sorgen."

„Die mache ich mir auch. Pass ein wenig auf ihn auf, ja?“ Andrea küsste sie zum Abschied.

„Sie wissen schon, Frau Wahrig, dass ich Ihnen ein Nachspiel wegen des Einbruchs und der falschen Angaben bei der Vermisstenanzeige nicht ersparen kann?“, fragte Florian Matussek, als sie auf der Straße standen.

„Das dürfte jetzt nicht das Wesentliche sein“, entgegnete Oleg schroff.

„Es war aber das Wesentliche, lieber Herr Wesselov. Bis Clemens Borchert auf der Bildfläche erschien, gab es lediglich meine persönliche Theorie, dass sich hinter einem gemeinsamen Datum von vermissten Personen ein Serienmörder verstecken könnte. Man hat mir an höherer Stelle diesen Verdacht nicht abgenommen, weil es keinerlei weitere Gemeinsamkeiten gab. Jährlich werden hunderttausend Menschen in Deutschland als vermisst gemeldet. Aber mit Clemens Borchert und den Drohbriefen gegen Frau Wahrig haben wir jetzt unter Umständen einen Schlüssel zu dem Ganzen. Und der erste Drohbrief ist nach ihren eigenen Angaben bereits vor über einer Woche eingetroffen. Lassen Sie uns also keine Zeit mit irgendwelchen Rechtfertigungen vertun, warum Sie wertvolle Informationen verschwiegen haben. Frau Wahrig? Wir treffen uns in Ihrer Galerie?“

Andrea war kaum in der Lage zu nicken. Sie trug die Schuld an der Entführung ihrer eigenen Mutter. Ihr Vater hatte vollkommen recht. Dieser Gedanke hämmerte in ihrem Kopf, als schlüge jemand eine Riesenmetallglocke neben ihrem Ohr. Dass sie niemals wieder verstummen würde, war sich Andrea in diesem Moment sicher.

19. KAPITEL

Weder Andrea noch Giorgia Wahrig hatten bemerkt, dass er sie bis ins Café am Ernst-Reuter-Platz verfolgt hatte. Er war ein Meister des Beobachtens. Der Rest war ein Kinderspiel gewesen. Er war mit dem Auto zur S-Bahn-Station Hermsdorf gefahren und hatte in aller Seelenruhe gewartet, ob Andreas Mutter vorhatte, nach Hause zu fahren. Als er sie aus dem Gebäude kommen sah, war er mit dem Auto in Richtung ihrer Adresse gefahren. Er kannte inzwischen die einsamen Straßen, wusste, wo die geeigneten Stellen auf ihrem Nachhauseweg lagen. Er war eben gut in dem, was er tat. Und doch war alles anders als sonst. Er kannte ihren Namen. Außerdem war sie schwer gewesen, und er war in Schweiß gebadet, bevor sie in der Senkrechten hing und alle Gurte saßen. Es hatte Zeit gekostet und Kraft, und inzwischen war es bereits einundzwanzig Uhr. Zeit für die Vorbereitung der Platte. Farben und Stifte hervorholen. Kontrollieren, ob es noch genug Kerzen in der Kiste gab. Doch unfähig, zu planen, holte er die Pritsche hervor und legte sich darauf.

Wie ein Murmeltier hatte er geschlafen, als ihre Schreie ihn weckten. Sie sagte nichts. Sie schrie nur. Laute und schrille Schreie, die durch das Gewölbe hallten. Seine Schläge ins Gesicht halfen nichts, und auch die Drohungen mit dem

Messer zeigten keine Wirkung. Schließlich riss er einen Lappen entzwei und zwängte ihn als Knebel in ihren Mund. Vorsichtig, damit sie nicht erstickte. Wie gelähmt stand er vor ihr und wusste nicht, ob er imstande war zu tun, was er tun musste, wenn es ihm noch nicht einmal gelang, ihre Stimme auszublenden. Der Schlaf hatte nicht die ersehnte Kraft zurückgebracht. Im Gegenteil. Er fühlte sich bleiern, und es schien ihm, als liefe alles in seinem Körper in Zeitlupe.

Er stieg nach oben, stellte sich genau in die Mitte der Hoffläche, die hufeisenförmig von seinem Haus und den Nebengebäuden umschlossen wurde, und atmete tief durch. Immer wieder. Am Horizont zeigte sich das erste Grau des Tagesanbruchs. In der Verfassung, in der er war, würde er nichts Gutes zustande bringen. Es war doch ein Fehler gewesen, sie als Bild zu wählen. Er hatte sich durch die Ähnlichkeit mit seiner Mutter hinreißen lassen. Aus dem Auto holte er die Schachtel mit den Schlaftabletten und aus dem Haus ein Glas Wasser. Mit beidem ging er wieder in die Gruft. Er zog ihr den Knebel aus dem Mund, darauf gefasst, dass sie sofort wieder schreien würde. Aber sie weinte lautlos.

„Ich bin müde und muss noch ein paar Stunden ausruhen. Das hier sind Schlaftabletten. Es liegt an Ihnen, sich die nächsten Stunden durch Schlaf leichter zu machen. Trinken Sie oder lassen Sie es bleiben."

Er flößte ihr langsam die Flüssigkeit ein, und Giorgia trank mit kleinen Schlucken, ihre dunklen Augen unverwandt auf ihn gerichtet. Er konnte ihre Blicke kaum ertragen, und rasch ließ er sie allein.

Es war fast schon Mittagszeit, als er in seinem Schlafzimmer erwachte und einen Augenblick brauchte, bis die Erinnerung klar war. Er fühlte sich munter und kräftig und kehrte ermutigt ins Gewölbe zurück.

Sie war bereits wach und sah ihm entgegen, überraschenderweise vollkommen ruhig, als wäre in den letzten Stunden alle Angst aus ihr gewichen. Das Make-up ihrer Augen war verwischt und hatte blassschwarze Streifen hinterlassen. Aber ihre Augen selbst waren trocken und klar. Wie er vermutet hatte, waren sie tiefbraun, fast schwarz. Wieso schminkte sie sich? Sie war wunderschön.

„Sie malen wie ein junger Mann namens Maximilian Ross", sagte sie heiser.

„Wohl kaum."

„Doch. Wissen Sie, meine Tochter ist Galeristin. Sie sollten sich einmal mit ihr treffen." Sie hustete.

„Billige Kopien."

„Dann kennen Sie den jungen Mann?“

Er schwieg.

„Könnten Sie mir einen großen Gefallen tun? Der eine Gurt. Er drückt mir zu sehr auf die Brust. Könnten Sie ihn etwas lockern? Und ein Glas Wasser.“

„Vielleicht soll ich Sie auch noch füttern?“

„Sie sehen nicht aus wie jemand, der Freude am Leid anderer hat. Gewalt ist primitiv. Und Sie sind alles andere als primitiv. Das sehe ich. An Ihnen, an Ihren Bildern. Ich bin sicher, Sie machen das hier aus ganz anderen Gründen.“ Giorgia deutete mit Bewegungen der Augäpfel auf die Fenster gegenüber. „Sie glauben an Gott, nicht wahr?“

„Wenn ich das nicht täte, hätte ich nicht seine Fähigkeiten gelernt.“

„Sind wir nicht alle Werkzeuge des Herrn?“

Sie verstand gar nichts. Mochte sie sich als ein Werkzeug fühlen. Für seine Hände würde sie es auf alle Fälle sein. Aber er ließ sich nicht mehr von einem Gott benutzen. Darüber war er lange hinweg. Wie oft war er in die Kirche gegangen! Hatte dort vergeblich Halt gesucht, als er von einer Minute zur anderen seine gesamte Familie verlor.

„Du Mörder. Gib mir meine Frau und mein Enkelkind wieder“, rief sein Vater immer und immer wieder, und weil er das nicht konnte, war er fortan für ihn ebenfalls gestorben. Dabei trug er keine Schuld an diesem Unfall. Sie hatten einfach nur nicht auf ihn gehört. Und er musste im Gegensatz zu ihnen weiterleben. Ein erbärmliches Leben. Jeden Winter, der kalt genug war, das Wasser der kleinen Seen zu gefrieren, zog es ihn dorthin. Und eines Tages sah er sie: Beate. Er drehte sich suchend nach Marc um. Und nach seiner Mutter. Sie waren doch zusammen gefahren. Er wollte nicht glauben, dass die Frau angeblich nicht wusste, wer er war. Doch plötzlich traf ihn die Erkenntnis wie ein brutaler Schlag. Natürlich konnte die Frau ihn nicht erkennen. Sie war nicht Beate. Beate war tot. Eine ohnmächtige Wut erfasst ihn, und er folgte der Frau.

„Der Gurt … könnten Sie … bitte …? Wissen Sie, je älter man als Frau wird, umso empfindlicher werden die Brüste. Aber das kennen Sie ja bestimmt von Ihrer Mutter."

Er starrte sie an. Unfähig, etwas zu antworten. Wie konnte sich diese Frau im Entferntesten mit seiner Mutter vergleichen? Niemals hatte er sich mit ihnen unterhalten. Er hätte es besser wissen und es in der Nacht zu Ende bringen müssen. Beate hatte keine empfindlichen Brüste gehabt. Sie wollte hart angefasst werden. Zu hart für seinen Geschmack. Er hatte Zärtlichkeit gewollt, nicht die Härte seines Vaters. Sagte man das nicht immer? Väter, die schlugen, wurden selbst geschlagen? Aber Marc hatte ihn Tag für Tag, Stunde für Stunde eines Besseren belehrt. Wenn er seine kleinen Ärmchen um ihn geschlungen hatte, damit der Papa ihn ins Bett tragen und noch eine Geschichte vorlesen konnte. Wenn er mit einem Satz – „Papa, ich hab dich lieb" – allen vorangegangenen Streit mit Beate einfach aus dem Gedächtnis strich. Hatte Marc jemals „Mama, ich hab dich lieb" gesagt?

Er löste seinen Blick von Giorgia, die im Geiste seiner Mutter von Minute zu Minute weniger ähnelte. Andreas Mutter hatte sicher immer hinter ihrer Tochter gestanden. Oder besser gesagt, vor ihr, um sie zu schützen. Mit einem Mal beneidete er Andrea Wahrig. Er ging zu Giorgia und lockerte den Brustgurt um ein Loch. Dabei vermied er, ihr in die schwarzen Augen zu sehen. Er würde sie überhaupt nicht mehr ansehen und auch nicht mehr mit ihr sprechen. Er war hungrig, und nach dem Essen würde er sich endlich an die Arbeit machen. Sonst reichte der Anblick der in den Gurten hängenden Frauen, und er war aufgeregt und nur von Willenskraft getrieben, die den Glücksmomenten der Vollendung stets vorausgingen. Dieses Mal war alles anders. Er hatte die falsche Entscheidung getroffen und fühlte sich enttäuscht von sich selbst. Aber er war professionell, er würde die Sache hier zu Ende bringen. Und wer wusste schon? Vielleicht übertraf er sich gerade dieses Mal selbst, wo es ihm so viel Kraft abforderte.

„Bitte bleiben Sie. Ich habe Angst, wenn ich allein bin", tönte es hinter ihm, als er die erste Treppenstufe betreten wollte. Er hielt inne.

„Ich habe keine Angst zu sterben. Aber allein möchte ich nicht sein. Kennen Sie das Gefühl, allein zu sein? Niemand ist da, mit dem man die Freuden und die Sorgen des Lebens teilen kann. Da passiert es leicht, dass man sich vergräbt. Aber das ist falsch. Sie müssen nur unter Leute gehen. Sie sind so ein guter Maler. Sprechen Sie mit meiner Tochter. Bestimmt werden Sie berühmt, und alle Menschen werden Sie bewundern."

„Reden Sie nicht so einen schrecklichen Schwachsinn. Sie sind nicht allein. Sie haben Mann und Tochter. Und ich bin kein guter Maler. Ich bin ein begnadeter Maler. Ich brauche Ihre Tochter nicht, sie kann mir gestohlen bleiben. Genauso wie Sie. Was wissen Sie denn vom Leben?"

Er drehte sich um und ging schnellen Schrittes auf Giorgia zu, bis sein Gesicht nur Zentimeter von ihrem entfernt war. „Dafür wissen Sie bald etwas vom Tod. Erzählen Sie Ihrem Gott davon. Berichten Sie ihm, wer über Ihren Tod entschieden hat. Er oder ich? Er hat es einmal in meinem Leben entschieden, aber ich habe sie alle zurückgeholt. Meine Mutter, meine Frau, meinen Sohn. Sie sind hier." Er trat einige Schritte zurück, breitete die Arme weit aus und drehte sich. Hörte nicht mehr auf sich zu drehen. „Hier bei mir. Und jetzt leben sie. Nicht so ein gottverdammtes kurzes Menschenleben. Nein. Dank mir leben sie ewig.“ Er verlor das Gleichgewicht, torkelte und sank auf den Boden. Halb sitzend und mit tief gebeugtem Kopf strichen seine Hände mit ausladenden Bewegungen auf dem Steinfußboden hin und her, als müsse er ihn glätten.

„Sie werden mich töten, nicht wahr? Werde ich sehr leiden müssen?“

Er sah sie verständnislos an. „Wieso leiden?“ Mühsam rappelte er sich wieder auf. „Jeder muss so viel leiden, wie er es verdient hat, Mutter.“ Mit diesen Worten stieg er die Treppe hinauf.

20. KAPITEL

Es war fünf Uhr morgens, als Andrea aufstand und ihr Handy unter dem Kopfkissen vorzog. Oleg hatte gestern Nacht bei ihr bleiben wollen, aber sie hatte ihn nach Hause geschickt.

Sie kontrollierte, ob sie in den kurzen Phasen, die sie weggedöst war, vielleicht doch einen Anruf oder eine SMS überhört hatte. Nichts. Sollte sie ihren Vater anrufen? Ein Blick auf die Uhr ließ sie den Anruf verschieben, auch wenn sie sicher war, dass ihr Vater ebenso wenig schlafen konnte wie sie. Sie duschte, trank einen starken Kaffee und verließ die Wohnung, das Handy fest in ihre Hand gepresst. Sie lief bis zum Frankfurter Tor und hielt ein Taxi an, das sie zu ihrem immer noch am Kurfürstendamm abgestellten Auto brachte. Während sie aus dem Fenster des Taxis auf die Berliner Straßen sah, die sich langsam mit Leben füllten, lag es plötzlich glasklar vor ihrem geistigen Auge ausgebreitet. Sie würde nicht länger warten, bis sich die Polizei, ihr Vater oder Oleg meldeten. Sie musste etwas tun. Etwas Sinnvolles, etwas, das sie näher an ihre Mutter heranbrachte. Sie zahlte das Taxi und fuhr zur Galerie. Dort griff sie den Notizblock, auf dem sie gemeinsam mit Oleg alle Fakten rund um den Maler notiert hatte. Aus der Schreibtischschublade kramte sie das Autoladegerät für ihr Handy. Wer wusste, wann sie das nächste Mal an eine Steckdose kam? Sie verließ die Galerie, und bevor sie losfuhr, tippte sie im Navi die Adresse ein, die sie als Erstes aufsuchen würde: Maximilians Elternhaus in Retzow. Michael hatte herausgefunden, dass es leer stand, und sie konzentrierte alle ihre Hoffnung darauf, dass Maximilian es vielleicht derzeit als Rückzugsort nutzte.

Obwohl sich nichts an der grauenhaften Situation geändert hatte, fühlte sie sich besser, je näher sie dem Ort Retzow kam. Ihr Handy hatte sie auf Vibration gestellt und in ihre Jeanstasche gesteckt. So würde sie – egal, welche Geräuschkulisse sie erwartete – spüren, wenn von Oleg, ihrem Vater oder Matussek eine Nachricht eintraf. Dass Oleg ausschließlich anrufen solle, wenn es neue Fakten gebe, darum hatte sie ihn soeben gebeten. Keinesfalls sollte er sie anklingeln nur mit der Frage, wie es ihr ginge oder wo sie jetzt sei. Er war entsetzt gewesen, dass sie auf eigene Faust und allein auf die Suche gehen wollte, hatte sie förmlich angefleht, auf ihn zu warten, um sie zu begleiten. Doch sie hatte ihn aufgefordert, seine Kräfte dort einzusetzen, wo sie nicht hinkam: alle erdenklichen Leute für die Suche zu mobilisieren, auch die, die er eigentlich niemals um Hilfe bitten wollte.

Fünfzig Minuten später hielt sie vor der angegebenen Adresse. Sie stieg aus und rüttelte am zweiflügligen Holztor, klingelte an der Eingangstür direkt neben dem Tor, klopfte an die Fenster im Erdgeschoss. Aber außer einem Nachbarn, der neugierig seinen Kopf aus der Tür steckte, um ihr zu sagen, dass der Hof seit Monaten leer stünde, tat sich nichts. Nun gut. Das hatte sie erwartet. Sie stieg wieder ins Auto und fuhr die holprige Straße, bis sie in eine weitere abbiegen konnte, um ungesehen von dem neugierigen Nachbarn zu parken. Von dort machte sie sich zu Fuß auf den Weg. Wenn sie nicht von vorn hineinkam, dann eben von hinten. Es dauerte nicht lange, und sie fand ein Grundstück, dessen Tor offen stand und durch das sie unbemerkt auf die Felder hinter den Häusern gelangen konnte. Sie stampfte durch den aufgepflügten Boden und freute sich über jedes Maisfeld, das ihr ein wenig Sichtschutz bot. Denn die Maisfelder waren im Gegensatz zu den übrigen Getreidefeldern noch nicht abgeerntet. Sie zählte die Häuser, und als sie sich sicher war, Maximilians Elternhaus vor sich zu haben, musste sie nur noch das unverschlossene Tor eines Jägerzaunes öffnen und stand auf dem Hof.

Hier also war der junge Maler aufgewachsen. Der Innenhof war vollständig betoniert. Der Beton hatte im Laufe der Zeit breite Risse bekommen, durch die Grashalme und

Butterblumen ihre Hälse streckten. In der Mitte befand sich ein mit Unkraut überwuchertes Beet, sicher einmal der Platz für Maximilians Buddelkasten oder Schaukel. Sie betrachtete prüfend die Fenster, ob sich hinter den verschlissenen Gardinen im Obergeschoss etwas bewegte. Die gardinenlosen Fenster im Erdgeschoss waren so lange nicht mehr geputzt worden, dass man sowieso nicht hindurchsehen konnte. Monatelanger Leerstand? Alles sah aus, als hätte hier seit Jahren niemand mehr gelebt. Die Fassade bröckelte an allen Ecken und Enden. Die Holzfenster zeigten tiefe Kerben und kaum mehr Farbe. Sie rüttelte an allen Türen und wünschte sich Michael herbei. Im Nu hätte er Zugang.

Aber sie konnte nicht immer Pech haben. Eine grün gestrichene Tür stand angelehnt und öffnete sich zu einem kleinen Wirtschaftsraum, von dort aus führte eine weitere unverschlossene Tür in einen Hausflur. Ihr Herz begann stärker zu klopfen, und sie strengte ihr Gehör an, ob jemand sich im Haus bewegte. Vorsichtig öffnete sie eine Tür nach der anderen, bis sie in einem Raum stand. Leer geräumt, aber nach der Blumentapete zu urteilen wohl einmal das Wohnzimmer. Ein Duftaroma stieg ihr in die Nase. Schlagartig wurde ihr klar, warum sie so aufgeregt war. Dies war ganz sicher der Duft aus Maximilians Badezimmer. Ihr Herz machte sprichwörtlich einen Freudenhüpfer. Auch wenn Maximilian im Moment offenbar nicht im Haus zu sein schien, er war jedenfalls hier gewesen. Und zwar noch vor Kurzem. Durch ihre Entdeckung mutig geworden, kontrollierte sie die übrigen Räume und fand ein Sofa mit einer zerwühlten Wolldecke. Das Waschbecken im Badezimmer des Obergeschosses war noch feucht.

Was sollte sie jetzt tun? Hier warten? Das schafften ihre Nerven nicht. Sie würde in der Gegend herumfahren in der Hoffnung, ihn irgendwo zufällig zu sehen. Was hieß Zufall? Sie befand sich hier in einem der hintersten Dörfer Brandenburgs. War Maximilian in der Gegend, musste sie ihn einfach treffen. Beim Einkaufen, beim Spazierengehen. Beim Malen am Dorfanger. Irgendetwas, was ein Künstler eben gerade tat, während ihre Welt seinetwegen zusammenzubrechen drohte.

Zwei Stunden Autofahrt im Schneckentempo brachten ihr den Zorn unzähliger hupender Autofahrer ein. Sie war frustriert, und außerdem verspürte sie, das erste Mal, seit ihre Mutter verschwunden war, Hunger. Sie hatte seit dem Treffen mit ihr gestern Mittag nichts mehr gegessen und fühlte, wie sich die Folgen der Unterzuckerung in ihr ausbreiteten. Damit wäre es auch mit jeder Konzentration und Idee dahin, wie sie Maximilian finden konnte. In den Dörfern der Umgebung, die sie bereits abgefahren hatte, gab es weder Supermarkt noch Bäcker. Der einzige Fleischer war geschlossen. So fuhr sie nach Nauen, dem nächstgrößeren Ort. In einer belebten Einkaufsstraße fand sie einen Bäcker und einen Parkplatz gleich dazu. Doch der Gedanke daran, etwas zu essen, verursachte ihr Übelkeit. Wie konnte sie überhaupt an Essen denken, während ihre arme Mutter in den Fängen dieses Verrückten war und ganz andere Ängste auszustehen hatte.

Andrea verbot sich jeden Gedanken an die Möglichkeit, dass Giorgia vielleicht gar keine Ängste mehr verspürte. Wenn sie diese Vorstellung zuließe, würde sie auf der Stelle hier auf dem Bürgersteig zusammenbrechen und niemals wieder aufstehen. Sie fühlte, dass ihre Mutter noch am Leben war, sein musste. Sie betrat den Bäckerladen, trank am Stehtisch einen Kaffee und kaufte sich sechs Brötchen und eine Rumkugel, ihr Lieblingsgebäck, eine Teigkugel mit Schokoladen- und Rumgeschmack, in Schokostreuseln gerollt, und so reichhaltig, dass sie niemals das ganze Stück auf einmal essen konnte. Das war die richtige Reserve, um nicht noch einmal eine Pause machen zu müssen. Sie steckte die verpackte Leckerei in ihre Handtasche und biss dann in eines der Brötchen aus der Tüte.

„Möchten Sie das wirklich so trocken essen? Ich kann es Ihnen schmieren. Wir haben Wurst, Schinken, Käse …“, bot die freundliche Verkäuferin an. Andrea hätte nichts davon herunterbekommen. Sie lehnte ab, bedankte sich artig und verließ die Bäckerei. Unschlüssig sah sie die Straße in beide Richtungen entlang.

Die Morgensonne begann die Luft zu erwärmen. Die Menschen um sie herum genossen den Hochsommer, der nach seinem gestrigen Aussetzer zurückgekehrt war. Es erschien ihr passend, dass an dem Tag, als ihre Mutter verschwand, der Himmel grau und traurig gewesen war. Sie ertrug die fröhlichen Gesichter nicht mehr und ging in eine Kirche. Im Stehen und mit Blick auf den Altar aß sie das Brötchen zu Ende. Eine katholische Kirche. Wie treffend! Die Erkenntnis, dass ihre Tochter nicht gläubig war, musste zu einem der traurigsten Momente in Giorgias Leben gehört haben. Endlos hatten sie darüber diskutiert, aber Andrea ließ ihre Mutter in diesem Punkt so allein, wie es ihr Vater bereits getan hatte. „Ich hätte dich wenigstens öfter in die Kirche begleiten können“, murmelte Andrea wehmütig.

Sie trat auf die Straße und wollte gerade die Richtung zu ihrem Auto einschlagen, als sie einen jungen Mann aus einem Internetcafé auf der gegenüberliegenden Straßenseite kommen sah. Maximilian!

Sie erkannten sich im selben Moment, und sofort drehte sich der Maler um und rannte los.

„Maximilian! Bleiben Sie stehen“, schrie sie und spurtete los. Die Brötchentüte fiel ihr aus der Hand, und während der ersten hundert Meter löste sich ihr dünner Schal vom Hals. Ihre Mutter hatte ihn ihr geschenkt, und er gehörte zu ihren Lieblingstüchern. Sie machte nicht einmal den Versuch, ihn zu halten. Noch einmal würde sie Maximilian nicht flüchten lassen. Sie joggte mindestens zwei Mal in der Woche im Park. Trotzdem war Maximilian immer noch gleich weit entfernt. Keine Chance, ihn einzuholen, auf Straßenschuhen mit Absatz, wenn auch einem niedrigen. Sie versuchte ihre Atmung zu kontrollieren. Aus den Augenwinkeln sah sie, wie die Passanten ihre Jagd amüsiert verfolgten. Wäre die Reihenfolge umgekehrt, würde ein Mann eine Frau verfolgen, würden sie hoffentlich nicht so blöde lächeln, sondern helfen. Ihre Angst, Maximilian könnte sie endgültig abhängen, schlug in Wut um. Und Wut war ein guter Antrieb. Meter um Meter verringerte sie den Abstand. Oder lag es daran, dass Maximilian mit einem Mal langsamer wurde? Er ließ seine Beine auslaufen, als hätte er die Zielgerade überschritten, und blieb stehen. Immer noch mit dem Rücken zu ihr, den Oberkörper tief nach vorn gebeugt, stützte er sich mit den Händen an den Knien ab und keuchte. Sekunden später hatte Andrea ihn erreicht und beugte sich ebenfalls vor. Sie mussten ein lächerliches Bild abgeben: Ein ungleiches Paar jagt sich die Dorfstraße entlang, um nun völlig erschöpft und synchron den Hintern in die Höhe zu strecken.

„Danke. Das letzte Mal bin ich so gespurtet beim Jugendsportabzeichen“, presste sie heraus.

„Es war kindisch. Entschuldigen Sie.“

„Es geht nicht mehr um Ihre verdammten Bilder. Ich habe die Ausstellung abgesagt.“

Maximilian richtete sich auf. Sie ahmte ihn nach und stellte sich direkt vor ihn, verstellte ihm den Platz auf dem schmalen Bürgersteig. Man konnte nie wissen. Er schien ihr kleiner geworden zu sein. Mit Nachdruck sah sie ihm direkt in die Augen. „Ich brauche Sie.“

Er folgte ihr zur Kirche zurück. Bevor sie hineingingen, hielt eine Passantin ihr mit wissender Miene den verlorenen Schal entgegen. Mühsam lächelnd bedankte sich Andrea. Mit der Hand deutete sie Maximilian an, sich neben sie auf eine der Bänke zu setzen. Und obwohl sie auf dem kurzen Weg noch kein Wort erklärt hatte, lag Interesse in seinen Augen, die ihren Blick suchten. Ahnte er bereits, was sie ihm jetzt eröffnen würde? Wusste er es sogar? Einen kurzen Moment lähmte die Angst ihre Zunge, er könne doch der Erpresser oder bei allen Widersprüchen gar ein Mörder sein. Oder sein jüngeres Ebenbild, in die Fußstapfen seines Vorbildes gestiegen. Doch dann erzählte sie. Sie hatte nichts zu verlieren, und er war der rettende Strohhalm. Für sie. Für ihre Mutter.

Maximilian hörte ihr zu. Auch der Rest an Abwehr in seinem Gesicht verflüchtigte sich. Ab und zu sah er scheinbar gedankenverloren zu den Kirchenfenstern hoch. Aber seine Fragen zeugten davon, dass er sich keines ihrer Worte entgehen ließ. Nicht einmal die Tatsache, dass Andrea und Oleg in seine Wohnung eingebrochen waren, schien ihn zu verärgern. Das ließ ihre Angst wieder mächtiger werden. Wenn schon der Einbruch für ihn kein Grund zur Empörung war, um wie viel schlimmer musste das sein, was er sich gerade in seinem Kopf zusammenreimte. Sie schwieg. Hoffte darauf, dass er diese Vorstellungen aus seinem Mund entließ. Aber er schwieg ebenfalls und starrte auf die Bank vor sich.

„Bitte, was weißt du? Wer will nicht, dass deine Glasbilder an die Öffentlichkeit kommen?"

„Ich wusste nicht, dass jemand Sie bedroht."

„Du hast die Drohbriefe also nicht geschrieben?" Sie sehnte sich nach einer Bestätigung aus seinem Munde.

Erstaunt, beinahe schon erschrocken, sah er sie an. „Oh Gott. Nein. Ich würde niemals ..."

Andrea atmete erleichtert aus. Einen Moment lang starrte nun auch sie auf die Bank vor sich und ordnete ihre Gedanken. Sie glaubte ihm. Nichts in Maximilians Verhalten wies darauf hin, dass er der Täter war. Aber wie verhielt sich ein Täter? Ihr Puls raste, als könne er damit die Zeit schneller laufen lassen. Die Zeit, bis sie ihre Mutter gefunden hatte. Jede Information Maximilians konnte sie ein Stückchen näher bringen.

„Wen suchst du?", fragte sie in die Stille. Hatten sie beide da draußen gerade noch ein lächerliches, mindestens ein kindisches Paar abgegeben, war das Bild jetzt beinahe schon sakral. Wie Maximilians Bilder. Denn die Sonne hatte eines der Kirchenfenster erreicht, und während der gesamte Kirchenraum in ein angenehmes Dämmerlicht getaucht war, trafen die Strahlen exakt nur Maximilian. Sie saß nur Zentimeter neben ihm, aber zwischen ihnen verlief die Grenze von Dunkelheit zu Licht. Die Sonne tauchte sein Gesicht in warme Farben und ließ sogar seine aschblonden Haare golden leuchten. Seine Mimik dagegen schien sich zu verhärten. Er öffnete den Mund, aber es kam keine Antwort. Sie spürte, dass sie ihn nicht drängen durfte, doch genau das musste sie tun. Sie dachte an ihre Mutter, und sekundenlang war sie wieder allein mit einer nicht enden wollenden Angst.

Maximilian riss sie heraus, indem er seinen Rucksack öffnete, ein zusammengefaltetes Papier hervorholte und es ihr reichte. „Dort irgendwo werden wir Ihre Mutter finden." Er stand auf und ging zum Ausgang.

Sie hielt einen Ausdruck von Google Maps in den Händen. Ein stark vergrößertes Satellitenbild. Ein Kreis war eingezeichnet. Im Mittelpunkt ein Gebäude, wahrscheinlich ein Bauernhof. Wie eine Torte war der Kreis in Abschnitte unterteilt, von denen einige rot schraffiert waren und auf anderen mit einem Kugelschreiber ein Haken gemalt war.

„Was ist das?", fragte sie und folgte ihm auf die Straße.

„Wir haben keine Zeit für Fragen."

„Aber ich muss die Polizei und Oleg informieren."

„Polizei? Das Einzige, das wir brauchen, ist meine Erinnerung ", widersprach er.

Handeln, nicht weinen. Sie wollte sich gar nicht ausmalen, was es hieße, wenn die Entführung ihrer Mutter vielleicht gar nichts mit Maximilians Person zu tun hatte. Bliebe ihr dann überhaupt eine Chance, sie zu finden?

„Die Polizei hat ganz andere Mittel." Sie standen wieder vor dem Internetcafé, aus dem Maximilian vor ihr davongelaufen war. „Und wir sollten Kopien dieses Planes für sie machen."

Sie informierte Matussek und Oleg und bat ihn, ihrem Vater noch nichts Konkretes zu sagen, sondern nur, dass sie eine vielversprechende Spur hätte. Nachdem sie die im Internetcafé gefertigten Kopien des Planes in den Händen hielt, lief sie gemeinsam mit Maximilian zu ihrem geparkten Auto zurück.

Sie fuhr, und Maximilian dirigierte sie, den Plan vor sich auf dem Schoß. An einer Tankstelle kauften sie Wasser, eine Karte der Gegend und zwei Taschenlampen.

Er sagte ihr, wann sie in einen Feldweg einbiegen sollte, damit er einen besseren Überblick haben konnte. Doch mit jedem Mal wurde sein Kopfschütteln schwächer, bis er nach der Inspektion der Umgebung nur noch wortlos zum Auto zurückkehrte. „Wonach hältst du Ausschau? Wie sahen dort die Gebäude aus? Dann kann ich mitgucken."

„Schwarz. Mit ein paar Lichtpunkten", antwortete er resigniert.

Sie fühlte sich wie betäubt. Wie sehr hatte sie gehofft, ihrer Mutter ein wenig näher zu kommen! Jetzt schienen die Chancen, sie zu finden, wieder weniger zu werden, obwohl Maximilian weiter angestrengt jedes Detail betrachtete, das er aus dem Autofenster erkennen konnte.

Sie sah zur Uhr und stellte erleichtert fest, dass es Zeit war, zum Treffpunkt mit Matussek und Oleg zu fahren. Sie hatten sich in Retzow verabredet, am Elternhaus des Mannes, der neben ihr immer stiller wurde.

„Es gibt ein Sonderkommando, das deinen Namen trägt. Ey. So was hat nicht jeder", versuchte sie zu scherzen.

Sie waren zu früh. Weder ein Polizeiwagen noch Matussek oder Oleg waren zu sehen. Sie warteten im Wagen.

In ihrer Situation jemanden noch aufzumuntern kostete Kraft. Sie holte die Rumkugel hervor und bot Maximilian davon an.

„Das ist nur ein Stück."

Sie löste ein kleines Teil aus dem weichen matschigen Teig und hielt es ihm hin.

Er lächelte sogar, als er die Süßigkeit in seinem Mund hatte. „Danke", sagte er wieder ernst, „dass du mir bei der Suche hilfst."

„Spinnst du? Es ist ein Segen, dich gefunden zu haben. Du bist unsere einzige Chance, meine Mutter zu finden. Willst du mir nicht endlich erzählen, was genau wir suchen und was du überhaupt mit der ganzen Sache zu tun hast?", bat sie erneut.

„Ich bin schuld. Ohne mich würdest du jetzt wahrscheinlich in deiner Galerie sitzen, Cappuccino trinken und Aquarelle verkaufen."

Andrea musste an ihren Vater denken. Sie hatte sich schon oft traurig gefühlt bei den Gedanken an ihren Vater. Aber nichts hatte sie je so getroffen wie seine gestrigen

Worte. Aber wie um Himmels willen hätte sie auf die Idee kommen können, es mit einem Serienmörder zu tun zu haben? Als der zweite Drohbrief kam, ja, da hätte sie zur Polizei gehen müssen. Das hatte sie zwar getan, aber die Drohung gegen ihre Person und die damalige gegen Maximilian für sich behalten und damit ihre Mutter in Lebensgefahr gebracht. Der Entführer hatte sie mit der Wochenfrist in Sicherheit gewogen. Wie hatte sie einem Irren nur glauben können? Ja, sie trug die Schuld, vielleicht keine Schuld, wie sie ihr Vater in seiner Verzweiflung konstruieren wollte, aber trotzdem wusste sie: Wenn ihre Mutter diesen Irrsinn nicht überlebte, würde sie selbst an dieser Schuld zerbrechen. Sie spürte, dass auch Maximilian unter einer solchen Schuld leiden musste und griff nach seiner Hand. Sie hielt sie fest, bis sie im Rückspiegel Olegs Wagen erkannte.

Nur drei Minuten später war auch Matussek da. Er wollte zu Maximilian, der im Auto sitzen geblieben war. Aber Andrea hielt ihn am Arm fest. „Wir haben keine Zeit für Befragungen. Hier." Sie zeigte auf den Plan, den Maximilian ihr gegeben hatte. „Wir suchen nach einem Bauernhof, der in diesem Kreis irgendwo liegen muss. Diese Gebiete müssen noch durchsucht werden." Sie zeigte auf die nicht schraffierten und noch nicht abgehakten Bereiche.

„Ich muss trotzdem mit Herrn Borchert alias Ross sprechen. Die Beamten sind in ein paar Minuten vor Ort. Gibt es hier einen Copyshop oder etwas Ähnliches?“

Andrea lachte hysterisch auf. Schauen Sie sich doch hier mal um. Hier gibt es gar nichts. Außer Feldern und Bauernhöfen. Und in einem dieser verdammten Häuser bangt meine Mutter um ihr Leben. Sie zog die Kopien, die sie vorhin gemacht hatte, aus der Tasche. Eine der Kopien legte sie auf die Motorhaube und fotografierte sie mit ihrem iPhone. „Ihre Handynummer?“ Sie schickte die Fotos auch an Olegs und Michaels Handy, die mit ihren Fahrzeugen eingetroffen waren, während sie bei Matussek stand. Im ersten Moment dachte Andrea, es handelte sich um die angekündigten Beamten. Aber dann sah sie, wie Oleg und Michael zu der Gruppe gingen und mit den Männern sprachen. Alle zückten ihre Handys, auf die Michael offensichtlich ebenfalls die Karte weitergeleitet hatte. Sie musterte Matussek, der aber unverwandt auf die Karte sah.

„Sie haben sich mit Herrn Wesselov abgesprochen?“

Er sah kurz auf und nickte. „Ich fahre mit Herrn Borchert.“

Während Matussek die gerade ankommenden Polizeibeamten unterrichtete, sie mit den Kopien ausstattete und die einzelnen Gebiete verteilte, die sie zu je zwei Mann übernehmen sollten, überlegte Andrea, ob sie den armen Maximilian, der unverändert auf ihrem Beifahrersitz hockte, mit einem Ermittler allein lassen konnte, der ihn mit tausend Fragen aus der Vergangenheit bedrängen würde. Ihr eigener Überlebenswille siegte. Der Druck, den sie verspürte, wurde immer größer, so als würde sie tiefer und tiefer ins Wasser sinken. Sie brauchte Olegs Hand, die sie an der Oberfläche hielt. Maximilian würde sie stattdessen mit in den Abgrund ziehen.

Die kleine Straße vor Maximilians Elternhaus glich inzwischen einer Filmszene aus einem „Tatort", was eine Traube von Nachbarn anlockte. Die Beamten trugen schwarze Uniformen, was sie wussten, auch Matussek ausführlich berichtet hatten, und um ihre Hüften baumelte ein ganzes Arsenal an Hilfsmitteln, die geeignet waren, sich gegen jedes sachliche und menschliche Hindernis durchzusetzen. Zwischen ihnen lief Matussek in legerer Jeans und T-Shirt hektisch hin und her, während Oleg und Michael mit seinen Männern etwas abseits eine weitere Traube bildeten. Sie stand allein inmitten dieser Szene und suchte den Ausgang vom Set. Der ganze Aufwand für einen Menschen, der vielleicht gar nicht mehr am Leben war. Andrea konnte sich nicht daran erinnern, wann das letzte Mal ihre Hände, die jetzt den Plan hielten, so gezittert hatten. Als sie den ersten Drohbrief las? Nein. Ihr auf durchschnittliche Lebenserfahrungen genormter Verstand hatte ihn als üblen Scherz abgetan. Das Klingeln ihres Handys riss sie aus den Gedanken. Sie sah auf das Display. *Papa.* Sie konnte ihn nicht so wegdrücken wie die elf übrigen Anrufe von Hauswald, vom Monteur der Lichtwände sowie diverse unbekannte Nummern. An der Galerie hing ein Schild – „Aus Krankheitsgründen vorübergehend geschlossen". Hauswald würde vor Wut toben und sie verklagen.

„Ja?"

„Andrea, bitte sag mir, was ihr herausgefunden habt. Wo seid ihr? Ich werde verrückt hier. Bitte …" Seine Stimme brach ab. Hatte sie ihren Vater je weinend erlebt? Sie wünschte sich zu ihm, wünschte seine Worte von gestern Abend zu vergessen.

„Wir haben den Maler gefunden, und wir werden jetzt auch gleich Mama finden. Bitte warte noch eine Weile. Ich muss jetzt los. Mach dir keine Sorgen. Ich weiß, dass es noch nicht zu spät ist." Sie legte auf, ohne eine Reaktion abzuwarten. War es wirklich noch nicht zu spät? Um sie herum löste sich das Chaos und fügte sich überraschenderweise zu einer Ordnung von in Reihe stehenden Fahrzeugen. Oleg kam zu ihr, nahm ihre Hand und führte sie wortlos zu ihrem Mini, der verloren klein inmitten der übrigen Fahrzeuge stand.

„Ich fahre, mein Liebes." Seine Stimme war weich, und sie nahm dankbar auf dem Beifahrersitz Platz, um sich besser auf die Umgebung konzentrieren zu können.

„Wo ist Maximilian?"

Oleg deutete zu einem der anderen Fahrzeuge. „Okay, sag mir, wie ich fahren soll. Wir haben diesen Sektor hier." Er malte mit dem Finger auf dem Plan in seinem Handy einige Straßen und Feldwege nach. „Wir werden sie finden", beteuerte er.

„Versprichst du mir das?", hätte sie beinahe gefragt, so wie früher als kleines Kind ihren Vater. In einer vergangenen sicheren Welt, die jetzt so fern schien wie die Sonne an einem verregneten grauen Novembertag.

21. KAPITEL

Er stieg die Treppe hinunter und würdigte Giorgia keines Blickes. Unter dem Arm eine Flasche Glasreiniger.

„Jetzt ist es so weit?" Ihre Stimme klang wie ein Reibeisen. Es war besser, ihr noch ein paar Schlucke Wasser zu geben. Sie wirkte sonst nachher so ausgetrocknet. Gerade die Älteren brauchten ausreichend Flüssigkeit. Als er ihr das Glas an die Lippen führte, roch er den Urin. Es hatte sich eine Pfütze auf dem Sims gebildet. Ihm machte es nichts aus, das Malheur zu säubern und zu trocknen. Das passierte öfter. Nur konnte er keine zusätzliche Feuchtigkeit, eines der Hauptprobleme, die er in der Durchführung hatte, hinter der Platte gebrauchen. Und die Granulatkissen herzustellen hatte er nicht mehr geschafft. Sie würden das nächste Mal zum Einsatz kommen.

„Sie werden mich jetzt wirklich töten?"

Was sollten diese ständigen Fragen? Er mochte das Wort „töten" nicht. Er erhob sie in die Ewigkeit seiner Werke. Was zählte dagegen ein erbärmliches menschliches Leben? Sprach sie nicht gestern noch davon, dass alle Menschen Werkzeuge Gottes seien? Nun. Sie konnte jetzt sogar sein Werkzeug sein.

„Sieh mich an."

Wie bitte? Er dachte gar nicht daran, den Blick auf sie zu richten.

„Sieh mich an", wiederholte Giorgia.

Er sortierte die Farbtuben auf dem kleinen runden Gartentisch und schob den Regiestuhl heran. Dann fiel ihm ein, dass die übliche Phase, in der er wartete, bis das Model erwachte, dieses Mal entfiel. Eine Tatsache, die ihn mehr durcheinanderbrachte, als er vermutet hatte. Der Vorlauf der Ruhe und Konzentration fehlte ihm. Auch das Weinglas und das geschnittene Brot. Er schob den Gedanken daran beiseite und begann die gebrauchten Kerzen auszutauschen.

„Findest du nicht, dass sich gegenüber einer Mutter ein wenig mehr Respekt gehört?"

Ihre Worte bildeten in seinem Kopf eine Endlosschleife. *Sieh mich an – Mutter – Respekt – sieh mich an – Mutter – Respekt.*

„Schluss jetzt", brüllte er. „Sie können sich Ihre Küchenpsychologie sparen."

„Es stimmt aber. Ich bin eine Mutter." Ihre Stimme hatte sich gewandelt. Hatte sie noch eben beinahe liebevoll geklungen, war sie jetzt fordernd und hart. Das passte nicht zu ihr. Er hatte noch immer ihr Jammern und leises Weinen im Ohr, wenn sie am späten Abend statt seiner ihrem Vater hilflos ausgeliefert war, während er schon im Bett seines kleinen Kinderzimmers lag. Und ganz besonders weich war ihre Stimme, wenn sie ihn in den Armen wiegte und die roten Striemen auf seiner Haut mit nassen Tüchern kühlte.

Er wuchtete die schwere Glasscheibe von der Wand an der Treppe näher an sie heran. Verdammt, wo waren die Saugnäpfe? Er fand sie unter der Treppe. Säuberte die Platte sorgfältig von beiden Seiten und befestigte die Tragehilfen.

„Mir ist übel. Es ist so lange her, dass ich etwas gegessen habe."

Gab sie denn niemals Ruhe? Diese ewigen Forderungen. Sein ganzes Leben hatte aus Forderungen bestanden, die er nicht erfüllen konnte. Als er damals die fristlose Kündigung seines Arbeitgebers in den Händen hielt, hatte er sich ein für alle Mal weiteren Forderungen entzogen. „Verlust einer vertrauensvollen Zusammenarbeit und ein teilweise aggressiver Umgang mit den Mandanten", stand in der Begründung des Steuerberaters. Er nahm das Geld aus Versicherung und Verkauf des Hauses, das bisschen Erbschaft der Mutter, das der Vater widerwillig abgeben musste, und ging fort. Und seither hatte er etwas so Großes geschaffen, das andere in ihrem ganzen Leben nicht zustande brachten.

Er kontrollierte die Gummidichtungen, die rund um den Mauerschrein bereits angebracht waren, hob die Platte hoch und drückte sie gegen die Öffnung. Schnell schob er die Halteriegel vor. Schwer atmend trat er ein paar Schritte zurück. Jetzt endlich konnte er sie ansehen. Lange und intensiv. Ihre Augen sahen ihn ungläubig an, so als hätte sie nicht geglaubt, dass er es zustande brachte. Dann füllten sie sich mit Tränen. Sie atmete durch den geöffneten Mund. Das taten sie alle. Um zu kontrollieren, ob genug Luft da war. Natürlich war genug da. Es würde noch lange dauern, bis der Sauerstoff zu Ende ging. Doch je mehr sie sich dagegen wehrten, umso schneller verbrauchten sie die Luft, statt einfach ruhig zu bleiben. Dumm waren sie, sie wussten doch, dass sie sowieso sterben mussten. Aber für ihn war ihre Dummheit gut. Nur ihre Panik erlaubte es ihm, in sie hineinzusehen. Und sie sahen ihn. Durch die Glasplatte, die sie nicht wegdrücken konnten. Sie verstanden, dass er es war, der ihren Tod bestimmte. Nicht ein blöder Zufall, nicht irgendein Unfall, sondern, weil er es so wollte. Der Blick durch das Glas nahm jede Verwirrung der Minuten zuvor von ihm. Er fühlte, wie Kraft und Konzentration zurückkehrten und endlich, endlich auch wieder die erregende Vorfreude. Er hatte die Krise überwunden, in die sie ihn durch die Gespräche gestürzt hatte. Jetzt, im Eis, war sie Mutter. Sie musste nicht mehr darum betteln.

Sie hatte Augen und Mund inzwischen geschlossen und schien ruhig und flach zu atmen. Wahrscheinlich betete sie gerade. Ihre Atemfrequenz würde nachher, ohne dass sie es wollte, zunehmen. Danach kam eine Steigerung der muskulären und psychischen Erregbarkeit, manchmal bis hin zu einem euphorischen Zustand, bevor dann der Blutdruck anstieg, das Herz schneller schlug und danach die Bewusstseinstrübung eintrat. Er musste vor diesem Zeitpunkt der Euphorie die Skizze fertig haben. Bis dahin war genug Zeit, sich sein Weinglas und das Brot zu holen. Normalerweise ein früheres Ritual zur Überbrückung der Wartezeit, bis sie wach wurden. Nun würde er es zelebrieren, bis hinter dem Glas der Moment der Erkenntnis gekommen war und er zum Stift greifen konnte. Rituale führten zur Perfektion. Obwohl er auch immer wieder hatte erleben müssen, dass Rituale ihren Wert verloren. Dann hatte er sich neu orientiert. Es noch besser gemacht.

Er hockte sich mit dem Rücken zu Giorgia und betrachtete nacheinander seine Bilder an der gegenüberliegenden Wand. Schon zwei Mal hatte er gedacht, er könne aufhören. Es war das dritte Jahr, 1989. Wie in den beiden Jahren zuvor hatte er den Jahrestag einhalten wollen. Ausgerechnet bei dem ersten Jungen fuhr ein Auto überraschend aus einem Feldweg heraus, an dem er bereits das betäubte Kind ins Auto getragen hatte. Er konnte in das Gesicht des Fahrers sehen, und der sah ihn an, direkt in die Augen. Er überlegte lange und trug dann den Jungen an den Wegesrand, deponierte das bereits versteckte Fahrrad direkt neben ihn und ließ ihn unverrichteter Dinge dort zurück. Er hoffte, es sei ein Wink des Schicksals, aufzuhören.

Bis Mai hielt er es aus, dann holte er das verpatzte Mal nach. Er konnte doch nicht mittendrin das Werk unterbrechen. Aber das Bild wurde nicht gut, und der Junge war es nicht wert, auf dem Fußboden zu liegen. Er musste weitersuchen. Doch auch den zweiten Jungen hängte er frustriert über sich selbst an die Wand. Viel zu früh war das Kind erwacht, und es war ihm nicht gelungen, ein würdiges Bild für den auserwählten Platz am Boden zu malen. Eine sofortige Wiederholung des Jungenbildes kam nicht infrage. Noch nie hatte er die Reihenfolge verlassen: Beate, Mutter, Marc. So nutzte er die nächsten zwei Jahre, wurde immer perfekter, seine Bilder immer besser. Alle seine Hoffnungen lagen auf dem Jahr 1995, auf dem zehnten Jahrestag. Und das fing gut an, denn Anfang Januar sah er es: das perfekte Ebenbild Marcs. Ein Junge von ungefähr acht Jahren. Er hatte richtig gehandelt, die beiden anderen Jungen nicht in den Boden zu lassen. Doch dann schlug ihm der 22. Januar ein zweites Mal in seinem Leben mit aller Brutalität ins Gesicht. Mit einer geballten Faust. Ohne Achtung vor der Umgebung, vor ihm, dem Meister, lief der Junge davon. War er zu aufgeregt gewesen? Allein der Gedanke an sein Versagen trieb ihm den Schweiß aus allen Poren. Sein Herz hämmerte, als wollte es den angestammten Brustkorb verlassen, um sich in einem seiner Bilder einen neuen würdigen Geist zu suchen. Er hatte nur eine Antwort auf diese Schande gefunden: das zehnte Jahr zu nutzen, um einen kompletten Zyklus zu malen und damit auch endlich sein Werk zu beenden.

Danach fühlte er sich ausgelaugt und am Ende seiner Kräfte. Er ignorierte den nächsten Winter, fuhr in den Urlaub. Das erste Mal seit vierzehn Jahren. Allein wanderte er durch die Berge Tirols. Hier gab es keine Erinnerungen. Alles sah so anders aus, und mit jedem Tag, den er wanderte, schöpfte er neuen Mut. Er würde mit der Vergangenheit abschließen. Vielleicht gab es irgendwo da draußen eine neue Liebe für ihn? Sechs lange Jahre wartete er darauf, traf die eine oder andere Frau, mit der er es versuchte und zu ihr zog. Sogar eine Aushilfsanstellung in seinem gelernten Beruf als Steuerfachgehilfe fand er, aber die dauerte nicht lange, wie auch die Beziehungen nicht hielten. Jedes Mal war er es, der sie beendete. Zuerst waren sie verliebt und bemüht, umgarnten ihn, bewunderten ihn. Doch mit der Zeit wollten sie das Ruder in die Hand nehmen, und Stück für Stück wurden sie Beate ähnlicher. Fingen an zu meckern – und sogar, sich über ihn lustig zu machen. Verhöhnten ihn als

Faulpelz, weil er keine Arbeit hatte. Nach fünf Jahren Auf und Ab zog er endgültig zurück nach Paulinenaue, wo er an einem heißen Sommertag im See badete. Eine Gruppe neun- bis höchstens zehnjähriger Jungen tobte im Wasser. Wieder und wieder stießen sie einen der Jungen unter Wasser. Als er anfing, bitterlich zu weinen, packten die anderen lachend ihre Sachen zusammen und fuhren mit ihren Fahrrädern davon. Zurück blieb ein einzelner trauriger Junge. Er konnte einfach nicht anders. Er musste sich seiner annehmen.

Lange ließ er die Blicke auf dem Bild dieses Kindes ruhen, mit dem im Sommer 2000 alles wieder von vorn begonnen hatte. Und das erste Mal spürte er fast körperlich die Härte des Glases, die verhinderte, ihn in den Arm zu nehmen. Hastig stand er auf und verließ das Gewölbe.

Überrascht stellte er fest, dass auf dem Hof noch immer hell die Sonne schien. Auch das war eine neue Erfahrung. Er trank auch niemals Wein am Tage. Sollte er lieber auf das Ritual verzichten? Dieses Mal waren so viele Dinge anders gelaufen. Sonst war es Nacht, während er arbeitete. Dunkelheit vermittelte ein Gefühl von Geborgenheit. Vielleicht war der Moment, auf den er die ganzen Jahre hingearbeitet hatte, ganz nah. Der Moment der Perfektion, der strahlendes Licht erforderte, damit alle Welt es sehen konnte.

22. *KAPITEL*

Olegs Handy klingelte. „Okay, welche Sektion?“, fragte er den Anrufer, griff nach dem Plan in Andreas Hand und beendete die Verbindung.

„Maximilian Ross hat etwas erkannt. Hier.“ Er tippte auf eine Straße.

Ihr Puls zog an. Ihr Gehirn war leer bis auf einen Gedanken. *Bitte lieber Gott, lass es nicht zu spät sein.*

„Wir sind ganz in der Nähe. Dahinten musst du rechts abbiegen in Richtung Paulinenaue“, sagte sie atemlos.

Nur fünf Minuten später fuhren sie eine Landstraße entlang, die aus dem Ort Paulinenaue gleich wieder hinausführte. Sie sahen Matussek am Straßenrand stehen, neben ihm Maximilian. Oleg hatte das Auto noch nicht vollständig zum Stillstand gebracht, als Andrea bereits heraussprang und zu Maximilian rannte. Sie sah sich um, aber kein Bauernhof, nicht einmal ein Haus befand sich in unmittelbarer Nähe. „Bist du sicher?“ Vor ihnen machte die Straße eine sanfte Kurve, und erst dahinter waren am rechten Straßenrand Gebäude zu sehen. Jetzt verstand sie. Sie sollten hier anhalten, um noch außer Sichtweite vom Haus zu bleiben.

„Ich spüre, dass es der richtige ist. Aber wie soll ich mir nach so langer Zeit sicher sein?“

„Worauf warten wir?" Ihr Magen flatterte, und ihre Muskeln waren angespannt wie vor einem Sprung vom Zehnmeterbrett.

„Auf meine Männer", antwortete Matussek.

„Muss das sein? Können wir nicht wenigstens mal klingeln?", fragte Andrea ungeduldig.

Er war dabei, telefonische Anweisungen zu geben, und deutete ihr nur mit einer harten Armbewegung an, dass sie stehen bleiben und schweigen sollte. Es fiel ihr schwer, aber die Angst, im letzten Moment womöglich etwas zu verderben, siegte.

Endlich war er fertig mit Telefonieren.

„Frau Wahrig, Sie setzen sich jetzt mit Herrn Wesselov wieder in Ihr Auto, und dort bleiben Sie. Und Ihre Männer, Herr Wesselov, ebenfalls. Kann ich mich darauf verlassen, dass hier keiner dazwischenfunkt?"

Er hatte schon wieder das Handy am Ohr, und die ersten Fahrzeuge trafen ein, hielten kurz und fuhren dann die Straße weiter, an dem Hof vorbei, bis Andrea sie nicht mehr sehen konnte.

„Komm, lass uns machen, was Matussek sagt. Er wird wissen, was er tun muss, um deine Mutter nicht zu gefährden."

„Ich sehe, Sie verstehen die Polizeiarbeit", sagte Matussek und grinste ihn an.

Weshalb dauerte das so lange? Alle Beamten waren inzwischen eingetroffen und wieder verschwunden. Maximilian hatten sie mitgenommen. Oleg stand draußen am Straßenrand und unterhielt sich mit seinen Männern. Matussek stieg mit zwei weiteren Beamten in seinen Wagen, der sich endlich in Bewegung setzte. Vor dem Hof hielt er, und nur Matussek stieg aus und ging auf das Gebäude zu. Bäume und Sträucher ließen eine weitere Beobachtung nicht zu. Sie hielt den Atem an. Nichts passierte. Dann ging Matussek wieder ein paar Schritte auf den Wagen zu, und die beiden Kollegen stiegen ebenfalls aus. Danach waren alle drei Männer verschwunden.

Sie konnte doch nicht untätig hier sitzen, während ganz in der Nähe ihre Mutter auf Rettung hoffte. War sie noch in der Lage zu hoffen oder längst … Andrea griff sich an den Brustkorb, der mit einem Mal zu klein schien, um ihre Angst und Unruhe auch nur einen Moment länger zu beherbergen. Sie rutschte vom Beifahrersitz hinter das Steuer und startete den Wagen. „Andrea!“, rief Oleg mit entsetzter Stimme und war schon neben dem Wagen.

„Steig ein oder lass es.“

„Ich versteh dich ja, aber …“ Er saß bereits neben ihr.

„Du willst doch nicht jetzt noch etwas kaputt machen“, beendete er das aber.

„Ich fahre einfach nur mit normaler Geschwindigkeit am Haus vorbei. Was sollte ich da bitte kaputt machen?“

Nichts war zu erkennen. Kein Matussek, keiner seiner Kollegen, ein geschlossenes Tor. Nur der parkende Wagen bewies, dass sie da sein mussten. Sie fuhr weiter, bis sie am Straßenrand hielt, sicher, weit genug entfernt zu sein, um nichts „kaputt zu machen“, wie Oleg es nannte. Himmel, erwartete er allen Ernstes, dass sie seelenruhig im Auto sitzen bleiben konnte? Sie stieg aus.

„Was machst du denn jetzt schon wieder? Liebes. Andrea. Lass uns den Moment noch warten.“

Doch sie hörte ihm nicht mehr zu, denn weit hinten sah sie Maximilian über das Feld auf sich zukommen und rannte ihm entgegen. Mehrfach knickte sie auf dem holprigen abgemähten Acker um, bis sie den Maler erreicht hatte und ihn an beiden Armen griff. „Und?“, fragte sie atemlos.

„Ich habe nicht geglaubt, dass die Bilder in meinem Kopf so stark der Realität glichen.“

„Und meine Mutter?“

„Ich weiß es nicht. Sie haben mich weggeschickt und wollen jetzt rein.“

„Aber Matussek muss schon drin sein.“

Maximilian zuckte die Achseln. „Keine Ahnung. Ich meinte die Beamten. Sie sind dahinten."

Sosehr sie sich bemühte, sie erkannte keine Personen, obwohl der Blick von hier bis zur Rückseite der Hofgebäude völlig frei schien. Dann, scheinbar aus dem Nichts, kam Bewegung ins Geschehen, und mindestens fünf schwarz gekleidete Beamte hechteten über den kleinen Zaun in den Innenhof und verschwanden wieder zwischen den Gebäudeteilen. Weit weniger als eine halbe Minute hatte die Aktion gedauert. Andrea dachte nicht weiter nach, sondern rannte an Maximilian vorbei in Richtung des Hofes, in Richtung ihrer Mutter.

Je näher sie den Gebäuden kam, umso mehr setzte ihr Verstand wieder ein. Sie änderte ihre Laufrichtung, lief langsamer und parallel zur Straße bis zum Backsteingemäuer, das fensterlos das Ende des Vierseitenhofes zu den Feldern hin beschrieb. Im Schutz der Mauer rannte sie bis dorthin, wo die Beamten kurz zuvor über den Zaun gesprungen waren. Vorsichtig spähte sie um die Ecke und prallte beinahe mit einem der Beamten zusammen.

„Sind Sie wahnsinnig?", flüsterte er. Zu weiteren Vorwürfen kam er nicht, denn mit einem Mal ging alles sehr schnell. Lautes Rufen, das Getrappel der Stiefel auf dem Betonboden des Innenhofes und mindestens acht Beamte, auch der, der eben noch neben ihr gestanden hatte, stürzten fast gleichzeitig durch das Tor einer Scheune. Dann war wieder gespenstische Ruhe und auf dem gesamten Grundstück kein Mensch mehr zu sehen.

Andrea kletterte über den Zaun und erschrak sich so sehr, dass sie beinahe laut geschrien hätte. Jemand hatte ihr die Hand auf ihre Schulter gelegt.

„Oleg. Du hast mich zu Tode erschreckt."

„Du mich auch mit deinem Alleingang."

„Sie sind alle dorthinein." Sie zeigte auf das offene Scheunentor. Oleg stieg ebenfalls über den Zaun, und gemeinsam liefen sie zur Scheune. Andrea hätte vermutet, eine laute Geräuschkulisse vorzufinden, aber es war still, die Scheune menschenleer. Nur gedämpft drangen Geräusche zu ihnen. Jetzt erkannte sie eine Treppe, die nach unten führte und die in diesem Moment einer der Beamten hochstieg.

„Wir haben ihn überwältigt. Sie können jetzt ungefährdet nach unten."

Andrea riss sich von Oleg los und stürmte an dem Beamten vorbei die Treppe hinunter, blieb auf den letzten Stufen erschrocken stehen und sah sich verwirrt um. Töne eines Klavierkonzertes waren zu hören. Vor ihr erstreckte sich ein Raum von mindestens dreißig Meter Länge. Die Decke war in mehreren Abteilungen bogenförmig gewölbt. Der

Fußboden mit Terrakottafliesen ausgelegt, in die drei bunte Glasfenster in der Form eingelassen waren, wie sie sie von den Bildern Maximilians kannte. Sie zeigten die gleichen entsetzten angstvollen Gesichter. Doch nicht genug. An den Wänden links und rechts waren weitere Bilderfenster. Von innen beleuchtet, sahen sie auf den ersten Blick wunderschön aus. Wenn man nur nicht genau hinsah und die Motive betrachtete. Zwischen ihnen brannten rote Kerzen in verzierten Messinghaltern und verstärkten das anheimelnde Licht im Raum. Schwarze Uniformrücken bildeten auf der linken Seite am Ende des Kellergewölbes eine Sichtmauer. Die Köpfe der Beamten waren auf den Fußboden vor ihnen gerichtet.

„Wo ist Frau Wahrig-Bertani?" Die Frage kam aus Matusseks Mund und verursachte Andrea körperliche Schmerzen.

„Mama?", schrie sie in den Raum.

Jetzt kam Bewegung in den Pulk der schwarzen Beamten. Er rückte auseinander, um ihr Platz zu machen, und gab den Blick frei auf einen Mann am Boden, die Hände hinter dem Rücken mit einer Plastikfessel zusammengebunden, das Gesicht auf die Steine gepresst.

„Wir wissen, dass Sie eine Frau hierher entführt haben. Sagen Sie uns, wo. Sonst machen Sie Ihre Situation noch viel schlimmer." Während er sprach, gab Matussek einigen der Beamten mit Gesten zu verstehen, dass sie ihre Durchsuchung des Hofes und der Gebäude fortsetzen sollten. Zwei der Beamten blieben zur Bewachung des Verdächtigen stehen.

In diesem Moment hörte sie ein leises Knacken, und mehrere große Leuchtstoffröhren an der Gewölbedecke sprachen an und ließen den Raum taghell werden.

„Wir haben die Lichtschalter gefunden“, tönte es völlig überflüssig aus der vorher dunkelsten Ecke unter der Treppe.

Findet keinen blöden Lichtschalter, ihr Idioten. Findet endlich meine Mutter.

Sie war drauf und dran, den Beamten zu folgen, aber Matussek hielt ihren Arm fest. „Sie sind hier nützlicher für Ihre Mutter“, flüsterte er ihr zu. „Reden Sie mit ihm, vielleicht erreichen Sie einen Funken Mitleid in diesem abartigen Hirn.“

„Bitte. Sagen Sie mir, wo Sie meine Mutter versteckt halten. Was haben Sie mit ihr gemacht? Ich verspreche Ihnen: Wenn Sie mir jetzt helfen, meine Mutter gesund nach Hause zu bringen, werde ich alles tun, damit Sie einen guten Anwalt bekommen.“

Wo hatte sie diesen verquirlten Mist her? Niemals würde sie diesem Typen helfen. Am liebsten würde sie die Auskunft aus ihm heraustrampeln. Würde auf seinen Rücken springen und bei jedem weiteren Schweigen einen seiner Wirbel brechen.

„Sie kommen zu spät." Die Stimme des Mannes am Boden klang trotz seiner Lage vollkommen entspannt.

Zu spät? Das konnte ... Das durfte nicht sein. Hilflos sah sie sich um, als ob ihr der Raum eine Antwort auf diesen Irrsinn geben könnte; drehte sich, und die vielen Glasbilder wollten von den Wänden auf sie herabfallen. *Was hat er mit dir gemacht, Mama?* Sie ließ sich auf die Knie fallen und schlug die Hände vor das Gesicht.

„Es gibt keinen Grund zu trauern. Ihre Mutter war eine Auserwählte. Zur Vollendung meiner Werke. Und sie war es wert, ausgewählt zu sein."

Der Mann hatte sein Gesicht zu ihrer Seite gedreht und sah sie nun aus dunklen Augen an. Nur eine Sekunde länger und sie würde sich übergeben müssen. Sie wandte sich ab. Ihr Blick fiel durch die Beine der Beamten, die den Entführer bewachten, auf das untere Ende des Bildes, bei dessen Vollendung die Beamten den Mann offenbar gestört hatten. Eine erste Schicht bunter Farben bedeckte das Glas, die später die typischen Mosaiken darstellen sollte. Doch die Farbe war noch nicht überall deckend. Andrea stieß einen grellen Schrei aus. Oleg war sofort bei ihr. Auch Matussek wandte sich ihr zu. Unfähig, Worte zu artikulieren, zeigte sie mit beiden Armen auf die Wand. Die beiden Beamten, die das Bild mit ihren Körpern halb verdeckten, traten erschrocken beiseite. Alle Blicke folgten der Richtung ihrer fuchtelnden Arme. Endlich fand sie Worte: „Das ... Die Schuhe ... Das ist meine Mutter", schrie sie mit überschlagender Stimme.

Matussek begriff die Bedeutung ihrer Worte als Erster. Er prüfte die Befestigung der Platte an der Wand, fand die Riegel und schob sie beiseite. „Los, Männer", forderte er. Zu dritt wuchteten sie die Platte von der Wand. „Holen Sie meine Männer zurück. Sie sollen den Notarzt anfordern und die Spurensicherung ... Sie wissen schon", schrie Matussek Oleg zu, der sofort losrannte.

Andrea kauerte noch immer auf dem Boden und starrte auf die Wand vor ihr. Sie griff sich an die Brust, denn als sie ihre Mutter ansah, drohte ihr Herz einfach mit dem Schlagen aufzuhören. Der Fußboden war kalt und feindselig, und trotzdem wünschte sie sich, er würde sich auftun und sie verschlingen. Sie wollte nicht glauben, was sie sah, und konnte sich doch nicht abwenden. Es schien eine Ewigkeit zu dauern, bis die Beamten einschließlich Matussek die vielen breiten Ledergurte, die den Körper wie festgeklebt senkrecht in der Wandauslassung gefangen hielten, endlich geöffnet hatten und den leblosen Körper ihrer Mutter vorsichtig auf dem Boden ablegten. Ihre Augen waren geschlossen. Sie atmete nicht. Ihre Gesichtsfarbe war grau, und ihre Lippen waren nur blaue Striche. Einer der Beamten griff in die zusammengebundenen Arme des Entführers und schleifte ihn wie ein wertloses Bündel Müll einige Meter über den Fußboden, weg von ihrer Mutter. Sie wunderte sich, dass sie in diesem Moment Dankbarkeit empfand. Aber sie tat es. Es wäre unerträglich, ihre Mutter neben ihrem Peiniger liegen zu sehen. Er lebte und sie …

„Ist sie …?“ Sie konnte ihre Befürchtungen nicht aussprechen und griff eine Hand ihrer Mutter. Doch die Hand war nicht so kalt, wie sie es erwartet hatte. Sie sah hoch zu Matussek, der ihr beruhigend zunickte.

„Der Arzt wird gleich hier sein. Sie lebt. Fühlen Sie“, forderte Matussek Andrea auf und legte seine Finger an den Hals ihrer Mutter.

„Hypoxie. Aber sie atmet. Sie braucht nur noch mehr Sauerstoff. Den wird sie gleich bekommen.“

Andrea verstand nicht, was Matussek ihr erklären wollte, aber noch niemals war ihr etwas gleichgültiger gewesen. *Mama lebt.* Ihre Mutter hatte überlebt. Sie waren doch noch rechtzeitig gekommen. Sie beugte sich über das Gesicht und küsste ihre Stirn. Jetzt spürte auch sie den ganz leichten Atemhauch, den ihre Mutter ausstieß. „Jetzt wird alles gut,

Mama." Sie musste ihren Vater anrufen. Sobald ihre Mutter in den sicheren Händen eines Arztes war.

„Sie haben mein Werk zerstört. Sie verstehen nichts. Absolut nichts. Ihre Mutter konnte sich glücklich schätzen, hierherzugehören."

„Kann ihm nicht jemand mal das Maul stopfen?", hörte Andrea Olegs Stimme.

„Sie haben sie um ein würdevolles Ende gebracht. Ihre eigene Mutter. Bei Ihnen ist sie nur eine unter vielen. Bei mir ..." Weiter kam er nicht. Dann gab er nur noch stöhnende Laute von sich. Beamte rissen ihn in den Stand. Laufen konnte er wegen der zusammengebundenen Fußgelenke nicht. So schleiften sie ihn mehr, als dass sie ihn hoben, über die Steintreppe hinauf.

Andrea hielt sich die Ohren zu. Das Stöhnen des Peinigers schien ihr wie der Widerhall der Qualen, die ihre Mutter hatte erleiden müssen.

Der eingetroffene Notarzt bestätigte, was Matussek gesagt hatte. „Wir geben ihr jetzt mit Sauerstoff angereicherte Atemluft. Reiner Sauerstoff wäre eher schädlich. Es war sehr knapp. Wahrscheinlich war der Sauerstoff in dem abgedichteten Wandauslass fast aufgebraucht. Aber es sieht gut aus. Bald wird Ihre Mutter wieder bei Bewusstsein sein."

„Kann ich mitfahren?“

„Selbstverständlich.“

Sie bat Oleg, sie nach oben zu begleiten. Es wimmelte inzwischen vor Menschen, die sich auf dem Gelände und in den einzelnen Gebäudeteilen zu schaffen machten. Menschen in weißen Ganzkörperanzügen, Beamte in schwarzen Kampfuniformen und Beamte in Zivil wussten trotz des Chaos offenbar genau, was sie zu tun hatten. In Andreas Kopf hämmerten die Schmerzen der Anspannung. Sie atmete mehrmals tief ein und aus, als sie eine schreckliche Erkenntnis wie ein Schlag ins Gesicht traf. „Oleg!“, schrie sie. „Hinter den anderen Bildern … sind auch Menschen?“

Er nickte ernst und drückte sie liebevoll an sich. Ein Weinkrampf schüttelte sie. Erst als er langsam nachließ, fand sie die Kraft, ihren Vater anzurufen und auch ihn aus seiner Angst zu erlösen.

„Danke“, sagte sie zu Oleg, und es kam aus tiefstem Herzen. Dann beeilte sie sich, in den Krankenwagen zu steigen, wo ihre Mutter bereits gesichert auf der Trage lag. Die Tür schloss sich, und der Wagen setzte sich in Bewegung. Das Letzte, das Andrea von diesem Bauernhof des Schreckens durch das Fenster wahrnahm, war das aufgewühlte und bleiche Gesicht Maximilians, der hilflos in dem Chaos der hektisch arbeitenden Beamten stand.

Sie waren kaum aus dem Tor des Bauernhofes gefahren, als ihre Mutter die Augen aufschlug. „Ich möchte bitte Wasser."

„Das ist ein sehr gutes Zeichen." Der Notarzt neben ihnen griff nach einer kleinen Wasserflasche, stützte Giorgias Kopf und führte die Flasche an ihren Mund. „Nur einen winzigen Schluck. Wir möchten erst sicher sein, dass alle Funktionen wieder voll da sind."

„Andrina, Liebling, ich hatte gedacht, ich sehe dich nie wieder. Gerhard?" Mühsam versuchte sie den Kopf zu drehen. „Ich habe solche Kopfschmerzen."

„Das ist ganz normal. Die werden gleich nachlassen", antwortete der Arzt und hantierte an der Infusionsflasche, die über ihr baumelte.

„Papa wartet im Krankenhaus auf dich. Mein Gott, was musst du erlebt haben."

„Er ist krank. Ich habe versucht, so zu tun, als sei ich seine Mutter. Ich hatte gehofft, dass er mich dann nicht umbringen kann. Aber ich habe es nicht geschafft."

Sie sah Andreas Tränen. „Nicht weinen, Andrina. Ich lebe ja. Hast du mich gefunden?"

„Das ist eine lange Geschichte. Ruh dich aus, Mama. Jetzt haben wir noch so viel Zeit."

„Hinter all den anderen Bildern …?"

Andrea schüttelte den Kopf. „Später, Mama."

Ihr Vater stand blass und ungekämmt am Hintereingang der Notaufnahme. Nach einer langen Umarmung seiner Frau, bei der erstaunlicherweise nicht nur bei ihrer Mutter die Tränen liefen, drehte er sich zu ihr um und suchte den Augenkontakt. Andrea wandte sich ab. Sie hatte keine Kraft mehr, sich jetzt auch noch um seine bettelnden Entschuldigungsblicke zu kümmern. Sie blieb abseits stehen, bis die Ärzte bestätigen konnten, dass alle Körperfunktionen bei Giorgia hundertprozentig in Ordnung seien und sie nur vorsorglich die kommende Nacht zur Beobachtung bleiben solle.

Ihre Mutter war jetzt in guten Händen, und nach einer liebevollen Umarmung stand Andrea unschlüssig vor dem Krankenhauseingang. Ihr Körper fühlte sich an wie ein Boxsack, dem man die Hälfte der Füllung entnommen hatte. Neidisch beobachtete sie, wie sich ein junger Mann eine Zigarette ansteckte. *Das wär's jetzt. Die Zigarette, dein Freund und Helfer in der Not.* Sie erinnerte sich an dieses Gefühl. Erst mit fünfundzwanzig Jahren hatte sie erkannt, wie trügerisch Zigaretten Hilfe, Halt und Freundschaft vorgaukeln konnten, und hatte von einem Tag auf den anderen aufgehört.

Sie lächelte. Da kam eine andere Hilfe auf sie zu, die wesentlich verlässlicher schien. Auch Oleg lächelte, als er sie erkannte.

„Was ist in diesem Gruselkeller noch passiert?“

„Nachdem sie die erste Platte entfernt haben, bin ich gegangen. Ich habe noch nie eine Leiche gesehen. Da wollte ich mir die weiteren nicht mehr antun."

„Maximilian?"

„Matussek hat ihn verhört. Er wollte wohl auch nach unten. Aber Matussek hat ihn nicht gelassen. Ich habe ihn zu seinem Elternhaus zurückgebracht, wo sein Auto stand, und vorsorglich gewartet, bis er losfuhr. Ich bin dann, bis ich hierher abbiegen musste, hinter ihm hergefahren. Ich denke, er ist nach Berlin weitergefahren."

„Ich werde ihn morgen anrufen. Aber jetzt will ich nur noch in mein Bett. Wo ist eigentlich mein Auto?"

„Einer von Michaels Leuten hat es dir zu Hause vor die Tür gestellt."

Sie schlenderten in Richtung Parkplatz. Sie wollte ihn schon die ganzen letzten Tage fragen und hatte es jedes Mal vergessen. „Woher weißt du eigentlich meine Privatanschrift?"

Er grinste und sah fast ein wenig verlegen zur Seite. „Ich bin halt ziemlich verliebt."

„Was keine Erklärung ist", lachte sie.

„Ich bin dir eines Abends von der Galerie nachgefahren."

„Das ist jetzt nicht dein Ernst, oder? Reicht es nicht, dass mich offenbar ein irrer Serienmörder verfolgt hat?"

„Und verwechselst du jetzt nicht Gut und Böse? Ich wollte einfach nur mehr von dir wissen. Ich war vom ersten Moment an fasziniert von dir."

„Danke. Aber es würde mir wesentlich mehr schmeicheln, wenn es da nicht eine Frau Wesselov und zwei Kinder Wesselov in Kleinmachnow geben würde. Findest du nicht, dass du dorthin gehörst, anstatt dich so viele Stunden um mich und meine Probleme zu kümmern? Wobei ich heilfroh bin, dass du genau dieses in letzter Zeit getan hast. Ohne dich ..."

Oleg schwieg, und sie stiegen in sein Fahrzeug. Eine lähmende Müdigkeit erfasste Andrea, kaum dass sich das Auto in Bewegung gesetzt hatte. Erst nach Minuten sprach Oleg wieder. „Meine Frau und ich haben uns bereits vor drei Jahren getrennt. Und zwar einvernehmlich."

Sie war wieder wach. Das erklärte vieles. Seine fehlenden Skrupel, die Zeit, die er immer hatte. Die Abende in Berlin. Sie ärgerte sich, dass sie dieses Thema bisher so feige umschifft hatte, nur um die Momente der Nähe nicht zu zerstören.

„Aber in einem hast du recht. Ich gehöre trotzdem nach Kleinmachnow. Zu meinen Kindern. Meine Frau ist eine tolle Frau, und für die Kinder ist der Papa wegen der Arbeit so oft weg. Aber wenn ich da bin ..."

Auch, wenn sie es verstand, es stach trotzdem. „Und diese tolle Frau hast du verlassen?“

„Liebes, nicht alles passt in deine Schubladen. Sie hat mich verlassen. Aber das ist kein Thema für diesen Moment. Wenn ich eines Tages sicher bin, eine glückliche Beziehung mit einer anderen Frau zu haben, wird es auch eine Lösung geben, den Kindern das beizubringen.“

Andrea nickte. Er war offenbar ein liebevoller und verantwortungsvoller Vater, und sie könnte sich gerade backpfeifen. Sie schloss die Augen und wollte wieder wegdämmern.

„Ich denke, dass dieser Zeitpunkt unmittelbar bevorsteht. Oder, was meinst du?“

Sie antwortete nicht, aber das erste Mal seit vierundzwanzig Stunden fühlte sie wieder so etwas wie Glück. Diese Nacht schickte sie Oleg nicht fort.

23. *KAPITEL*

Am nächsten Morgen holte sie Maximilian in seiner Wohnung ab. Schweigend saß er neben ihr, aber trotzdem schien er dankbar für den Vorschlag zu sein, gemeinsam in einem Auto nach Paulinenaue zu fahren, und hatte auch dem Umweg über das Klinikum Nauen sofort zugestimmt.

Ihre Mutter stand schon abfahrbereit neben dem Bett. Gemeinsam warteten sie auf die Ankunft von Gerhard Wahrig. Bis auf die Schatten unten den Augen sah man Giorgia die physischen Anstrengungen nicht mehr an. Und die psychischen Folgen der Erlebnisse waren gut versteckt. Andrea schüttelte ihren Kopf. Wann würde sie das Bild ihrer Mutter an der Wand aus den Gedanken bekommen?

Als ihr Vater eintrat, im Anzug mit gebügeltem Hemd und in gewohnt selbstsicherer Art, verabschiedete sich Andrea. „Heute Abend komme ich vorbei. Oder ist dir das noch zu viel, Mama?“

„Es tut mir immer gut, wenn du kommst, Andrina. Ich hab ja den ganzen Tag Zeit, mich auszuruhen.“

„Und wehe, du tust das nicht. Ich habe mit Mülli telefoniert. Sie wartet schon auf dich und wird dafür sorgen, dass du keinen Finger krumm machst.“ Andrea winkte ihrer

Mutter von der Tür noch einmal zu. „Und bitte lass Papa ans Telefon gehen."

Die Eltern sahen sie verständnislos an.

„Die Presse wird sich auf dich stürzen, Mama." Matussek hatte sie bereits darauf vorbereitet, dass die Journalisten sich vor dem Bauernhof des Serienmörders so zahlreich niedergelassen hatten, dass die Leichenwagen, die die insgesamt achtundzwanzig Leichen oder was von ihnen noch übrig geblieben war, abtransportierten, kaum passieren konnten. Es würde nicht lange dauern, bis nähere Informationen über die Identität des letzten Opfers durchsickerten, das überlebt hatte. Matussek hatte Andrea auf ihre Bitte, mit Maximilian in das Gewölbe hinuntergehen zu dürfen, erstaunlich schnell zugesagt. Noch gestern Abend hatte er ihn lange befragt, das wusste sie von Oleg. Matussek kannte im Gegensatz zu ihr also die Rolle Maximilians in diesem schrecklichen Spiel des Mörders. Und doch war es nicht Neugier, die sie zu diesem erneuten Ausflug nach Paulinenaue trieb. Sie spürte, dass es für den jungen Maler an ihrer Seite lebensnotwendig schien, sich mit dem Ursprung der Glasbilder auseinanderzusetzen.

Bereits als sie sich dem Ort näherten, wimmelte es von Menschen auf der Straße. Sie fuhren durch die Ortschaft, und die meisten Personen, die sie sahen, passten nicht hierher. Schon dreihundert Meter vor dem einsamen Bauernhof am Ortsende parkten Autos und Laster mit Aufschriften von Fernseh- und Rundfunksendern ungeordnet am Straßenrand oder sogar auf den Feldern rund um den weiträumig abgesperrten Tatort.

Andrea fuhr bis an die Absperrung heran. Sie musste warten, bis einer der Beamten Matussek holte.

„Haben Sie überhaupt geschlafen?", fragte Andrea ihn. Der Profiler sah mitleiderregend aus.

„Sie wissen doch: Ich trinke gerne Kaffee", sagte er und grinste schief. „Wie die Aasgeier." Er deutete auf die Fotografen, die von Maximilian und ihr Fotos machten, ohne zu wissen, wer sie eigentlich waren. „Soll ich denen stecken, wer Sie sind? Würde Ihrer Galerie sicher nichts schaden." Er lachte, und sie erwiderte das Lachen. An die Galerie durfte sie überhaupt nicht denken. Sie war seit zwei Tagen geschlossen – und das unmittelbar nach der Vernissage.

„Mach dir über Rüdiger Hauswald mal keine Gedanken", hatte Oleg heute Morgen zu ihr gesagt. „Der profitiert davon, sobald die Presse deine Rolle in diesem Fall mitbekommt. Er wird dir noch die Füße küssen, so viel Aufmerksamkeit wird der Galerie bald geschenkt." Hoffentlich behielt er recht.

Der Beamte schloss das Tor hinter ihnen. Noch immer waren Unmengen an Beamten und Ermittlern auf dem Grundstück. „Dürfen wir?“, fragte sie.

„Nur bitte nichts berühren. Die Spurensicherung ist unten zwar fertig, aber trotzdem …“

Andrea nickte. Sie konzentrierte sich wieder auf Maximilian, der teilnahmslos neben ihr stand. Vorsichtig berührte sie ihn am Arm und ging langsam auf die Treppe zu, als Matussek rief: „Ach, Herr Ross?“

Maximilian drehte sich um.

„Ich möchte nicht in der Haut der Kollegen stecken, die Ihnen damals nicht geglaubt haben. Und ich schäme mich für sie.“

Maximilian nickte Matussek dankbar zu, und langsam ärgerte es Andrea doch noch, dass Matussek bereits alles von Maximilian wusste, während sie noch völlig im Dunkeln tappte.

Als sie hinunterstiegen, kam ihnen ein Gemisch aus süßlichem Verwesungsgeruch und billigem Raumspray entgegen. In der Nähe der Treppe hantierte ein Polizeifotograf mit seinem Equipment.

„Könnten Sie uns einen Moment alleine lassen“, bat sie.

Er nickte. „Aber auf keinen Fall …“

„… etwas berühren, wissen wir.“

Wie in Zeitlupe schritt Maximilian die rechte Wand ab. Das Gewölbe hatte durch das grelle Neonlicht und die fehlenden bunten Glasscheiben jede Schönheit verloren, die es hätte haben können, wenn man um die Dramen nicht wüsste, die sich hier unten ganze neunundzwanzig Mal abgespielt hatten, ihre Mutter nicht eingerechnet. Die Maueröffnungen wirkten bizarr. Im offenen Zustand sah man die Elektroinstallationen für die Beleuchtung und die gemörtelten Mauersteine, die eingefügt worden waren, um die Rundung des oberen Randes zu schaffen. Bei den der Treppe am nächsten liegenden Öffnungen waren die Gurte teilweise geschlossen. Bei der Vorstellung, dass hier die Verwesung schon so weit fortgeschritten war, dass ein Entfernen der Leichenteile ohne Öffnen der Gurte möglich gewesen war, liefen Andrea Kälteschauer über den Körper. Sie blieb dicht hinter Maximilian, der jede der Maueröffnungen prüfend betrachtete. An dem Abstand der angebrachten Gurte konnte man erkennen, wenn es sich um ein Kind gehandelt haben musste, dessen Überreste entnommen worden waren. Den Bereich um die drei mittig im Fußboden eingelassenen Särge hatte man mit Aufstellern, wie sie bei Baustellen im Straßenbau üblich waren, und einem roten Plastikband vor dem zufälligen Hineintreten gesichert. Andrea fragte sich, warum der Mörder auf dem weitläufigen Fußboden nur drei solcher

Auslässe geschaffen hatte, während die Wände beinahe voll davon waren. Als sie am Ende des Gewölbes kehrtmachen mussten, blieb sie vor dem letzten der Fensteröffnungen stehen. Wieder sah sie das Bild ihrer Mutter darin, das sich ihnen gestern so schrecklich geboten hatte. Hinter ihr lag noch immer unverändert die Staffelei, die die Beamten bei der Überwältigung des Mörders umgeworfen hatten. Beide starrten sie auf das Foto, das zusammen mit einigen Rosen auf dem Boden lag. Eine ältere Frau mit dunklen kurzen Locken und eine jüngere mit langen braunen Haaren lachten in die Kamera. Sie standen in einem verschneiten Garten, am Bildrand ein halb fertiger Schneemann. Beide Frauen hatten je eine Hand auf die Schultern eines ungefähr achtjährigen Jungen vor ihnen gelegt. Sein verschmitztes Gesicht guckte unter einer bunten Strickmütze hervor.

„Seine Familie?“, fragte Maximilian.

„Meinst du, so ein Monster hat überhaupt eine Familie?“

„Vielleicht in früheren Zeiten einmal.“

Sie gingen langsam weiter. Am letzten Bodenauslass blieb Maximilian stehen.

„Dies sollte mein Grab sein. Und ich hätte es wahrlich verdient, hier zu verwesen.“

Er blieb mit tief gebeugtem Kopf stehen und schwieg. Sie fasste ihn an der Hand, zog ihn zur Treppe und setzte sich auf eine der letzten Stufen. Sie ließ seine Hand nicht los, und so blieb ihm nichts weiter übrig, als sich neben sie zu setzen.

„Bitte erzähl mir endlich, was damals passiert ist", bat sie mit leiser Stimme.

Dieses Mal verweigerte er sich ihr nicht. Tief nach vorn gebeugt und die Arme auf die Oberschenkel gestützt, erzählte er. „Ich war sieben Jahre alt. Es war der 22. Januar 1995. Ein Datum, das mich bis heute verfolgt."

Er machte eine kurze Pause, und eigentlich hätte er nicht mehr weitersprechen müssen, denn schon nach diesen beiden ersten Sätzen wusste Andrea, was damals geschehen sein musste. Der Drohbrief in der Jackentasche. Sein Interesse an den vermissten Personen. Seine Bilder.

„Ich war mit Klassenkameraden am See zum Schlittschuhlaufen. Wieder einmal ärgerten sie mich, und ich wollte deshalb früher nach Hause. Er überwältigte mich aus einem Busch heraus. Ich kann mich noch an einen weißen Lappen in seiner Hand erinnern. Dann fiel ich schon. Als ich zu mir kam, wusste ich nicht, wo ich war. Es sah alles so unwirklich aus. Ich lag auf dem Boden. Ich hatte meine Jacke nicht mehr an und fror schrecklich. Sie war neu und hatte Daunen. Sie wirkte wie eine Astronautenjacke, wie aufgepumpt – und war das Neueste. Meine Oma aus Köln hatte sie geschickt. Ich versuchte aufzustehen, konnte mich aber nicht bewegen, nicht einmal meinen Kopf heben. Es war nicht ganz dunkel, denn an der Wand neben mir leuchtete etwas. Wunderschön und bunt. Da wusste ich, ich musste gestorben sein und war aufgebahrt in einer Kirche. Es war das schönste Kirchenfenster, das ich jemals gesehen hatte, und ich musste wirklich viele Kirchen besuchen. Immer, wenn ich mit meinen Großeltern unterwegs war. Doch dann erkannte ich, dass da statt Bibelszenen oberhalb der Mosaiken ein schreckliches Gesicht gemalt war, was auf mich heruntersah. Es machte mir Angst, und ich versuchte zu fühlen, was mich an meinem Kopf, den Armen und Füßen festhielt. Meine Hände waren frei, aber in Höhe meiner Ellenbogen fühlte ich es. Ich strengte mich an, schob meinen Körper so gut es ging nach oben und zur Seite, bis ich meine Arme endlich so weit nach oben ziehen konnte, dass nur noch meine Hand hindurchmusste. Ich versuchte sie ganz schmal zu machen. Endlich gelang es. Meine rechte Hand war frei. So konnte ich an den Gurten am anderen Arm und an meinem Kopf fühlen, bis ich die Öffnungen fand. Die Füße zu befreien war dann ein Kinderspiel. Ich rappelte mich auf, rutschte auf einem glatten Fußboden aus und fiel hin. Bevor ich noch einmal aufstehen konnte, war er über mir. Er sah eigentlich ganz normal aus. Und erschrocken wirkte er. So, als ob er genauso Angst hatte wie ich. Mit sieben Jahren weiß man nichts vom Leben und schon gar nicht vom Tod. Aber trotzdem war mir klar: Ich musste um mein Leben rennen, egal wie harmlos mein Entführer schien. Ich wand mich aus seiner Umklammerung und robbte unter seinen Beinen hindurch. Vor mir sah ich eine Steintreppe, und ich war schneller als er. Ich fand mich in einer Scheune wieder. Durch den Lichtschein von unten sah ich das Tor und stürzte nach draußen. Dort war es bereits dunkel, aber der Schnee auf den Feldern leuchtete. Ich lief einfach drauf los. Quer über den Hof. Ich frage mich bis heute, warum ich nicht zum Tor in Richtung Straße gelaufen bin. Dort, wo sicher andere Menschen wohnten, die mir hätten helfen können. Doch wahrscheinlich hatte ich instinktiv befürchtet, das Tor wäre verschlossen und ich meinem Entführer, der dicht hinter mir keuchte, hilflos ausgeliefert. So rannte ich über ein Feld. Rannte und rannte. Irgendwann waren um mich herum Bäume, und ich traute mich zurückzusehen. Aber niemand war mir gefolgt. Ich fror erbärmlich, und meine Füße waren durch den Schnee schon klitschnass. Ich stolperte mehr, als ich rennen konnte. Durch dichtes Unterholz und über weiches Laub unter dem Schnee. Irgendwann konnte ich nicht mehr laufen. In der Nähe sah ich Gebäude, in denen Licht brannte. Obwohl ich eine Heidenangst hatte, näherte ich mich ihnen, kletterte über einen

Zaun und ruckelte vorsichtig an einer Scheunentür. Sie war nicht verschlossen, und ich stieg auf den Heuboden. Irgendwann muss ich eingeschlafen sein. Jedenfalls stand mit einem Mal der Bauer über mir. Ich wollte wieder weglaufen. Aber er hielt mich fest. Ich erzählte ihm, was passiert war, und seine Frau machte mir in der Küche eine heiße Milch und ein Wurstbrot. Dann kam die Polizei und nahm mich mit. Zu Hause weinte meine Mutter, und mein Vater strich mir über den Kopf. Auch ihnen erzählte ich meine Geschichte. Und sie glaubten mir. Am Anfang jedenfalls."

Er schwieg.

„Natürlich haben sie dir geglaubt", versicherte Andrea. Doch Maximilian schüttelte den Kopf.

„Die Polizei hat diese Zweifel gesät. Sie behaupteten nach wenigen Tagen, dass sie keine Details meiner Erzählungen bestätigen könnten. Ich hätte alles erfunden, um den Verlust meiner nagelneuen Jacke zu erklären, die ich wahrscheinlich verkauft oder schlicht verloren hatte. Ich spürte, wie sich diese Erklärung nach und nach in den Köpfen meiner Eltern, besonders meines Vaters, festsetzte. Sie stellten immer öfter Fragen in diese Richtung. Und dann …"

„Dann kam der Brief, nicht wahr?", flüsterte Andrea. „Konntest du denn niemals deine Eltern von der Wahrheit überzeugen? Du hattest doch den Drohbrief."

„Und ich hatte Angst. Außerdem bekam ich hohes Fieber und eine Lungenentzündung. Ich war ja mitten in der Nacht nur im Pullover und ohne Schuhe geflüchtet und wusste fast selbst nicht mehr, was Realität und was Fiebertraum gewesen war."

„Spätestens, als du erwachsen warst, hätten sie dir geglaubt."

„Da sind sie bei einem Fährunglück auf der Ostsee ertrunken. Wem sollte ich es noch erzählen? Und warum? Bis zu ihrem Tod hatte ich immer gehofft, dass ich irgendwann das Gewölbe finde, als Beweis."

„Du hattest Jahre Zeit, den Hof zu suchen." Die Vorstellung, dass sie, dass ihre Mutter niemals in diese Lage gekommen wäre, hätte Maximilian früher zu suchen angefangen, machte sie zornig. „Du musst doch selbst befürchtet haben, dass er Menschen umbringt. Sonst hättest du die Artikel nicht gesammelt. Wer weiß, wie vielen Menschen du hättest das Leben retten können, wenn du früher zur Polizei gegangen wärst!" Sie musste sich beherrschen, um ihn nicht anzuschreien. Sie sah vor sich ihre Mutter und ihren Anblick, als Matussek und seine Männer im letzten Moment die Glasscheibe abgenommen und ihr so den lebensnotwendigen Sauerstoff geschenkt hatten. Sie wusste, dass dieses Bild sie nie wieder loslassen würde. Wie musste es den Familien der übrigen Opfer, für die es keine Rettung gegeben hatte, jetzt ergehen?

„Ich habe selbst all die Jahre geglaubt, dass ich damals gelogen hatte. Denn ich war mir sicher: Wenn meine Mutter mir nicht glaubte, konnte es nicht stimmen. Ich wusste zwar, dass ich nicht absichtlich und bewusst gelogen hatte, hielt es aber irgendwann selbst für einen bösen Traum. Vielleicht war ich ja auf dem Weg vom Eislaufen gestürzt, bewusstlos geworden, halb erfroren und hatte mir dann das mit dem Entführer, den Kirchenfenstern und dem Keller nur eingebildet. Den Drohbrief hatte ich längst in die hinterste Ecke unter meinem Bett versteckt. Bis die Leute des Magazins auf mich zukamen – und dann du mit der Ausstellung. Ihr habt die Glasbilder zurück in die Realität geholt. Erst da habe ich mit der Suche angefangen. Ich hätte niemals auf die Idee kommen dürfen, in dem Interview die Glasbilder zu zeigen. Dadurch muss ich ihn aufgescheucht haben. Ich habe ihn erinnert, dass es mich noch gibt."

„Aber die Artikel … Ich habe sie gesehen – wie gelblich das Papier schon war. Du musst schon vorher … Auch als deine Eltern noch lebten."

Er nickte. „2003 las ich durch Zufall die Nachricht in der Zeitung. Der 22. Januar, der Tag, an dem der achtjährige Junge verschwand, sprang mir förmlich ins Gesicht. Ich sah die Parallelen zu meiner eigenen Geschichte. Das Internet machte es leicht, weitere, auch frühere Fälle zu finden.“ Er hielt inne und sah sie das erste Mal hier unten direkt an. „Andrea, ich weiß, was ich dir, deiner Mutter und all diesen Menschen hier angetan habe. Ich verstehe es selbst nicht, warum ich nicht früher gehandelt habe. Denn es war eigentlich so einfach. Ich kannte den Bauernhof, wo mich die Polizei abgeholt hatte. Ich habe meinen Kopf zermartert, wie lange ich vor dem Entführer davongelaufen bin. Obwohl es mir wie viele Stunden vorkam, glaube ich, dass es nicht mehr als insgesamt drei Stunden waren. Und ich bin nicht die ganze Zeit gelaufen, sondern gestolpert, hingefallen und wieder aufgestanden. Bestimmt war mein Weg auch nicht schnurgerade. Aber ich wusste, am Anfang war das Feld. Dann ein Waldstück und zum Schluss waren es wieder Felder, denn sonst hätte ich wahrscheinlich das Licht nicht sehen können. Jedenfalls habe ich auf dem Plan einen Kreis mit einem Radius von fünfzehn Kilometern markiert. Ich glaube, dass die fünfzehn Kilometer das absolut Höchste sind, was ich in dem Alter und in der Verfassung zurücklegen konnte. In dem Umkreis habe ich in der Nähe von Waldstücken gesucht. Ich verstehe es nicht. Ich hätte die Menschen alle retten können. Stattdessen habe ich diese unsäglichen Bilder gemalt, um damit fertigzuwerden.“

Die tiefe Traurigkeit in seinen Augen vertrieb ihren Zorn über seine Untätigkeit. Ja, es stimmte, dass Maximilian unter Umständen die Opfer der letzten Jahre hätte retten können, aber die Schuld dafür jetzt auf sich allein zu nehmen, hieße alle wirklich Verantwortlichen davon freizusprechen. Die unsagbar stumpfsinnigen Beamten damals. Die Eltern, die den Vertretern der Staatsmacht mehr glaubten als ihrem Jungen. Und schließlich den Mörder selbst. Ein siebenjähriger Junge. Wer wusste schon, ob es nicht unmöglich gewesen war, ohne Hilfe die Erlebnisse zu verarbeiten? Wie schnell man Schuld auf sich laden konnte, hatte sie selbst die letzten Tage erfahren müssen. Nein, sie würde nicht über ihn richten. Und wenn sie ihn jetzt so beobachtete, so tat er das bereits selbst.

In dem Kellerabschnitt links und rechts neben der Treppe standen die Glasbilder mit Decken und Tüchern vor Bruch geschützt senkrecht an der Wand. Was würde wohl aus ihnen werden, wenn die Staatsanwaltschaft sie nicht mehr brauchte? Versonnen betrachtete auch Maximilian die Glasplatten.

„Ich male sie besser als er."

„Lass uns gehen."

Das Sonnenlicht blendete sie, als sie aus der Scheune auf den Hof traten. Andrea ging auf Matussek zu. „Was geschieht eigentlich mit den Glasbildern, wenn das alles untersucht ist?"

Der Profiler zuckte mit den Achseln. „Sie sind erst einmal beschlagnahmt. Was weiter mit ihnen passiert, entscheidet der Richter. Entweder werden sie eingezogen. Dann erhält sie der Staat, der sie wahrscheinlich vernichten wird, da sie für ihn wertlos sind, oder sie werden nur als Beweismittel gesehen. Dann könnten sie nach Vorliegen eines rechtskräftigen Urteils wieder an den Eigentümer zurückgegeben werden."

„An den Mörder? Obwohl der im Knast sitzen wird?"

„Keine Ahnung. Damit muss ich mich Gott sei Dank nicht beschäftigen."

Andrea stellte sich vor, wie jemand diese Bilder verkaufen könnte. So pietätlos es schien, aber sie würden ganz das Gegenteil von wertlos sein. Es gäbe genug Menschen, die alles dafür zahlen würden, um ein Bild eines Serienmörders zu besitzen.

24. KAPITEL

„Ey, du brauchst das. Du musst das verarbeiten. Kannst dich nicht hier vergraben." Mit diesen Worten hatte Alisha ihn jeden Tag des Prozesses genervt. Aber er würde nur dieses eine Mal den Gerichtssaal betreten. Und nur, weil er es musste, denn am heutigen Tag war er als Zeuge geladen. Wie oft hatte er sich diese Situation ausgemalt: Er könne seine Geschichte erzählen, und alle würden ihm endlich glauben. Seine Eltern, seine Oma, seine Lehrer. Jetzt graute ihm davor. Er ließ den Blick über dic Zuschauerbänke schweifen. Aber außer Andrea, Oleg und Alisha kannte er niemanden. Trotzdem starrten ihn alle an, als sei er die Reinkarnation des verlorenen Glücks. Der Einzige, der außer Giorgia Wahrig-Bertani das Monster überlebt hatte. Er nahm nach Aufforderung des Vorsitzenden Richters am Zeugentisch Platz und starrte ausschließlich nach vorn zu den Richtern und Schöffen, fünf an der Zahl, die nebeneinander aufgereiht hinter einer Holzbarriere auf ihn warteten.

Während seiner Aussage stach ihm hin und wieder ein Schluchzen oder verhaltenes Stöhnen aus den Zuschauerreihen hinter ihm direkt ins Gehirn. Warum taten sich die Angehörigen das an? „Weil die Wahrheit besser ist, als niemals den Grund für ihr Verschwinden zu wissen, niemals zu wissen, was passiert ist oder ob die vermisste Person nicht doch noch irgendwo lebt. Endlich abzuschließen mit dieser Ungewissheit. Und genau das musst du auch tun“, hatten Andrea und Alisha ihm immer wieder erklärt. Das mochte ja stimmen, aber allein den vorgetragenen Fakten zuzuhören, war zu schrecklich. Nur zwei Jahre nach dem tragischen Tod seiner Familie durch das Einbrechen beim Schlittschuhlaufen hatte der Mörder, dessen Namen, Reinhard Stoll, nun die ganze Welt kannte, mit dem Morden begonnen. Die Geschichten seiner Gräueltaten, die er in den folgenden neunundzwanzig Jahren den Menschen angetan hatte, die in seinem Gewölbe im wahrsten Sinne des Wortes ihr Leben ausgehaucht hatten, füllten nun Hunderte von Aktenordnern. Neun Frauen im Alter um die sechzig, elf junge Frauen von ungefähr dreißig Jahren und neun Jungen im Alter zwischen acht und elf Jahren. Allein siebzehn Opfer wurden am Jahrestag des Familienunglücks, dem 22. Januar, hinter dem Glas erstickt. So wie im Jahr 1995, dem zehnten Jahrestag des Familiendramas, wollte Stoll auch das 2014 mit drei Bildern abschließen. Als endgültigen Abschluss seines Werkes, wie er behauptete; weil seine körperlichen Kräfte nachließen, sagten die Gutachter.

Es schien Maximilian ganz und gar unerträglich, mit diesem Monster in einem Raum zu sitzen oder ihn sogar anzusehen. Er weigerte sich jedenfalls, sein Gesicht nach links zu drehen, wo der sechzigjährige Mann neben seinem Verteidiger sitzen musste. Aus der Presse wusste er, dass Reinhard Stoll keine Reue zeigte. Im Gegenteil, die Aufmerksamkeit, die ihm durch den Prozess, besonders vonseiten der Presse, zuteil wurde, hatte ihn noch weiter in seine eigene Welt gedrängt. Dort, wo er besser als Gott sein Handwerk verstand. Dort, wo die Menschen in den Gurten nur Objekte waren, um sein großes Werk zu vollenden, Abbilder seiner verstorbenen Ehefrau, Mutter und seines Sohnes. Er hatte jeden restlichen Bezug zur Realität verloren, der vielleicht noch vorhanden gewesen war, solange er nach außen hin ein normales Leben zeigen musste.

Maximilian brachte seine Zeugenaussage hinter sich und konnte anschließend nicht einmal Alisha an seiner Seite aushalten. Er rannte durch das Blitzlichtgewitter der Presse vor der Tür des Versammlungssaales, wunderte sich, dass sie ihn nicht lynchten, nun, nachdem alle Welt gehört hatte, welche Schuld er durch sein jahrelanges Schweigen auf sich geladen hatte. Er rannte aus dem Gerichtsgebäude und irrte ziellos durch die Straßen. Er würde sich umbringen, so viel war gewiss. Dabei hatte er sich vor Kurzem noch mit jeder Faser seiner Seele danach gesehnt, überhaupt endlich mit dem Leben zu beginnen.

Völlig erschöpft kam er am Abend in der Reichenberger Straße an, zog bereits den Haustürschlüssel aus der Hosentasche und stoppte dann. Er konnte seine Bilder jetzt nicht ertragen. Er wusste nicht einmal, ob er jemals wieder würde malen können. Alisha trat auf den Balkon. „Warte, ich komme raus."

Einen Moment später trat sie aus der Haustür, hakte ihn unter und sagte nur: „Wir gehen zu mir."

Willenlos ließ er sich mitziehen.

„Ma… Clemens", begann Andrea am Telefon. Er lächelte. Auch Andrea musste sich offenbar erst daran gewöhnen, dass er nun wieder Clemens Borchert hieß. Seit alle Welt seine Geschichte kannte und der Grund für seine Namensänderung nun endlich nach wochenlangem Prozess lebenslang hinter Schloss und Riegel saß, hatte er seinen richtigen Namen wieder angenommen. Die Gutachter vor Gericht hatten Reinhard Stoll entgegen den Erwartungen nicht für vollständig unzurechnungsfähig erkannt. Und sie schienen recht zu haben. Denn nun war er mit einer Veröffentlichung in der Zeitung überraschend in die Realität zurückgekehrt. Per Zeitungsinserat am 21. März 2015 wünschte er Clemens zu sprechen und ließ verlauten, er habe im Gefängnis eine notarielle Schenkung beurkunden lassen, mit der er Clemens seine Glasbilder geschenkt habe, und bat nun um Annahme der Schenkung.

„Lass mal alle ethischen Vorbehalte weg“, fuhr Andrea fort. „Wir haben alle so viel durchmachen müssen – und besonders meine Mutter. Warum sollten wir jetzt nicht davon profitieren? Damals haben wir uns deinen und meinen Durchbruch gewünscht: durch eine Ausstellung. Nun würden wir durch eine Ausstellung mit dir sogar in die Geschichte eingehen.“

Er glaubte, seinen Ohren nicht zu trauen. Im letzten Jahr und besonders während des Prozesses waren Andrea und auch Oleg zu wirklich guten Freunden geworden, und nun schlug diese Freundin allen Ernstes vor, er solle die Schenkung annehmen und damit eine Ausstellung machen? Er hatte die Welt noch nie verstanden und ab diesem Moment erst recht nicht mehr.

„Soll ich vielleicht den Bildern auch noch Namen geben? Die Namen der Menschen, die hinter ihnen gestorben sind? Du spinnst ja total. Dieses Schwein! Was bildet er sich ein, sich noch einmal in mein Leben zu drängen? Der kann sich seine stümperhaften Bilder sonst wohin stecken. Ich denke gar nicht daran.“ Clemens hätte dem Notar, der die Schenkung im Gefängnis beurkundet hatte, am liebsten den Hals umgedreht. Rechtsstaat hin oder her. Wie konnte sich jemand für die Wünsche eines Serienmörders überhaupt einsetzen?

„Ich meine ja auch keine Ausstellung mit seinen Bildern, sondern mit deinen, Clemens. Was denkst du denn von mir?"

„Das verstehe ich nicht. Was hat das mit der Schenkung zu tun?"

„Du weißt doch ganz genau, wie die Menschen ticken. Wenn du jetzt die Schenkung annimmst – du musst es nicht einmal bestätigen, nur eben auch nicht dementieren –, wird jeder in die Ausstellung kommen. In der Hoffnung, dass er dort auch die Bilder des Mörders sehen kann."

„Ich dachte, du seiest Galeristin geworden, weil dir Kunst alles bedeutet. Ich wusste nicht, dass dich auch nur die Geldgier treibt."

Am anderen Ende der Leitung schwieg Andrea.

„Ich muss jetzt los. Sorry, aber lass uns lieber ein anderes Mal telefonieren", beendete er das Gespräch.

Alisha sah ihn fragend an.

„Lass uns später darüber reden", bat er. „Wir haben noch genug mit der Renovierung zu tun." Seit dem Tag seiner Zeugenaussage vor Gericht hatte er seine Wohnung nur noch ein einziges Mal betreten. In Gegenwart Alishas hatte er seine persönlichen Dinge gepackt und wohnte seitdem bei ihr im WG-Zimmer. Auch gemalt hatte er nicht mehr. Nun hatten sie eine bezahlbare Dreieinhalbzimmerwohnung zum Kauf gefunden, die Clemens mit seiner noch immer unangetasteten Erbschaft bezahlte. In einer Woche würden sie gemeinsam dort einziehen. Und wer wusste es? Vielleicht könnte er in dem lichtdurchfluteten halben Zimmer tatsächlich wieder zu malen beginnen. Leinwandbilder nahmen bei Weitem weniger Platz ein als mannshohe Glasbilder.

Clemens schlief schlecht in dieser Nacht. Immer wieder wachte er aus Träumen auf, in denen er sich abwechselnd als vergötterter Künstler und als eiskalt berechnender Galerist sah. Beide Male in einer großzügigen Villa am Wannsee, einen Fuhrpark vor dem Haus und mehrere Angestellte im Inneren. Alisha hatte ihn verlassen. Die vielen Fenster der Villa waren ihr zu bunt gewesen. Sie bestanden aus Reinhard Stolls Glasbildern. Auch er lief in den Träumen nur mit einer dunklen Sonnenbrille durch das Haus. Wie Rumpelstilzchen hüpfte er in einem großen Wohnzimmer, das eher einem Ballsaal glich, und rief immer und immer wieder: „Ich bin reich! Ich bin berühmt! Ich bin reich!“ Die Wände der Villa waren bedeckt mit seinen eigenen Leinwandbildern und draußen auf der Straße standen Wachen mit scharfer Munition, um die Meute zurückzuhalten, die alles tun würde, um eines seiner Bilder zu ergattern.

Clemens war schlecht von sich selbst. Wie tief war er in diesem Traum gesunken? Er stand im Bad und gurgelte mit Mundwasser, als könne er diese erbärmliche Traumfigur Clemens Borchert herunterspülen. *Nein. Niemals. Auch nicht dir zuliebe, Andrea.*

Als Alisha aufstand, hatte er sich einigermaßen beruhigt. Er sah sie liebevoll an. Sie würden in wenigen Monaten heiraten, und sie wollte eines Tages an der Uni studieren. Sie brauchten Geld. Würde sein zweifelhafter Ruhm, den er als einziges überlebendes Opfer des Serienmörders Stoll erworben hatte, nicht ausreichen, seine anderen Bilder zu verkaufen und sich damit einen Namen zu machen? Brauchte es dafür wirklich die sensationsgeilen Käufer seiner Glasplatten?

„Anna schläft noch wie ein Murmeltier", sagte Alisha und putzte sich ebenfalls die Zähne.

„Das ist ein gutes Zeichen", antwortete er.

Das Telefon klingelte und zeigte auf dem Display Andreas Nummer. Er lächelte. War ja klar, dass ihr der Streit von gestern Abend keine Ruhe gelassen hatte. Ihm ja auch nicht.

„Clemens. Du hast das gestern wirklich völlig falsch verstanden."

„Das ist mir inzwischen auch klar. Ich weiß noch nicht, was ich mit dieser verdammten Schenkung tun werde. Aber auf jeden Fall werde ich ins Gefängnis gehen und mit Stoll sprechen.“

„Willst du dir das wirklich antun? Für die Annahme der Schenkung brauchst du das nicht.“

„Ich muss es ihm einmal ins Gesicht sagen, was er mir angetan hat, auch, wenn ich überlebt habe. Ihr habt die ganze Zeit recht gehabt. Ich kann nicht vor ihm davonlaufen. Ich muss ihm noch einmal die Stirn bieten.“

Im Schlafzimmer lachten Alisha und Anna miteinander.

„Ist Anna wieder bei dir?“, fragte Andrea.

„Ja, sie war sogar über Nacht hier.“

„Clemens. Übertreib es nicht mit deinem Wiedergutmachungsbedürfnis“, warnte sie.

„Es ist das Einzige, das ich tun kann, um meinen Achttausender-Schuldberg um einen einzigen Meter abzubauen.“

Kurz nach Aufdeckung der Mordserie war die kranke Mutter des letzten Opfers, die alleinerziehende Mutter der vierjährigen Anna, Marlies von Graefen, gestorben, und die kleine Anna war in ein Heim gekommen. Seit der Prozess die näheren Umstände bekannt gemacht hatte, waren Clemens und Alisha in jeder freien Minute dort und kümmerten sich um das Mädchen.

„Eines Tages wirst du Anna sagen müssen, welche Rolle du gespielt hast. Glaubst du, sie wird verstehen, dass sie für dich nichts weiter als eine Möglichkeit deiner Schuldbewältigung war? Dass womöglich ihre Mutter noch leben könnte, wenn du früher …?“, hatte Andrea ihn gefragt, als die Häufigkeit seiner Besuche im Waisenhaus zunahm.

„Sie ist längst viel mehr als das. Alisha und ich werden sie eines Tages adoptieren. Mach dir keine Sorgen. Ich gehe wieder zu einer Therapie. Dieses Mal eine Therapeutin. Und im Gegensatz zu meinem damaligen Therapeuten ist sie gut. Kommst du mit ins Gefängnis?“

„Ich fahr dich hin. Rein will ich auf gar keinen Fall.“

„Gut. Dann sage ich seinem Anwalt Bescheid wegen der Besuchserlaubnis.“

„Hoffentlich schlägst du ihm jetzt gehörig in die Fresse“, rief ihm Alisha hinterher, als Clemens Andrea und sie auf dem Parkplatz der Haftanstalt Brandenburg zurückließ und in Richtung Eingang ging. Er konnte nicht einmal über ihren herzhaften Rat lachen, so erbärmlich fühlte er sich. Sein Puls raste, und seine Hände waren eiskalt. Er wurde in einen kahlen Raum geführt, in dem nur ein Tisch und mehrere Stühle standen. Er setzte sich auf einen der Tür entgegengesetzten Stuhl, schlug die Beine übereinander und probierte, wie er eine möglichst überlegene Haltung präsentieren konnte, sobald Reinhard Stoll hereingeführt wurde. Es war albern. Er stand wieder auf und ging hin und her, was in dem kleinen Raum nur wenige Schritte bedeutete. Ebenfalls nicht gerade die Verfassung, in der er seinem Fast-Mörder gegenübertreten wollte. Er setzte sich wieder hin, zog den Stuhl dicht an den Tisch und legte die Arme verschränkt darauf. So blickte er Reinhard Stoll entgegen, der in Anstaltskleidung und Handschellen den Raum betrat. Er war kaum größer als Clemens und schlank. Seit dem Prozessbeginn hatte er sich eine Glatze rasiert, was seinen länglichen Kopf noch schmaler machte. Ein harmloser Gefangener. Man durfte ihm nur nicht ins Gesicht sehen. Unweigerlich erinnerte er an Kevin Spacey in dem Thriller „Sieben“, den sich Clemens eine Zeit lang wieder und wieder angesehen hatte, ansehen musste.

Als sich Stoll ihm gegenübersetzte, rückte Clemens unwillkürlich mit seinem Stuhl etwas ab, behielt die Arme verschränkt vor seinem Körper.

„Ich werde die Schenkung nicht annehmen.“

„Doch, das wirst du. Denn von jetzt an musst du dich an mir messen lassen. Und das wird dich immer ärgern, bis du sie in deinen Händen halten kannst.“

„Wieder eines Ihrer Fehlurteile."

„Es wird niemals etwas Vergleichbares geben. Egal, wie gut du bist. Es sind die Todesbilder von Paulinenaue, die die Leute von dir sehen wollen. Nichts anderes."

„Diese Leute wollen keinen Künstler sehen. Kein Kunstwerk. Nicht Ihre verdammten Farben und nicht Ihre verdammten Kompositionen. Diese Menschen sind einfach nur sensationsgeil."

„Deine Kunden werden genau das sein. Egal, was du malst. Und hinter deinen Bildern werden sie mich sehen. Ihre Bewunderung wird mir gelten. Mir und meinen Taten."

„Gräueltaten."

„Die die Menschen selbst gern täten. Deshalb achten sie mich. Für das, was ich für sie getan habe."

„So ein Irrsinn! Sie haben das alles nur für sich selbst getan. Für Ihr kleines erbärmliches Ego. Für den hässlichen kleinen Mann, der in Ihnen steckt."

„Gut, dass mein Vater dich nicht hören kann."

„Ich bedauere, dass es in Deutschland keine Todesstrafe mehr gibt."

„Du bist doch davongekommen."

„Sie haben mir meine Kindheit gestohlen. Und noch viel mehr."

„Du bist noch immer ein Kind. Sonst würdest du die Bilder nehmen und mir dankbar sein."

„Wie lange hat es gedauert? Der Todeskampf dieser vielen armen Menschen. Haben Sie es ihnen vorher gesagt? Bevor Sie das Glas auf sie gelegt und sie damit langsam erstickt haben? Sie hätten ihnen mehr Tabletten geben können. Das hätte wenigstens einen winzigen Rest von Menschlichkeit in Ihnen gezeigt. Was war mit den Kindern? Hatten Sie wenigstens mit denen ein Erbarmen?"

„Du sprichst wie der Anstaltspfarrer."

„Ich werde sie auf keinen Fall nehmen. Stecken Sie sich Ihre Bilder sonst wohin."

„Wie du weißt, ist die Pressemeldung längst herausgegeben. Die Welt da draußen weiß es schon und wird dich überrennen."

„Lässt man so etwas hier wirklich zu? Ein Serienmörder darf Hof halten und Pressemeldungen rausgeben? Nicht zu fassen."

„Möchtest du zurück in die Barbarei?"

„Barbarei. Das sagt der Richtige!"

Clemens stand auf. Er wollte seine innere Unruhe durch die Bewegung seiner Beine loswerden. Aber es waren nur wenige Schritte, bis eine weiß getünchte Wand ihn zur Umkehr zwang. Dreimal bewegte er sich von Wand zu Wand.

Stoll schwieg, aber seine Augen blieben an Clemens haften, der die herausfordernden Blicke kaum noch ertragen konnte. Er war im Begriff, an die Tür zu klopfen.

„Warum willst du schon gehen? Ich wollte dir noch so viele Tipps geben."

„Halt deine Schnauze."

„Alle Kinder haben geschlafen. Wie mein Marc damals."

„Wer ist Marc? Auch eines deiner vielen Opfer?"

Stoll schwieg. Etwas in seinem Blick ließ Clemens zurückkehren und sich wieder setzen.

„Ich bin die Bilder in meinem Kopf nicht wieder losgeworden. Ich musste sie malen. Immer wieder. Nur so habe ich Marc behalten können. Und du warst der Auserkorene, der einzige Junge, den ich für den Boden vorgesehen hatte. Die davor waren es nicht wert. Aber du, du sahst genauso aus wie Marc."

Er machte eine Pause, und Clemens wartete. Wollte hören, was das kranke Hirn zu diesen Bildern gebracht hatte. Bilder, die um so vieles besser waren, als seine eigenen. Auch, wenn er ständig das Gegenteil äußerte. Musste man verrückt sein, um so malen zu können?

„Ich habe sie retten wollen. Wirklich. Alle drei. Aber ich war selbst so entkräftet, als ich es endlich geschafft hatte, zurück zum Einbruchsloch zu schwimmen und mich aus dem Wasser hochzuziehen. Sie trieben längst weiter. Ich bin, so schnell ich konnte, hinterhergerobbt. Vorsichtig, damit das Eis nicht wieder brach. Dann sah ich sie. Meine nasse Kleidung, die Tropfen aus meinen Haaren, machten das Eis glasklar."

Wieder schwieg er. Erst als Clemens aufstand, unschlüssig, ob er jetzt gehen wollte oder nicht, sprach er wieder.

„Es war geschickt von dir, den Namen zu ändern."

„Das habe ich erst als Erwachsener."

„Wenn ich gewusst hätte, dass du hinter Maximilian Ross steckst, hätte ich doch niemals versucht, die Ausstellung zu stoppen. Ich habe mir quasi mein eigenes Grab geschaufelt."

„Schade, dass Sie es nicht wirklich getan haben, ein eigenes Grab. Ich wäre gekommen und hätte eigenhändig die Platte aufgelegt und genüsslich zugesehen, wie die Atemluft immer weniger wird."

„Ich sage ja: Taten, die die Menschen selbst gern täten. Hast du dir nicht manches Mal gewünscht, deine Models würden tatsächlich die Panik so empfinden, wie du es ihnen als Aufgabe gestellt hast? Dass es kein Job ist, wo das Model nur spielt, sondern Realität? Und du dadurch ein viel besserer Maler?"

„Sie haben mich durch die Entführung und den Drohbrief doch erst dazu gebracht, überhaupt dieses Motiv zu malen.

Ich war sieben Jahre alt! Es ist krank. Und es macht keinen Sinn, mit einem Irren zu sprechen." Clemens stolperte über ein Tischbein, fing sich wieder und hastete zur Tür. Durch das kleine Fenster sah er das Gesicht des Beamten, der sofort öffnete.

„Alles in Ordnung?"

Clemens war nicht in der Lage zu antworten. Er wollte raus. Weg von diesem Mann, der die dunkelsten Seiten seiner Seele ansprach.

25. KAPITEL

Andrea legte betroffen den Hörer auf.

„Was bedrückt die schönste Frau der Stadt?“, fragte Oleg. Sie setzte sich zu ihm auf die Couch und kuschelte sich an ihn. Nachdenklich erzählte sie, dass Clemens sie soeben gebeten hatte, mit ihm morgen früh zu einer abgelegenen und leer stehenden Fabrik irgendwo im Umland zu fahren, wo er angeblich Stolls Glasplatten hatte hinbringen lassen.

„Was meinst du, was er dort von mir will?“, fragte sie.

„Ich habe nicht die geringste Ahnung. Soll ich dich begleiten?“

„Er bestand darauf, dass wir allein bleiben. Auch Alisha wird nicht mitkommen.“

„Passt nur auf, dass die Presse keinen Wind von eurer Verabredung bekommt. Die sind seit der Annahme der Schenkung sowieso auf Habachtstellung.“

„Ich habe ein bisschen Bammel“, sagte Andrea nach einer Weile.

„Vor dem Treffen?“

„Nein, vor dem ersten Besuch deiner Kinder morgen. Werden sie mich mögen?“

Oleg strich ihr sanft über die Locken. „Nein.“

„Nein?“ Sie setzte sich erschrocken aufrecht und sah in sein lachendes Gesicht.

„Sie werden dich nicht mögen. Sie werden dich lieben.“

Sie knuffte ihn erleichtert in die Seite. „Sie haben sich lange geweigert, mich kennenzulernen“, zweifelte sie und dachte an die vielen einsamen Abende im vergangenen Jahr, an denen Oleg in Kleinmachnow übernachtete, um für seine Kinder da zu sein. Für sie hatte die Trennung der Eltern gerade erst begonnen. „Im Nachhinein hat es sich wohl als Fehler herausgestellt, dass meine Exfrau und ich den Kindern noch die heile Welt vorgespielt haben“, hatte Oleg kürzlich frustriert zugegeben. Das gemeinsame Leben mit ihr konnte ihm gar nicht schnell genug gehen, und der erfolgsverwöhnte Mann, der sie gerade wieder zu sich herunter zog, hatte schwer daran zu knabbern, geduldig zu warten, bis die ersten Irritationen der Kinder vorüber waren. Wenigstens unterstützte die Kindesmutter Oleg nach Kräften und versicherte ihren Söhnen immer wieder, dass der Papa keineswegs der Böse war, der Frau und Kinder einfach so verließ, sondern aus Liebe und Fürsorge für sie jahrelang eben gerade nicht ausgezogen war. Andreas Gedanken schweiften zu ihrem eigenen Vater. Obwohl Oleg und auch ihre Mutter sie immer wieder drängten, hatte es bis heute keine wirkliche Aussprache zwischen ihnen gegeben.

Pünktlich stand Andrea zur verabredeten Zeit vor der neuen Wohnung von Alisha und Clemens. Sie fuhren mit seinem Auto. Er war wortkarg, und so sprachen sie nur das Notwendigste. Beide achteten auf die hinter ihnen fahrenden Fahrzeuge. Die Presseleute waren noch immer wie die Geier an Clemens' Geschichte dran. Doch je weiter sie fuhren, umso sicherer wurden sie, dass keiner ihnen folgte.

„Wie hast du es geschafft, dass niemand etwas von der Übergabe mitbekommen hat?", fragte sie.

„Ich hatte einen geschlossenen Lkw gemietet, und ich selbst war nicht anwesend. Ein Freund von Alisha hat das für mich erledigt. Ich habe die Platten bisher auch noch nicht gesehen."

„Kann man ihm trauen?"

Clemens nickte, und sie musste schlucken. Würde sie selbst die Abbilder der Horrorgeschichten aus der Gruft noch einmal ansehen können? Was hatte Clemens vor? Warum sollte sie dabei sein?

„Ich will nicht allein dort sein", beantwortete er ihre lautlose Frage.

Eine Stunde später fuhren sie auf das verlassene Fabrikgelände. Clemens zog aus seiner Jackentasche einen Schlüssel und öffnete damit das Vorhängeschloss vor einem schweren

Eisentor. Er fand einen Lichtschalter, und knackend starteten die letzten funktionierenden Leuchtstoffröhren an der hohen Decke. Ihre Schritte hallten in dem leeren Lagerraum oder was immer das einmal gewesen war. Der einzige Inhalt waren jetzt die Glasplatten, die in mehreren Gruppen von drei bis vier hintereinander an die Wand gelehnt standen. Jeweils voneinander getrennt durch dicke Pappen. Die vorderen Bilder waren sichtbar. Andrea war froh, dass die meisten der Leuchtstoffröhren bereits ihren Geist aufgegeben hatten und nur ein diffuses Dämmerlicht herrschte, das die Farben der Gemälde blass und die Gesichter wenig ausdrucksstark erscheinen ließ.

„Und jetzt?"

„Ich werde sie zerstören", sagte Clemens leise. „Ich habe auch meine eigenen hierher bringen lassen."

Andrea erschrak. Hatte Clemens recht? Musste er auch seine Glasbilder vernichten, wie er es vorhatte? Trotz aller Tragik, die mit ihnen verbunden war, waren es Kunstwerke. Sie hatte schon so viele Machwerke von Möchtegernmalern gesehen. Und das, was Clemens auf die Platten gemalt hatte, war in jedem Fall wert, ausgestellt zu werden. Gerade als Galeristin widerstrebte es ihr, diese Bilder zu vernichten. Und wenn er seine damals gescheiterte Ausstellung in ihrer Galerie endlich nachholen würde, dann wäre es wirtschaftlich einfach dumm, den Hype um die Mörderbilder nicht auszunutzen. Dass die Originale aus der Gruft niemals wirklich in ihrer Galerie stehen würden, war so klar wie kaum etwas anderes.

„Clemens."

„Ich weiß doch selbst nicht, was richtig ist." Er lehnte sich an eine der Eisenstützen und betrachtete starr die Reihe der sichtbaren Glasplatten. Andrea tat es ihm nach, und das erste Mal sah sie die Werke der beiden Maler nebeneinander. Trotz der schwachen Beleuchtung konnte man die Unterschiede sehen. Clemens' Bilder waren in Technik und Ausdruck bei Weitem besser.

„Warum lässt du dieses Talent nicht bei deinen anderen Bildern heraus?", fragte sie. „Haben diese Glasbilder deine ganze emotionale Bindung verbraucht? Konntest du dich deshalb bei den anderen nicht so fallen lassen?"

„Was meinst du?" In seiner Stimme lag eine Mischung aus Ungläubigkeit, Misstrauen und Neugier.

„Deine sind um Längen besser."

„Quatsch. Sie sind schlechter."

„Nein. Und das weißt du auch."

Er schüttelte den Kopf und schwieg.

„Ist es, weil du auf keinen Fall besser sein willst als ein Mörder?"

„Vielleicht."

„Er hatte ein reales Vorbild. Du nur deine Fantasie und ein Model. Und du malst trotzdem so viel glaubwürdiger als er. Verschenk das nicht."

„Mein Ruhm würde sich nur auf seinen schrecklichen Taten begründen, nicht auf meinem Talent."

„Jetzt. Aber es wird ein Leben nach den Glasbildern geben. Und wenn du mit deinen anderen Bildern dann nicht überzeugen kannst, bleibt es ein kurzer Ruhm. Wenn aber doch, kannst du endlich von deiner Malerei leben."

„Andrea, ganz ehrlich. Meinst du, ich könnte gut werden?"

„Du bist längst gut. Aber du könntest sehr gut werden."

„Wie?"

„Indem du endlich die Vergangenheit loslässt und die Kraft und Intensität in etwas Neues einbringst. Lass auch die bisherigen Motive sein. Wage einen völligen Neuanfang. Keine Ahnung, womit. Probier es halt aus."

„Ich habe bald eine Familie. Ich muss Geld verdienen. Ausprobieren kostet viel Zeit, die ich nicht habe, weil ich mir einen Job suchen werde."

„Was sagt Alisha dazu?"

„Ich solle herausfinden, was das Richtige für mich ist."

„Wie willst du das, wenn du nicht mehr malst?"

„Worauf willst du hinaus, Andrea?"

„Lass uns Stolls Bilder zerstören, und mit deinen machen wir die Ausstellung, wie wir sie im letzten Jahr vorhatten. Wir kündigen an, dass du die Ausstellung, die der Mörder verhindert hat, nachholst, weil du damit auch zeigen möchtest, dass Stoll die Macht über dich und die Opfer verloren hat, dass dies aber eine einmalige Ausstellung sein wird, weil du angesichts der furchtbaren Ereignisse mit den Glasbildern abgeschlossen hast und dich nur mehr deinen anderen Werken widmen möchtest. Gleichzeitig beziehen wir das Andenken und die Ehrung der Getöteten mit ein. Ich weiß noch nicht, wie. Schweigeminute, Gedenktafel mit den Namen der Opfer … Keine Ahnung! Muss ich mir noch überlegen."

„Müssen wir noch überlegen", berichtigte sie Clemens.

„Ja, entschuldige. Es ist natürlich deine Entscheidung. Wenn du sie jetzt endgültig zerstören willst …"

„Du hast mich nicht richtig verstanden. Ich meinte, wir müssen überlegen, wie wir den Opfern und ihren Angehörigen einigermaßen gerecht werden können, damit das Ganze nicht ein Schlag ins Gesicht für sie wird."

„Du meinst …?", fragte Andrea.

„Dass ich einverstanden bin? Ja. Unter einer Bedingung. Es wird gegenüber der Presse unzweifelhaft und ausdrücklich mitgeteilt, dass die Ausstellung ausschließlich aus meinen Werken bestehen wird."

„Das ist selbstverständlich“, beeilte sich Andrea zu bestätigen. Nach einer Weile des Schweigens regte sich ihr schlechtes Gewissen. War sich Clemens darüber im Klaren, dass diese Aussage wenig Wirkung zeigen würde? „Sie werden es dir nicht glauben und dich mit Fragen löchern, wo seine Platten sind.“

„Andrea. So naiv bin ich nun auch wieder nicht.“ Er grinste sie an. „Deshalb wird es zu der Frage, wo Stolls Bilder sind, nur eines geben: kein Kommentar.“

„Jetzt überraschst du mich“, gab sie zu. „Wir können ja auch zugeben, dass du sie zerstört hast. Wir sollten Fotos machen.“

Wieder lächelte Clemens. „Ja. Aber erst nach der Ausstellung.“

Andrea konnte nicht anders. Sie umarmte Clemens und freute sich. Trotz der unterschwelligen Ahnung, dass es mit Sicherheit Pressestimmen und vor allem Kollegen aus der Branche und andere Künstler geben würde, die sich über diese pietätlose, gewissenlose, geldgierige Galeristin das Maul zerrissen. Ja, Clemens und sie würden Kapital aus der Sache schlagen. Aber die Ausstellung wäre nur eine winzige Entschädigung für das, was Clemens und ihre Mutter hatten durchmachen müssen.

Clemens verließ die Halle und kam mit je einem Hammer in den Händen zurück. „Hilfst du mir?“

Sie zögerte. „Haben wir eigentlich das Recht dazu – gegenüber den Angehörigen? Es ist das Letzte, das es von ihren Lieben gibt."

„Würdest du deinen Angehörigen ausgestopft in den Wohnzimmersessel setzen?"

„Hast recht. Los, gib mir den Hammer."

Sie räumten Clemens' Glasbilder auf die andere Seite der Halle, was dazu führte, dass sie sich anschließend völlig fertig und atemlos auf den Fußboden setzten, ungeachtet der zentimeterhohen Staubschicht, die sich dort im Laufe der Zeit angesammelt hatte. Clemens holte aus dem Auto eine Wasserflasche. Dankbar nahm sie Andrea entgegen und trank gierig. Nachdem sie so einige Minuten schweigend auf dem Boden gesessen hatten, rappelten sie sich auf. Clemens schlug als Erster auf eine der vorderen Platten ein. Beim ersten Schlag brach die Platte zu großen Stücken auf den Boden. Er hockte sich hin und schlug so lange darauf ein, bis nur noch kleine Glasscherben übrig blieben. Andrea sah tatenlos zu, mit dem schweren Hammer in der Hand, die kraftlos nach unten baumelte. Clemens stellte sich schwer atmend neben sie. „Ich kann das nicht. Es ist, als ob ich diese Menschen jetzt noch einmal töte. Ich schlage ihnen mit dem Hammer auf den Kopf und lösche sie endgültig aus."

„Wir dürfen uns nicht von den irrsinnigen Ideen Stolls anstecken lassen. Sie sind nicht im Glas festgehalten. Es sind keine Teile von ihnen. Es ist Glas. Nichts als bunt bemaltes Glas und hat nichts, überhaupt nichts mit den armen Menschen zu tun. Nur mit dem kranken Geist dieses Monsters."

Clemens sah sie an. Tränen hatten sich in seinen Augen gesammelt. Er wirkte, als ob er im nächsten Moment direkt neben ihr zusammenbrechen würde.

Andrea hob ihre Hand, die den Hammer hielt. „Wir machen das jetzt anders." Sie trat neben den Glashaufen, der von Clemens' zerstörter Platte übrig geblieben war. Die nächste in der Reihe bedeckte die Pappe, die die Platten während des Transportes geschützt hatten. Sie schlug zu. Die Pappe blieb stehen, obwohl das Glas hinter ihr in großen Teilen zu Boden fiel. Sie schlug noch mehrere Male auf die Pappe, immer tiefer, bis links und rechts nur noch kleinere Glasteile zur Seite fielen, auf denen keine Gesichter mehr auszumachen waren. Clemens hatte nur zugesehen und machte es ihr jetzt mit der nächsten Platte nach. Andrea nahm die ungenutzten Pappen und bedeckte damit die jeweils vorderen Glasplatten der weiteren Stapel.

So zerschlugen sie Platte für Platte, bis sich vor jedem der Stapel ein großer Haufen bunter Glasscherben gebildet hatte. Keiner von ihnen sagte ein Wort. Clemens liefen die Tränen das Gesicht herunter, und seine Schläge wurden immer heftiger und die Abstände zwischen ihnen kürzer. Auch Andrea musste mehrmals schlucken. Irgendwann hatten Clemens oder sie auch das Abbild ihrer eigenen Mutter zerstört. Sie war froh, dass sie nicht wusste, welche ihrer Schläge das getan hatten.

Sie waren fertig und standen erschöpft vor acht Scherbenhaufen. „Was machen wir jetzt mit denen?“, fragte Andrea.

„Heute nichts mehr. Die Hauptsache ist, dass es die Bilder nicht mehr gibt. Das hier sind jetzt wirklich nur noch Scherben, nichts weiter. Ich werde sie entsorgen lassen.“ Er drehte sich zu ihr. „Danke. Ohne dich hätte ich hier nur gestanden und geheult. Und weder ein Bild zerstört noch eine Entscheidung getroffen. Ich bin froh, dass wir das gemacht haben.“

„Ich auch“, gab sie zu.

Sie verließen die Halle, und Andrea wunderte sich, dass die Sonne schien. Sie hatte in der düsteren Atmosphäre da drinnen alles um sich herum vergessen. Oleg fiel ihr ein. Und seine Kinder. Sie konnte es kaum erwarten, nach Hause zu fahren. Als sie zum Auto gingen, fasste sie Clemens’ Hand und lächelte ihn aufmunternd an. Heute war ein in jeder Hinsicht bedeutsamer Tag. Für sie. Und erst recht für ihn.

– ENDE –

„Der Teufel ist auf dem Weg zu Ihnen, Frau Wagner.“

Deutsche Originalausgabe

Tanja Noy
Teufelsmord

Über 20 Jahre sind vergangen seit drei grausame Morde in Julia Wagners niedersächsischer Heimat als „Teufelsmorde“ Schlagzeilen machten. Doch jetzt taucht eine nach gleichem Muster zugerichtete Leiche auf. Eine Jugendfreundin Julias gesteht die Tat, bevor sie sich das Leben nimmt. Von der Unschuld ihrer Freundin überzeugt, beginnt Julia eigene Nachforschungen in einer verschworenen Dorfgemeinschaft, derer sie nie ein Teil war und die alle und alles von „draußen“ als Bedrohung betrachtet. Während ihrer lebensgefährlichen Suche nach Antworten macht sie sich mächtige Feinde und erfährt dabei unfassbare Dinge über ihre eigene Vergangenheit.

Band-Nr. 25758
9,99 € (D)
ISBN: 978-3-95649-029-3
eBook: 978-3-95649-330-0
384 Seiten